MENG NI SUO AI

萌你所爱

楚水盈盈 著

北京航空航天大学出版社
BEIHANG UNIVERSITY PRESS

图书在版编目（CIP）数据

萌你所爱 / 楚水盈盈著 . -- 北京：北京航空航天大学出版社，2016. 3

ISBN 978-7-5124-2068-7

Ⅰ . ①萌…　Ⅱ . ①楚…　Ⅲ . ①长篇小说—中国—当代　Ⅳ . ① I247. 5

中国版本图书馆 CIP 数据核字（2016）第 047471 号

萌你所爱

楚水盈盈　著

策划编辑　吕晶晶

责任编辑　胡玉婷

*

北京航空航天大学出版社出版发行

北京市海淀区学院路 37 号（邮编 100191）　http://www.buaapress.com.cn

发行部电话：(010)82317024　传真：(010)82328026

读者信箱：ibook@buaacm.com.cn　邮购电话：(010)82316936

北京鹏润伟业印刷有限公司印装　各地书店经销

*

开本：710 × 1 000　1/16　印张：15.5　字数：237 千字

2016 年 4 月第 1 版　2016 年 4 月第 1 次印刷

ISBN 978-7-5124-2068-7　定价：29.80 元

若本书有倒页、脱页、缺页等印装质量问题，请与本社发行部联系调换。联系电话：（010）82317024

目录

第一章
对你有一点动心

九月初，空气中还残留着夏天的味道。阳光从密密麻麻的树叶缝隙里透下来，形成斑驳的树影。偶尔的一阵清风，让人想抓住，却并不尽如人意。

开学季，学校里除了新生的各种欢声笑语，更多的是忙碌的家长，有些甚至是三个家长送一个新生。

苏青看着这个情景，微微笑了笑。

她算是另类，倚仗着对学校的熟悉，自己早早把行李弄好，报到、交钱、领书本、整理寝室；不只是避开了人群，更多的是避开了那些家长的大呼小叫。

苏青出来的时候，隔壁寝室正在吵闹着，中年女人在指示中年男人："把这个给刘米搬上去。刘米，你别动，要命的沉哦，要你爸爸来。"

苏青看着其他人忙得满头大汗，自己帮也不是，不帮也不是，只能出来四处走走。

林沫沫拉了她一下："苏青，走那么快干吗？你说你，自己来报到，现在又特立独行地一个人出去，难道北方的女孩子都这样飒爽吗？你好 man，我觉得好喜欢你哦。"

林沫沫是典型的南方女孩，面容清秀，说话的时候声音糯糯的，听起来十分舒服。她刚才看苏青出来，急乎乎就跟了出来。

苏青并不讨厌林沫沫，对于她的热情和故作夸张的语调倒觉得有些好笑，“我家离学校挺近，再说，这么点事儿，自己完全可以搞定。”说完，她故作夸张地拍拍自己的肩膀：“还够雄壮吧？”

林沫沫捂脸轻笑：“去你的。”

两个女孩笑成一团，年少的友谊总是来得又快又直接。

苏青的学校坐落在北四环，相比外面的车水马龙、高楼大厦，学校成了一片净土。大学对苏青来说，没有太多的憧憬，虽然她喜欢大学的安静，喜欢路上遇见的每个人都有一张纯净的面孔。对别人而言，大学里可以谈几场浪漫的恋爱，或者长相厮守，或者劳燕分飞，但是这些对苏青没有什么吸引力，她是来学习的，或者说，她是来感受妈妈嘴里的大世界的。

妈妈曾经对苏青说：“世界很大，但是这种大和你需要的大是完全不同的，你需要走很多的路、读很多的书、受很多的挫折，才会知道你所需要的那种世界的大。”

苏青听得似懂非懂，但是她每次看到妈妈虽然疲惫但却坚毅和平和的目光时，她知道，她就是要做这样的人。

苏青和林沫沫两个人一边逛着校园，一边熟悉各个食堂和操场，身为本地人，苏青对学校非常熟悉，但身旁的林沫沫却是各种惊呼不断。

两人有说有笑地往外走，到了校门口的时候，发现人群中出现了一阵骚动。

“哇，好帅！”

“真的哎，是新来的同学吗？”

“那个男孩子，长得好像启明组合（下文简称启明）里的伯贤……”

苏青和林沫沫都不是八卦的人，不过听到启明这个名字的时候，苏青顿住了脚步。

在同龄人疯狂追星的时候，苏青也不例外，也有自己喜欢的偶像，那就是启明。虽然谈不上痴迷，但是启明每次出的专辑苏青都会买，苏青喜欢他们的简单，他们的才华，而且他们的眼里有苏青喜欢的那种空灵，他们看着天空时带给他人一种远方的感觉。

后来启明越来越火，越来越多的人开始关注曾经默默无闻的他们。对此，苏青有种很复杂的感觉，一边为他们受欢迎感到高兴，一边又有种自己默默珍藏的宝贝被人偷了的心痛感。

喜欢一个人的时候，即使永远都得不到，靠近不了，但是私下里，还是有希望他能一辈子都只属于自己的小心思，苏青就是这样。

现在，当这个让苏青心动的名字又一次从别人的嘴里蹦出来的时候，苏青不由得放慢了脚步，有些好奇地往风暴的中心看过去。

周围一直有人在嚷嚷，人群变得十分拥挤，挽着苏青手的林沫沫也不知道去哪里了。苏青只能一边找着沫沫的身影，一边随着人群朝着风暴中心走去。

林沫沫不知道自己挽着的苏青的手何时变成了一个男孩子的手臂，以至于被人群推拉的时候，还扯了一下那个男生的手臂。

“苏青，你怎……啊对不起，我认错人了！”

林沫沫反应过来，对着旁边无辜的男孩子连声道歉，说完还下意识地吐了吐舌头。男生好脾气地朝她笑了笑：“没关系。”

林沫沫也笑了，男孩看了她一眼，林沫沫并没有在意。她到处张望，没过一会儿，就眼尖地发现了风暴中心的苏青。

苏青已经站在了这个有些错愕的新生面前。这个男生五官俊朗，特别是那双眼睛，苏青觉得那是她看到过的最纯净的眼睛了。简单有些诧异，被面前的女生吓了一跳，但在突然出现的陌生人面前，他还是礼貌地保持着微笑，有些疏离但并不冷漠。

“你好，我是苏青，很高兴认识你。”

还没有等简单问，眼前的女孩子就开口了，并伸出了手，摆出一个握手的姿势。

苏青本来就是个大方的人，从来不会在意一些小的细节，但是旁边的人都在窃窃私语。

简单有些犹豫，但是眼前的这个女孩子，一脸纯真，她的眼眸那么明亮，好像有星星落在她眼睛里一样。简单想了想，也伸出了自己的手。

“我叫简单，简单的简，简单的单。”

简单握住了苏青的手。

苏青笑笑：“你好像伯贤，我喜欢你的眼睛。”

周围的人哗一下起哄，“我爱的男孩，有世界上最亮的眼眸。”

简单有些尴尬，把手收回：“谢谢你。”

简单的“谢谢你”把苏青从胡思乱想里及时地拉了出来。苏青这才注意到，简单手指修长、指节分明。苏青能想象得到，高中时期的简单就是用这只手握着笔杆，只需要稍微用力，黑色的中性笔就能在他的手上行云流水一般转起来。

“你是刚刚来学校报到吧？”苏青一边问，一边往四周看了看，看到了不远处正在寻找自己的沫沫，招了招手，“沫沫，这儿呢！”

又接了句，“要不要我们做你的向导？”

“苏青，”林沫沫看到苏青和简单在说话，以为两人很熟，脱口而出，“这是你的朋友吧？”

苏青心里本来有些迟疑，看到简单点头，便不再多说。

简单以为，苏青的“向导”一说只是随口一提，毕竟是第一次见面，彼此还谈不上认识。简单从来不是一个自来熟的人，没想到，苏青一直跟在自己身后。

“简单，这个是教学楼，也是我们缴学费的地方。”

“简单，这个是操场，以后我们上体育课有可能在这里碰面。”

“简单，这个是一食堂，听学长们说这个食堂的饭菜一般般，所以还是不要到这里来吃了。”

苏青喜欢喊简单的名字，当这两个字从她自己嘴里蹦出来时，她就像吃了一颗甜甜的棒棒糖一样。简单、简单、简单……是啊，简单，就这么简简单单，苏青十分肯定，这个叫简单的男孩子，简简单单地就闯入了自己的世界。

半小时以前，林沫沫有事先走了，简单以为苏青也会跟着沫沫一起离开，没想到她丝毫没有离开的意思，并且快到自己住的地方了，苏青也丝毫没有止步的意思，看来今天她的“导游”一职当得尽心尽力。

也难怪，刚刚开学，男生寝室门口有很多人进进出出，有些是父母陪着看寝室环境的；有些则是姐姐或者妹妹，帮着拎一下东西。所以，苏青出现在这里，一点都不违和，也难怪苏青根本没有意识到不妥。

看到苏青准备往上走，简单不懂这个女孩心里在想什么，连忙客气地婉拒道：“苏青，今天谢谢你啊！不过这里是男生寝室……”

简单不想再让苏青跟着，又怕自己说的话会伤到这个热心的女孩。

没想到，苏青却会错了他的意。她扬起手中的出入证，朝简单得意地一笑：“没事，我有这个！”

简单还没有来得及想第二个借口，就见苏青和寝室阿姨打了声招呼，轻轻巧巧地就知道了简单的寝室号码。

苏青自顾自地上楼，丝毫没有注意到一旁简单的表情。事实上，苏青也没有想过有什么不妥，她的脸上完全是一副“跟着我走准没错”的女主人的样子。

刚刚开学，男生寝室人进人出，显得有些乱，苏青穿过人来人往的走廊，一个寝室一个寝室地找了过去。

“你们好呀！”

简单的室友都到齐了，寝室里大家的东西这会儿都乱糟糟的堆成一团，也没有人去整理。刚刚进大学，男生们对室友的关注度比较高。大家正在有一句没一句地聊天和自我介绍，忽然听到一个女孩的声音，明显把他们吓了一跳。只见门口的姑娘马尾辫晃动，带着一张爬楼爬得有些涨红的脸，不是苏青又是谁？

大家看到了站在苏青身后有些尴尬的简单，毕竟不太熟，一时间不知道要说些什么。离门最近的李奇最先反应过来，朝苏青打了个招呼，同时不忘揶揄简单：“哟，简单，还不向我们介绍一下，这位小妹妹是谁啊？说出去一趟，倒是带回来一个林妹妹！”

李奇是604寝室的活跃分子，因为名字和大名鼎鼎的“米奇”有点像，所以经常被人错喊，每到这时候李奇总会严肃地纠正他们：“我是个爷们，纯的，米奇是什么鬼？”

大家被李奇揶揄简单的这句“林妹妹”逗笑了，简单有些尴尬，也不知道怎么接话。

李奇这么一调侃，反而打开了苏青的话匣子，两个人从学校的建校开始聊，聊到系里的师哥师姐们，简单的其他室友也时不时插一句嘴，苏青一下子就和简单的室友们聊得火热。

简单的床上放着还没有来得及收拾的被褥、衣物，他在家里从来没有做过这些，所以有些无所适从。苏青和李奇他们聊得正开心，简单也不好意思让室友搭把手帮下忙。

看出了简单眼里的苦恼，苏青二话不说就开始帮他收拾。在简单室友们的一片惊叹声中，苏青利索地做完了一切，全然没有发现周围人的眼神已经有些不对劲。

苏青觉得帮同学做这些是很正常的事情，就像在家里为妈妈煎一个鸡蛋，为姐姐洗一件衣服，都是再自然不过的事。因为对一个人有着强烈的好感，所以苏青自然而然迸发出一种“希望把最好的给他”的心态。

不过，简单可不这么想：如果说最开始室友的调侃只是个开端的话，苏青后来做的事情就有点让自己难堪了。收拾衣服、叠被子，苏青做的这些事情多容易让人误会。无缘无故和一个女孩子被人开莫名其妙的玩笑，而且这个女孩子还全然不觉，在十八年的人生中，简单从未有过这样的体验。

“简单，你在想什么呢？”

苏青见简单在发呆，伸出手在简单面前晃了晃。看到苏青关心的神色，简单硬生生地把自己原本想说的话咽了下去。

“没……没想什么，那个……谢谢你啊！”

“嘿嘿，没关系啦！”苏青心里小小地骄傲了一下。

一整天，简单都不得不和苏青在一起。在苏青的介绍下，简单大致了解了学校的一些情况，在被问到关于自己的事情的时候，简单回答得很含糊，不愿意多说。

快要分开的时候，简单心里松了一口气，这一整天苏青带他几乎把学校周围的情况都熟悉了一遍。苏青对简单的这种莫名的熟稔让他觉得很不舒服，感觉有种莫名的压力压在身上。

“简单”，苏青喊。

简单看着眼前的女孩子，不知道是错觉还是天气太热，或是刚刚走太多路的原因，她的脸竟然微微有些红。他犹豫，想告诉她以后不要这样了，别人看到了会误会他们的。

苏青一只手绞着自己的衣角，另外一只手紧张得不知道放在哪里。看着眼前的男生一脸疑惑的样子，苏青只觉得自己的心脏都要停止跳动了。

阳光晒后的空气让人有种慵懒的感觉，夜幕已经降临，风从四周吹过来。苏青的发丝被风吹乱，用手抚着发丝的一瞬间，苏青突然有了勇气。

“我喜欢你，简单。我喜欢你。”

简单正在发呆，被这句突如其来的告白吓了一跳，眼前的女孩却像受惊的兔子一样跑开了。要不是听到了那四个字，简单都要怀疑自己耳朵是不是出问题了。一般的女孩，哪有第一天认识的时候，就跟人家表白的。

苏青一路小跑回了寝室。刚到寝室，林沫沫就好奇地凑上来：“苏青，你怎么啦？怎么这么晚才回来？那个男生是你的同学吗？”

不提简单还好，一提简单，苏青的心又开始“扑通扑通”地跳了。她觉得这一天都像做梦一样，简单的声音和笑起来的样子，吃饭碰到不喜欢吃的青椒时微微皱起的眉头，还有对她伸出的好看的手，以及听到那句“我喜欢你”时候的表情……

苏青没有认真看简单的表情，只能在心里暗暗揣测，久久无法入眠。

为期一个月的大学军训如约而至。简单和苏青同在一个学院，不是一个班。军训是男女分开训练，而且在不同的场地。接下来的几天，苏青都忙着为即将到来的军训作准备，没有再见过简单，偶尔想起他，内心总会泛起点点涟漪。难道简单和自己只是彼此生命中的匆匆过客？苏青每每想到过客，总是摇摇头。

军训开始，每个人都如同经历一场“生死劫”。连续三天都有中暑晕倒的女生，连教官都慨叹，现在的学生怎么都像林黛玉一样。苏青体质好，这得感谢她爸爸。她爸爸是个大学老师，对孩子要求严格，尤其是体质。

苏青成了整个班级的救护队员，名声甚至远播到系里。林沫沫总是打趣她，“你真是条汉子。”

苏青没有想到，她和简单的第二次交集来得这么快。

“苏青，快来，这有个晕倒的。真是奇怪啊，连男生都开始柔弱了吗？”教官正蹲在一个人的身边，用冷毛巾给他敷脸。

苏青急急跑过去，嘟囔着：“这军训结束，我看我都得晕倒。”当她看到地上躺着的那个人时，有些吃惊，“简单？”

“你快点吧，我知道很简单。”教官有些着急。

“来了。”苏青毫不犹豫地伸出手。

简单醒来的时候，映入眼帘的是苏青那张放大的脸。简单吓了一跳。

简单突然睁开眼睛，把苏青也吓了一跳。见他没有大碍，于是大大方方地说：“你醒了啊，你还真是弱，以后我来保护你好了。”

简单打量四周，发现自己正躺在校医务室里。脑袋昏昏沉沉，额头上搭着一条冷毛巾。简单伸出手，下意识地要拿掉毛巾。

苏青见状，急忙阻止，“别！”却不想，手指不小心碰到了简单的手指，凉意从简单的手指触电一般传到了苏青的指尖，只一瞬间，苏青羞得缩回手，刚刚那股豪气瞬间不见了踪影。

简单看着眼前的女生前一秒还是一副要照顾他的样子，下一秒就变得有些拘谨，虽然心里有些疑惑，但他还是礼貌地说：“刚刚谢谢你啊！”

苏青朝简单欣慰地一笑，正好教官进来看望中暑的学生，看到简单脸色比起之前好了一些，便放下心来。

“简单？”教官看了看简单的学生证，沉吟了一会儿，“这样吧，你今天晚上先好好休息，等身体没有大碍了再军训。”

教官对苏青说：“苏青，帮着照顾一下伤员。”

“是！”苏青调皮地敬了一个军礼。

晚上，气温降了下来，褪去了白天的燥热，整个城市都被一种温柔的气息笼罩着。远处操场上传来军训有节奏的“一二一”，学生们偶尔的哄笑和说话声像雾气一般在宁静的夜里散开来。

在教官的安排下，简单并没有回到方队继续训练，苏青陪着简单。校医务室没有其他人，两个就这么沉默着。突然，苏青建议道：“听说今晚有狮子座流星雨，你……要不要和我一起去看？”

简单没有拒绝。

二十分钟后，两个人来到学校附近一处荒废的工地。听说这里本来准备建一个大的加工厂，后来因为资金不到位，就不了了之，于是便有了这么一片空地。

空地四周都是杂草，还堆了一些废弃的建筑材料，虽然环境很一般，路灯离得也远，但是不得不说这里视线很宽阔，远离了霓虹灯环绕的都市，抬头看天空的时候，能看见绸缎一样的夜幕中零落的星星像碎钻一般精致。

苏青从包里拿出一袋肉干，四处张望着什么。不一会儿，草丛中钻出一条小狗，朝着苏青欢快地摇着尾巴。

苏青将肉干掰碎，然后一点一点地喂给小狗吃。

“你经常来这儿？”

简单看着眼前的苏青，有些好奇。

“恩……也不是经常，最近来得少了……”苏青喂着小狗，不时地用手揉揉小狗的毛。

“你很喜欢小狗吗？”简单伸手摸了摸小狗。

苏青看简单摸小狗的样子，脑海中浮现出一个熟悉的身影。她想了想，问简单：“你知道有个组合叫启明吗？”

简单不但知道，更是启明的半个死忠粉。不过这件事情他很少向别人提起，听到苏青这样问，他倒是抬起了头，“嗯？”

苏青自顾自地说：“我喜欢的偶像也会在工作之余照顾流浪狗呢。他可是一个非常棒的 idol，唱歌跳舞也棒，又有同情心和责任感。久而久之，我就被他感染了，碰到流浪猫、流浪狗什么的也会爱心泛滥一下……”

“你的偶像，是……伯贤？”

伯贤的爱心和喜欢小动物在圈内是出了名的，听到苏青眉飞色舞的描述，简单忍不住想要确认。

“是啊，”苏青爽朗一笑，“你也喜欢他吗？”

简单没有接话，但是眼神却出卖了他。

苏青心里突然升起一种很奇怪的感觉，随即又被一种熟悉感取代，有了一个共同的偶像，苏青觉得她和简单的距离变近了。可是明明简单什么话都没有说。

“以后有机会我们可以约着一起去看他的演唱会。”苏青笑眯眯地说。

谁说年少的时光太匆忙，来不及品尝就已经默默消逝。很多年以后，苏青都还记得这个宁静温馨的夜晚。

那天晚上，狮子座的流星雨没有如约而至。两个傻傻等待流星雨的人，还有在他们脚边低头觅食的小狗，看起来就像是一幅既静谧又生动的油画。

他们谁也想不到，不久以后会发生什么。

第二天，简单和苏青照常军训，只不过教官觉得有些奇怪：身体素质一向很好的苏青，怎么经过一个晚上的“休息”以后，反而感冒了呢？

“啪！”

“苏青，想什么这么出神？”不知道是不是生病的缘故，苏青的精神并不太好，而且动不动就发呆。

苏青一不留神，教官的目光就扫了过来。苏青不好意思地吐吐舌头，回过神来。

苏青知道自己有些失态，可是自从那天晚上以后，她脑海里便时不时浮现出简单的样子，过一会儿简单青涩的脸又变成伯贤的样子。

苏青以前从来没有喜欢过现实生活里活生生的同龄人，现在对简单的这种感觉让她有些紧张，又有些兴奋。男生方队的声音不停地传过来，苏青努力地想要按捺住自己的好奇，眼神却总忍不住瞟过去。

次数多了，连教官都发现了，好奇地顺着她的目光看过去。这一看，带着整个方队的女生都顺着教官的目光朝男生方队张望。

“简单，你看，那是苏青吗？”李奇用胳膊捅了捅简单。

简单只一眼，就瞟到了正在挨训的苏青，并不接话。

反而是女生方队里站第一个的女生让他觉得有些眼熟。

简单有轻度的脸盲症，除非是天天能见到这个人，否则在很短时间内，简单根本分不清眼前的人是谁。这也是简单很少看美剧的原因，在他眼里，所有的外国人都长得一个样子。

李奇却还不放弃：“简单，你和苏青到底是什么关系呀？”

简单还在想那个女生。

“你说第一天她来寝室帮你整理东西也就算了，你中暑居然又是她负责照顾……不过你小子也算有良心，还给她买蛋糕作为答谢……”

李奇说的是前几天为了感谢苏青的照顾，简单为苏青买了一个蛋糕的事儿。那天买蛋糕时，排到简单的时候，最后一块蛋糕被排在前面的一个女生买走了。

那个女孩长得高高瘦瘦，一头长发扎起，看到简单有些失望的样子，主动把自己的蛋糕让给了简单。

李奇的话提醒了简单。

蛋糕？

是她！

简单脑海中突然闪现出那天买蛋糕的情景——马尾辫、白色长裙……原来是她！

这边，苏青正接受着教官苦口婆心的教诲：“你就不能学学你们队的刘米同学吗？站姿正确，态度也认真！”

刘米只是淡淡地看了苏青一眼，又瞟了一眼简单的方向，将身子挺了挺，脸上却露出了微笑。

这天训练中途，教官临时开会，所有的学生都在各自的方队活动。苏青正蹲在地上，百无聊赖地拔着脚下的小草，忽然感觉队伍前方有一阵小小的骚动。

“那个，美女，我能要你的电话吗？”

说话的人正是李奇，原来男生那边玩真心话大冒险，输的人要向对面方队中的女生要手机号码，巧的是，第一个被惩罚的就是李奇。

刘米没有理会李奇，过了一会儿，男生那边开始起哄。李奇有些尴尬，压低了声音说：“美女，给个面子行吗？”

苏青在一旁看着李奇，抱着胳膊准备看好戏，没想到一旁的林沫沫看到李奇的样子之后，有些惊讶。

“苏青，你认识那个男生吗？”

“嗯啊，他是简单的室友李奇，怎么了？”

“没……没什么。”林沫沫想起了第一次见到李奇的情景，拥挤的人群，林沫沫不小心挽错的手臂，男孩爽朗的笑声。

李奇有些挫败地走回男生方阵，立马得到了惩罚，几个男生合力抱住李奇，用力地朝一旁的大树撞上去，李奇夸张地“嗷呜”一嗓子，惹得女生这边哄笑连连。

第二个受到惩罚的是简单。

简单往女生方队走的时候，就有女生开始窃窃私语了，因为简单的外表真的太出众了。苏青心里有些得意：果然人长得好看，不管穿什么衣服、走到哪里，都是那么引人注目。

苏青俨然已经把简单看成自己的私人物品一般。

不过苏青还是有些紧张，简单会过来要谁的号码呢？不会是自己吧！

不过，简单的选择却让苏青略感意外，虽然对于刘米来说，这是很自然的事情。

“上次的蛋糕，谢谢你。”简单有些不好意思，那个蛋糕他一口没吃，还送给了别人。

“你喜欢就好。”刘米甜甜一笑。简单没有告诉她蛋糕好吃，这让她略感失落。

“你也是……”刘米有些好奇，像简单这种男生应该不会参与那种无聊的游戏。不过，简单的话却让刘米感受到眼前这个男生呆萌的一面。

“我本来不想参加的，但是李奇那家伙非要把我供出来，说让我当他的垫背。”简单有些不好意思，“不过我不会为难你的，我来这里，只是想跟你道个谢。”

没想到，刘米却大方地接过简单的手机，往上面输了几个数字，按拨号键，口袋里的手机就“嗡嗡嗡”地响起来了。

简单朝她道了谢，然后一路走回去。男生那边一阵起哄，李奇耷拉着脑袋，大叫：“这个看脸的世界，不公平啊！”

这边，苏青看得眼睛都直了。

刘米和简单站在一起，郎才女貌的样子，简直是天造地设的般配。迷彩服穿在他们身上，并没有一点点的违和，反而衬托出男生的挺拔、女生的纤细。

苏青心里没有一点点的嫉妒，她低头看了看自己的灰裤子，心想：“同样是军装，怎么别人穿着那么好看呢？”

军训期间正好遇上了中秋节。当天下午，教官一反平时的严肃：“看你们这么乖，决定晚上给你们放假，记得穿上你们最漂亮的衣服参加中秋晚会，我们 223 方队一定要亮瞎其他人的眼睛！”

大家被教官逗得哄堂大笑。

当天晚上，大家都脱掉了单调的军训服，换上了自己的衣服来参加院里举办的中秋晚会。晚会开始以后，书记想活跃气氛，就临时找了几个男生和女生上台做游戏。

很快，苏青和其他几位同学就一起站到了舞台上，苏青一看，就看到了对面站着的李奇。

游戏的内容很简单，不过是推荐一人出来介绍大家相互认识。苏青在心里默叹一口气，心想："这算什么游戏"，但是骑虎难下，还是硬着头皮参加了。

负责为大家作介绍的是李奇。

台上一共三个女生五个男生，八个人先简单介绍了一下自己，然后由主持人李奇向台下的观众介绍台上的人。

"第一位美女叫张萌……"李奇自顾自地说，却没想到引得台下一阵哗然。

在这个场合，"美女"二字实在是显得太轻佻了。书记、院长这些老干部都在现场，这两个字从李奇嘴里说出来完全变了一种感觉。苏青连忙在后面提醒，"称呼换成同学！"

"第二位美女……"李奇说顺了嘴，依旧没有改掉称呼。苏青见他这样，恨铁不成钢，"同学，同学啊！"不过这一次，台下的哗然声小了很多，大家似乎都习惯了这样的称呼。

苏青突然有一种很不好的预感。

"第三位女同学叫苏青，来自文学院一班……"李奇总算纠正过来了。

可是台下寂静了几秒，随即爆发出了哄笑声。有男生吹起了口哨，还有人开始喝彩。坐在后面的同学中竟然有人站起来朝舞台上张望，想看看这"第三位女同学"究竟长什么样，以至于连主持人都不舍得用"美女"来形容她。

连平时不怎么笑的简单都笑了，他觉得李奇和苏青简直是配合得天衣无缝。

苏青看着一脸抱歉的李奇，总觉得他是故意的。

中秋晚会并不圆满，开到一半的时候，天公不作美地落起了雨。台上主持人拿着之前备好的演讲稿硬着头皮念："在这天高气爽、月朗星稀的夜晚，我们齐聚一堂……"

学生在下面毫不留面子地大笑。

一开始还只是淅沥沥的小雨，操场上撑起一朵又一朵的伞花。远远看去，好像一片盛开的花海。不过十分钟以后，雨势渐渐变大，再加上晚会没有硬性观看要求，学生们便慢慢散去。

苏青和林沫沫都没有带伞，两个人只能跑到附近的教学楼下躲雨。教学楼附近已经聚集了不少和她们一样躲雨的人。

早上得知可能会下雨，简单早就带好了雨伞。他和李奇共撑一把伞，正穿过密密麻麻的雨幕，准备回寝室，突然听到有人似乎在喊他："简单！"

李奇率先发现了苏青。

"你们没带伞？这雨下得够大的。"

四个人只有一把伞，他们在教学楼下等了一会儿，雨势完全没有减小的趋势。有不少人将外套脱下来，在雨里飞快地奔跑。

苏青因为前几天生病了，不敢贸然往雨里冲。沫沫又不合时宜地打了一个哆嗦。

"李奇，要不……你先把沫沫送到寝室，我和简单在这里等雨停？"苏青一只手搂着沫沫，建议道。

苏青和简单最近都生过病，不适合在雨里来回跑。李奇朝苏青点点头，送沫沫回寝室。

简单忍不住瞟了苏青一眼。虽然苏青有时候有些莫名其妙，但是骨子里却充满同情心和责任感，从上次喂流浪狗和刚刚的事情中就可以看出来。

想到这里，简单看苏青的眼神变得柔和了一些，对苏青的进一步了解，也大大冲淡了第一次见面时苏青给他带来的唐突感。

雨还在继续下，简单无端地想起了一句歌词："最美的不是下雨天，而是和你一起躲雨的屋檐。"不过，他马上就否定了自己心里的想法，因为只过了一会儿，雨势就如苏青预期的那样小了很多。苏青将外套脱下，想披着外套往外冲。

苏青身边突然伸出一双手，只见简单将自己的外套主动递给了苏青，伴随着他淡淡的、听不出什么情绪的声音："你的外套穿着吧，用我的外套挡雨，明天记得还给我。"

苏青还来不及拒绝，简单转身就钻进雨里了。

这天晚上，被窗外淅沥沥的雨声惊扰的，除了苏青，还有林沫沫。李奇送林沫沫回去的时候，半边身子都是湿的，不过李奇丝毫不在意一般，嘱咐沫沫多喝热水，注意保暖。

很快，为期一个月的军训在大家的不舍声中结束了。经历了军训的大检验，分开的时候，苏青对那个“体罚”过她的教官很是不舍。

哪知道，教官反而问她：“你是怕不能每天都看到你的小男朋友，舍不得了吧？”

苏青脸一红，转过身去，迎面撞上了简单干净却带着一丝疑惑的眼神。

军训过后，令人期待的大学生活拉开了序幕。

第二章

打篮球的少年会发光

“苏青，你说这么多社团，我们参加哪个好？”

这几天，学校的林荫道两旁竖起了很多社团招新的海报板。苏青每次经过，总会看到有学长在卖力地介绍自己的社团，想吸引更多新生参加。

“不知道，你想选什么？”苏青刚吃完饭，就被林沫沫拉上。两个人在海报板前想了半天，也没有想好要报什么社团。

大学社团的类型虽然多，但是质量参差不齐，参与的人数也从几人到几十人不等，除了耳熟能详的唱歌类、棋牌类社团，还有一些烹饪社、手工社……苏青好奇地看着那些五颜六色的海报，对学长们的交际能力叹为观止。

不知道简单会参加什么社团。

苏青正在犹豫，突然听见有人叫自己的名字：“苏青！唉，这儿呢！”

苏青抬头，原来是简单的室友李奇。他今天穿了一身篮球服，手上还耍帅般转着球。李奇约了简单去打球，看到苏青正在林荫道上徘徊就想喊上她一起去。李奇一时没认出林沫沫，只觉得旁边的女孩有点眼熟。

“苏青，简单约我去打球，你们要不要一起去体育馆看？”

李奇故意把“简单”两个字咬得很重，林沫沫也看出他的故意为之，一时没忍住，“扑哧”一下笑出声来。

看到林沫沫嘴角的梨涡，李奇才想起眼前的女孩子是谁。

篮球馆坐落在学校中心靠北的地方，四周都是郁郁葱葱的树木，苏青和林沫沫还没进场馆，就听到里面有球鞋摩擦地板的声音，还有人们交谈的声音，原来场馆里早就聚集了不少人。

今天是军训结束后的第一个周末，院篮球队正在招新，下午准备了一场选拔赛，准备为几个月以后的校队比赛储备选手。

简单是被李奇拉过来打球的，却一直没有看到李奇的影子，正在疑惑时，有几个学长喊简单一起打球热身。

简单从小就喜欢打篮球，一米八八的个子、灵活的跳跃能力，虽然看起来不胖，但是爆发力惊人，运球过人一气呵成。简单上场以后，充分地发挥了自己在身高方面的优势，成功躲过对方的防守，一个跃步，然后上篮。

篮球在空中划了一个好看的弧线，进了。

苏青他们进来的时候，刚好看到这一幕。

“厉害！”李奇在心里默默感慨了一句，当他听说简单从高中开始就是篮球队的主力时，便极力怂恿他报名参加篮球队。没想到简单只把篮球当爱好，并不想因为爱好束缚了自己，所以拒绝了这个提议。

“简单简单我爱你，简单我要为你生猴子！”

苏青还没有反应过来，就听到李奇恶作剧的“口号”，一边说，还一边把自己往前面推。

篮球馆里的欢呼声“唰”地一下子变成了笑声，大家都回过头，想看看这位愿意跟简单“生猴子”的男生是何方神圣。

苏青成了全场的焦点，但她心里并不在意，只是灿烂一笑，朝简单挥了挥手，“简单！”

简单心头泛出一丝尴尬，不过他还是礼貌地朝苏青点点头，立马把目光转向李奇：“李奇，等你半天了，快点儿！”

苏青和林沫沫找了个靠前排的空位，走过去的时候，苏青不小心踩了一个女生的脚，就听到对方一句不大不小的“讨厌”。

苏青回头，觉得那个女生有点眼熟。

“刚刚那个女生是刘米，军训时候是我们的排头，还被教官表扬过。”坐下以后，林沫沫在一旁小声地提醒苏青。

苏青不知道自己哪里得罪了刘米，只是觉得眼前这个漂亮女生的眼里满是鄙夷，又想是自己错在先，匆匆说声“对不起”后，便专心看简单他们打球。

半小时以前，室友张萌将简单要去篮球馆的消息告诉了刘米，张萌的男朋友和简单正好是室友。刘米来之前特地换了一身裙子，篮球馆平时很少有女生会来，当靓丽的刘米出现时，还有男生朝她吹了吹口哨。

更让刘米开心的是，简单也看见了她，朝她一笑，算是打招呼。

刘米很享受这种被人注视的感觉，从小到大，她都是被关注的焦点。这可能也是漂亮女生特有的权利吧，只要是喜欢的，不管是什么东西，她只要开口撒撒娇，或者用点小小的手段，都可以轻易地得到。

然而苏青的出现，让刘米觉得有些棘手。

说实话，刘米不喜欢苏青。

不仅因为苏青喜欢简单，苏青身上那种热烈的、无所畏惧的态度更让刘米觉得不舒服。

“难道她不懂什么是矜持吗？”刘米每次看到苏青对简单毫不掩饰的爱慕之情时，心里就会这样想。

刘米也喜欢简单，但不会在大庭广众之下将这种“喜欢”公之于众，她喜欢一个人，更希望自己是涓涓细流，温婉、安静，且不会带给人压力。

一阵鼓掌的声音传来，刘米才把思绪拉了回来。

原来是新生里的简单和李奇配合得不错，进了好几个球，引得大家称赞连连。中场休息，简单和李奇有说有笑地朝看台这边走过来。李奇见到刘米的时候，眼神里闪现出一丝旁人察觉不到的不自然。刘米也注意到了李奇，不过她立马将目光瞥开，不去看他。

林沫沫捕捉到了这一幕，但她也没有多想。

刘米拿起手里的水，笑意盈盈地准备递给简单。

“简单，你刚刚打得好棒！这儿有你喜欢喝的青柠味脉动，快喝吧！”苏青比刘米快一步，还细心地替简单拧开了瓶盖。

刘米的笑凝固了，拿着水瓶的手也僵在了半空中。

倒是李奇，见阵势不对，立马狗腿地接过刘米手里的水，打着哈哈问刘米，眼神却没有看向她：“绿茶么？我爱喝绿茶，谢谢刘大美女！”

简单本来在和李奇说笑，见苏青朝自己递水，脸色瞬间变得有些不自然。不过，看到苏青不顾四周暧昧的笑容，只朝自己灿烂热情地笑，他怎么也不好拒绝，低声说了句“谢谢”。

简单又朝刘米投了一个抱歉的眼神。

刘米笑眯眯地将水递给李奇，瞟了他一眼，“好心”提醒道：“慢点喝，别呛到了。”但刘米看向李奇的眼色中丝毫看不出来有一丝的“感激”。

谁都没有看到，刘米看苏青时眼里一闪而过的恨意。

篮球比赛结束以后，简单成了院篮球队的一员。

虽然简单没有报名参加预选，但是他那天的表现已经引起了队长的注意。让苏青意外的是，看似吊儿郎当的李奇居然也进了院队。

说起这个，李奇一脸不满，“我说苏青，那天你到底有没有看我这个天才打球？看没看我这个天才在球场上叱咤风云的样子？你的目光是不是都放在简单身上了？”

和樱木花道一样，李奇也是个喜欢把“我是天才”这句口头禅放在嘴边、心思单纯得几近白痴的人。

“有吗？”苏青矢口否认，“你那天挺帅的，是 14 号对吧？进了好几个球呢！”

“李奇好像是 23 号。”林沫沫小声地纠正。

“还是我家沫沫好！”李奇恨铁不成钢，顺手揉了揉沫沫的脑袋，“沫沫你吃冰淇淋吗？哥请！”

随即，李奇朝着苏青伸出食指，比画出一个“NO”的动作，“没有你的份。”

苏青和简单同一个专业，却不是一个班，所以通常课都会错开来上。有时候简单上三四节课，苏青就跑来旁听，美其名曰“课后巩固知识”；不过，苏青想好了，要是有人问起为什么简单上一二节课的时候苏青也来旁听，她就会用“课前好好预习才能更好吸收知识的养分”来回答。

一来二去，二班的人都知道院草简单身后跟了一个“尾巴”，而且是一个打着学习的幌子公然粘着简单的“尾巴”。连那个戴着老花镜教古代汉语的老教授都夸苏青“是个刻苦的好孩子”。如果哪天二班上课没看到苏青来蹭课，教授反而会问：“咦，那个喜欢扎马尾的、学习很刻苦的女生今天没有来上课吗？”

简单有些苦恼，但拿苏青毫无办法。苏青不仅来旁听，而且笔记做得一丝不苟，上课的时候从来不开小差，也不会打扰到简单。有时候，简单看着苏青认真的样子，真心搞不懂眼前的女孩子究竟在想些什么。

苏青一直保持着写日记的习惯。

无数个深不见底的夜晚，苏青都会打开台灯，在黑暗中撑开一片光明，那些不为人知的心事，那些在无数个夜里翻来覆去的往事，都被她一点点地记录下来。

外人看来，苏青热情活泼，像是一个闪闪发光的小太阳。事实上，苏青也有自己的过去，只是她不想将那些不愉快的往事展现给不相关的人看。

至于对简单的感情，苏青从来没有体验过心情被一个毫不相干的人搅得天翻地覆的感觉。最开始的慌乱过后，苏青选择相信自己的内心，相信喜欢一个人给自己带来的力量。

有时候，苏青看到球场上奋力拼搏的简单，看到阳光撒进篮球馆，看到他们为胜利欢呼雀跃、为失败互相鼓舞的时候，就觉得一切是那么美好。

谁说年轻的时候，喜欢一个人，不能是一件简单的事情呢！

不过，唯一让苏青觉得不太开心的是，之前和自己有过小摩擦的刘米，竟然被选为院啦啦队的队长。

刘米和简单一个班，借着身高和外形上的优势，再加上从小跳舞的经历，成为院啦啦队队长一点都不意外。篮球赛的时候，苏青只是觉得刘米好像对自己有误解，后来再通过为数不多的几次相处，苏青隐隐约约觉察出这种对立的源头是什么。

是简单。

刘米当上了啦啦队队长，这就意味着，刘米和简单有更多的时间在一起。简单打球的时候，刘米可以在一旁练舞；简单中场休息，刘米可以为简单递上准备好的纸巾和水；甚至在训练结束后，两个人还可以一起约着去吃个饭。

啦啦队是为篮球队服务的，刘米吃饭的提议看起来合情合理，简单一般也不会拒绝。

虽然苏青并不像林沫沫那样，是一个“细嗅蔷薇”的女生，但是，一个女生喜欢一个男生，眼神是骗不了人的。刘米从来没有在公开场合像苏青那样表现出对简单的喜欢，但是苏青看得出来，刘米看简单的眼神、嘴角露出的笑容、不经意的一颦一笑，和对其他人分明是不一样的。

想到这里，苏青有些焦躁，急急忙忙朝篮球馆跑去。

彼时已经是下午两点，正是天气最热的时候。苏青一路跑过来，心不在焉。没过多久，她脸上就浮起了一层细密的汗珠。

篮球队正处于新老交替选拔队长的状态，所以简单一连几天都在篮球馆训练。啦啦队的训练场地离篮球馆不远。因为啦啦队会根据篮球队的需要来配合着设计一些舞蹈动作，所以队长刘米安排组员就近在篮球场一旁的教室训练。

苏青到的时候，正好看到刘米和简单、李奇三个人一起在说话。虽然刘米和李奇之间还是浮现着一股若有若无的尴尬，但幸好有简单在，刘米时不时掩嘴偷笑，简单在一旁，安静地听，并不出声。

看到苏青，刘米眼神里闪过一丝诧异。不过很快，她就装作热络地朝苏青打招呼：“苏青，你好呀！”

苏青觉得刘米今天有些奇怪，因为说话间，刘米竟然亲昵地挽起了苏青的胳膊，连一旁的李奇都觉得有些不可思议。

不过苏青很快发现，刘米其实是个很有意思的女孩。与从小所受的教育有关，刘米并不太爱和不熟悉的人说话。但熟悉以后，你会发现她其实是一个很有想法、情商很高的女孩子。和她说话永远都不担心冷场，她会在适当的时候插一两句点睛之语，让对方更有交谈的欲望，但又不会打断对方的思路。渐渐地，苏青都有些佩服眼前的这个女孩子了：漂亮、聪慧、吸引人，只是她今天这种莫名的熟稔让苏青有些不适应，总觉得隐隐中哪里不对劲。看着眼前笑得一脸无害的刘米，苏青暗暗鄙视自己，因为简单的关系，自己对刘米的印象有些先入为主了。

不管苏青再怎么掩饰，言语之间对刘米还是有些针锋相对。反而是刘米，似乎丝毫没有听出苏青话里的不满，总能四两拨千斤，谈话倒也有几分融洽。

“苏青，你下午有时间吗？待会我们四个一起吃饭吧！”提出吃饭建议的人是刘米，“学校外面有个餐馆不错，那里的红烧鱼做得一绝！”

苏青愣神间，简单和李奇都应允了，于是苏青反而不好说什么了。

在等待刘米换衣服时，苏青听到刘米在喊她：“苏青，你能进来帮我一个忙吗？”

几分钟以后，换衣间响起了刘米“啊”的一声惊呼，随即就是“乒乒乓乓”东西落地的声音。

简单和李奇同时朝换衣间看去，迟疑了一下，简单敲了敲门，有些担心地问：“刘米，苏青，你们俩没事吧？”

过了几分钟，门才打开。

李奇率先冲了进去，一边四处观望，一边念念有词：“采花贼在哪里？”

待看清眼前发生的事以后，李奇知道自己的笑话一点也不好笑。

刘米还是穿着啦啦队的衣服，跌坐在地上，手里的衣服、身上、头发上沾了不少蓝色的颜料，脚踝上传来的阵阵疼痛让她的脸色变得有些苍白。

“苏青，我知道你喜欢简单，但是我和简单真的没有什么！你为什么不相信我呢？”刘米极力撇清和简单的关系，一张脸因为脚踝上的疼痛变得有些扭曲，眼里不知道是因为委屈还是疼痛，隐隐地泛着泪水。

简单疑惑地看向苏青。

“我……”苏青怎么也想不明白这一切是如何发生的，五分钟之前，刘米喊自己进换衣间帮忙解开衣服后面的扣子，自己进去的时候，刘米还是笑意盈盈的。

从背后帮刘米弄衣服的时候，苏青想打破尴尬，随口夸了句：“刘米，你发质挺不错呢！”

“谢谢夸奖！”刘米甜甜地笑，突然话题一转，“上次简单请我吃牛排的时候，我的头发老往下掉，多亏简单用手替我挽住了头发，我才顺利地吃完了那顿饭。事后简单送我回家的时候，也夸过我发质好呢！”

事实上，刘米的话半真半假。那天其实是刘米忘记带发绳，有一缕头发一直往下掉，简单只是有些呆萌地说了句：“刘米，我觉得你的头发可以剪短一些，这样就不会影响到吃饭了。”

苏青听着刘米的炫耀，突然意识到刘米说这话的真正含义。

“你喜欢简单，所以这些话你是故意说给我听的？”

“是的，我喜欢简单。苏青，不过你觉得你有可能抢得过我吗？”刘米朝苏青上下打量，然后轻蔑地笑了。这时，处在防御中的苏青看到刘米突然冲过来，嘴角还露出一丝讥讽的笑。

苏青下意识伸出手去挡，手臂也暗暗地使了点劲，没想到刘米看似用了很大劲冲过来，苏青只轻轻一碰，她就像一个瓷娃娃一般往地上倒了下去。等到苏青反应过来的时候，刘米已经一脸狼狈地躺在不知道从哪里冒出来的颜料里面了。

“我是喜欢简单，因为他是个很棒的男孩子。但我从来没有想过要和他在一起……”刘米一字一顿地说出早已经想好的台词。她表明心意，但是又不唐突；表明立场，又显得楚楚可怜。

论战斗力，苏青差刘米太多段数了。

简单有些不敢相信地朝苏青投去怀疑的目光，然后在苏青微微有些愤怒却并不打算解释的表情里，将刘米扶了起来。

九月的天，苏青竟然觉得有些眩晕。

回去的时候，苏青满脑袋都是刘米最后对她笑着说的那句话："敢不敢和我打赌，简单我势在必得。"

刘米说这话的时候，眼神流转，充满着自信。反观苏青，狼狈得一塌糊涂。

"哎，苏青，别耷拉着脸啦！虽然吧，我知道女生对情敌喜欢快刀斩乱麻，不过你这下手也太狠了点，人刘米的脚恐怕要养好久才能恢复！"

"你也觉得我是故意推她？"苏青看着李奇，反问。

李奇连忙讨饶："我可没有那么说。"

简单最后扶着刘米走的那个背影已经让她难过不已，她想解释，但是又不知道从哪里开始解释。

看到简单和刘米亲密地走在一起的画面，苏青心里的酸楚已经让她失去了理智。她恨不得将刘米远远推开，永远离开简单的生活。

让她没有想到的是，刘米对自己太下得了手了。

刘米住院期间，苏青去探望过一次。她提着一罐汤，给刘米赔罪。

"那天是我不小心，我特地来向你道歉，我知道你会原谅我的，对不对？"为了充分赢得刘米的"谅解"，苏青甚至伸手拉刘米的手。

"我并不反对你喜欢简单，简单是一个值得女生喜欢的男孩子。我们全院这么多女孩子，至少有一半人对简单有好感，我总不会一个一个去推她们吧！那天我不是故意推你的，只是觉得你这么优秀的女孩子也喜欢简单，有些诧异……"

苏青知道，简单就在门外面，自己这些话，不足以糊弄心思缜密的刘米，但是像简单这种没什么心眼的男生还是比较好糊弄的。

那就公平竞争吧。

因为刘米受伤，啦啦队不得不重新安排人暂时接替刘米的位置。简单听到这个消息以后，怕刘米不开心，所以有空就会约着李奇去探望刘米。

李奇推托了几次，简单便不再强求了。

反而是刘米，耐心地劝简单把更多时间放在比赛上。

“那……我们约好，我努力养伤，你努力打球。比赛那天我还是一个健康的我，你也要发挥出你最好的水平！”病床上的刘米鼓励简单，伸出小指头。

看着眼前的女孩子，简单没有丝毫犹豫，拉钩上吊，一百年，不许变。

“苏青，很晚了，你还不睡吗？”说话的是林沫沫。已经凌晨一点钟，苏青把头发全部扎起来，嘴里叼着个迷你手电筒，正在寝室地板上涂涂画画。

“沫沫你先睡，我马上就好了。”苏青回了林沫沫一句，手上的动作却没有停下。

再过几天就是简单比赛的日子了。苏青想好了，要单独为简单制作一个特别的加油条幅。因为训练的关系，简单一直很忙，苏青已经很久没有见到简单了。有时候，苏青也会有些难过，不过转念一想，能为简单做一点事情总是好的。

他忙，那她就在一旁默默看着就好。

他打球，那她就为他亲手制作加油条幅，让他知道，身后永远有人支持他。

喜欢一个人，就愿意把世界上最好的东西给他；喜欢一个人，虽然忐忑，却也幸福。

苏青双眼都熬红了，终于赶在比赛的前一天把加油条幅做出来了。

预选赛如约而至。

因为熬夜做条幅，苏青已经很久没有睡好觉了。不过，当她坐在看台上，看到简单出场时，觉得这些天的努力都值了。

刘米的脚好得差不多了，简单特意关照队友为她留了一个前排的位置，一是照顾她的情绪，另一方面，有种想为苏青赎罪的感觉。

至于为什么他有这样的想法，不得而知。

离比赛不到半个小时，篮球馆里已经热火朝天了，来看比赛的除了篮球爱好者，还有一些慕名而来的女生。

“你知道吗？文学院那个叫简单的男生，听说打球超级帅！”

“真的吗？哪个？ 10 号吗？”

苏青听到有人议论简单，心里比夸自己还甜。

文学院这次对战的是上届冠军化材学院。双方选手出场的时候，欢呼声四起。文学院的球员偏瘦，但是胜在动作敏捷；化材学院的球员身体壮硕，在对抗性方面优势较大。

苏青和林沫沫两人有些紧张地看着球场，比赛开始没多久，场面就变成了拉锯战。化材学院以微弱的优势领先，文学院新来的简单和李奇像两匹黑马，紧盯着对方前锋，不让分数差距拉大，并且在关键时刻，两人总能配合拿分。

球场上的欢呼声此起彼伏，球员之间的身体碰撞让苏青看得心惊胆战，她心里倒也没有太高的要求，只祈祷简单能在这场比赛里平安度过，不要受伤。

比赛进行到一半的时候，比分已经持平，简单的体力并不是很好，中场休息的时候微微有些喘气。刘米担心地朝简单看去，简单朝刘米做了一个 OK 的手势。

下半场，比赛更加激烈，因为简单和李奇的完美配合，对方教练改变了战术，派出最厉害的两个人防守他们。苏青看了下那两个人的身板，不由得倒吸一口气。

换了战术以后，下半场的比赛显得格外艰难。不过，虽然控制住对方的选手，化材学院也没有占到什么便宜，几个回合下来，场上球员们洒下的汗水已经将地板浸得有些滑了。

林沫沫担心地看着场上的球员，双手合十，眼睛一眨不眨。

还有最后五分钟的时候，令人最担心的事情还是发生了。

李奇在进攻的时候，侧身躲对方的前锋，传球给简单，简单飞快侧身过人，接球，上篮。两人的配合天衣无缝。

不过，随着球进框以后砸向地板的声音，同时倒下的还有 23 号的李奇。

“我 × ！”李奇低低地骂了一声，落地的瞬间，他感觉到自己脚下一滑，随后清晰地听到左脚脚踝“咔嚓”的声音。

比赛暂停，看台上有人在议论发生了什么事。苏青一门心思都在简单身上，还没反应过来，身旁的林沫沫就像蝴蝶一样飞奔到了场边。

李奇疼得龇牙咧嘴，一回头，看到一旁林沫沫吓得眼泪都掉了下来。

“哎，沫沫，这是干吗呢！”李奇强笑着，伸手去揉沫沫的脑袋，还不忘贫嘴，“孩子生病老不好，多半是得了……我就是脚有一点点疼，别哭啊沫沫……”

看见林沫沫越哭越伤心，李奇不敢再贫了，伸手去敲自己的脚，“一点都不疼，你看……”

“真的吗？”沫沫抹着泪，半信半疑。

“还是有点疼的，乖，别哭了哈，你这一哭，我心都要化了。”

林沫沫看李奇还有心情贫嘴，又一想刚刚他说的这句话，有些不好意思，急忙止住了哭。

看到沫沫朝自己比 OK 的手势，苏青心里的石头稍微放下了。因为李奇受伤换人，整个队士气都很低落，特别是简单，一边要担心李奇的脚伤，一边又要力挽狂澜支撑整个队伍。苏青突然想到了什么，拿出了自己做的条幅。

“简单加油！”“文学院加油！”

体育馆里低沉的交头接耳声中赫然响起了一个嘹亮的女声，不由得让人振奋。不过，当大家看到苏青的条幅时，都感觉有种说不出的怪异。

一般的加油条幅上都是写名字和加油语，苏青这个加油条幅完全相反。上面只有两个人头，男孩子穿着球服，很显然是简单；另外一个女孩不用说就是苏青，两个人并排站着，身后是红色的背景。

苏青本来想表达的意思是：简单我想为你加油。不过现在看来，这个条幅越看越怪。

李奇的脑袋转得快，脱口而出：“苏青你是把你和简单的登记照带过来了吗？”说完，他还朝苏青比画了一个棒的手势。

球队里爆发出一阵笑声，队友们早就听说有苏青这一号人，今天百闻不如一见，甚至有队员在如此紧张的气氛下还不忘朝简单投去一个暧昧的笑容。

苏青听不清那边在说什么，看到所有人都在笑，还看到李奇朝自己竖起了大拇指，以为他们在夸自己条幅做得好，连忙点头，没想到那边爆发出更大的笑声。

李奇看到简单脸上的表情不太对劲，连忙轻咳一声，回到比赛主题上："现在我们差对方两分，死守住这两分，大家要加油！"

简单生气的时候，脸上从来都是没有表情。今天苏青的举动，无疑是让简单在全队面前公然地被嘲笑了，虽然这不是苏青的本意。

李奇下场以后，文学院的形势变得愈发艰难。虽然简单全力出击，但是不敌对方疯狂反扑。终场哨声响起的时候，文学院以差十分的比分输掉了这场比赛。

在休息室的时候，队长笑言，这是他进文学院几年看到的最精彩的比赛。可能是面临换届，其他人也比较释然，男子汉大丈夫，输了就是输了。比赛打得酣畅淋漓，这比分数重要多了。

话虽这么说，简单却表现出心事重重的样子。

他心里的失落，不仅是因为没有为院里赢得比赛，更因为球场上的苏青。

简单不懂为什么苏青会一意孤行地喜欢自己，其实自己暗示过苏青。

例如，前段时间苏青约吃饭，简单以"单独两个人吃饭不太好"为理由拒绝了她，没想到她拉来了林沫沫和李奇。

例如，后来苏青为自己送午饭，简单以自己"不爱吃外卖"为由暗示苏青，没想到苏青愣是用寝室里简陋的设备变着法子炮制出美味的午餐来犒劳他。

简单觉得，他和苏青，像是逃兵和官兵，他逃得越狠，她追得越急，并且乐此不疲。

可是简单觉得累，他不喜欢这种被压迫的喜欢。真正的喜欢，应该是愉悦的，让人快乐的，而不是像现在这样，队友的揶揄、苏青的追逐，似天罗地网，密密麻麻，压得他透不过气来。

苏青的喜欢太肆意了。

简单不想要，也要不起。

从篮球馆回来的途中，简单想了很多，一直到暮色四合。望着袅袅升起的炊烟，简单突然觉得，比孤单更可怕的是，身在孤独中，却浑然不自知。

第三章

你知道吗？人生只有三万天

篮球比赛结束以后，苏青发现简单情绪低落了好长时间。苏青觉得心疼，原本阳光无比的男生因为一场比赛，好像收敛了自己所有的锐气。

苏青不知道的是，简单在心里默默地作了一个决定。

启明要来北京开演唱会的消息席卷了整个饭圈，但因为简单比赛的事情，苏青已经很久没有关注启明的消息了。

这天，放松下来的苏青随手刷着微信群，被一条消息吸引："现出售启明演唱会门票两张，有意者请联系 ×××××"。

启明演唱会的门票早就已经卖断票了。前几个月的时候，苏青想去启明演唱会的决心并不强烈，所以预售出来的时候 ，她迟疑了一下。几分钟之后，票就被一抢而空。后来她后悔不已，但是也于事无补。而现在，苏青的脑海里突然闪现出简单笔记本里夹着的启明贴画和简单那张与伯贤极其相似的脸。

在还没有认识的时候，可能在某个午后，也可能在某个深夜，她和简单，两个冥冥之中要相遇的人，听着同一首歌，喜欢着同一个偶像，这是件多么神奇的事情！想到这里，苏青心里一个激灵，立马给群里转票的人打电话。

好在卖票之人也是学校的学生，本来是准备陪女朋友去看演唱会的，没想到还没有等到启明来北京，女朋友就和他提出了分手。他听了苏青买票的原因，倒也有种惺惺相惜的感觉，一口答应了。

对方没有提高票价已经是很好了，苏青交了定金，答应在一个月内交完余款。

离演唱会还有一个月左右的时间，苏青觉得，自己要开始去赚门票钱了，向家里开口是万万不能的，妈妈还要照顾姐姐……一想到姐姐，苏青就想叹气。

想别的方法吧。

一连几天，苏青都在留意学校公告栏上的招聘信息。苏青想着，有家教之类的工作是最好的，实在不行，累点的工作也行。现在对她来说，启明演唱会的门票比身体的劳累重要得多。

同样忙起来的还有林沫沫。李奇的腿伤没有想象中那么轻，说不疼是假的，所以李奇干脆一口气请了一个月的假，专专心心地做他的病号。林沫沫经常来照顾他。看着眼前女孩笑意盈盈的脸，李奇闭上眼睛就能想起这张脸当着全校人的面为自己哭得梨花带雨的样子。

是什么感觉呢？

心化了。

有人说，世界上最打动人的情况分两种，一种是只懂得流血的人，某一天为你流了泪；另一种是只懂得流泪的人，某一天为你流了血。

李奇想，如果非要这么比喻，林沫沫对自己就是属于那种，原本天天无忧无虑开开心心笑着的人，却为你的伤痛默默哭泣。

功夫不负有心人，两天以后，苏青终于找到了一条招聘小广告，是学校外的咖啡馆招服务生，待遇不错，唯一不太好的一点是，可能需要工作到晚上11点。

女生寝室晚上关门的时间是11点整，再加上路上花费的时间，苏青是绝对不可能在寝室关门之前赶回寝室的。她算了下工资，做一个月的话，刚好可以填上余款，说不定还可以在看完演唱会以后请简单去撮一顿。

可是这个工作时间，真的太不凑巧了。苏青看着那张被自己翻来覆去捏皱了的广告单，重重地叹了口气。

正所谓，屋漏偏逢连夜雨，正当苏青为余款发愁时，卖票那人打来电话，语气挺不好意思。

“同学，刚刚有人打我电话，愿意多出一半的价钱买这两张票。我知道你已经预定了，但也只交了定金，一直没有给尾款……我可以把定金还给你的……”

“不，”苏青急得只能说一个字，“不，这两张票我一定要，你务必帮我留下来。”

苏青从纸篓里重新翻出了揉得皱巴巴的广告单。

咖啡馆的位置离苏青的寝室不是特别远，店里装修得也格外有情调，看得出来咖啡厅的老板是一个极有想法的人。平时来消费的一般是学生，不过晚上十点以后，就鲜有学生光临，顾客主要是下班回家的白领，也有年轻的情侣。

苏青的工作并不是很忙，再加上她以前也做过其他兼职，所以咖啡馆的工作并没有什么让她觉得难的地方，没过几天，就做得得心应手了。寝室那边，苏青拜托林沫沫随时关注寝室动态，如果遇到阿姨来查房，就及时通知她赶回去。

咖啡店的老板是个名叫舒佳的年轻女孩，咖啡厅的名字也很有意思，叫“是非”。

是是非非，凡人谁又能说得清？这样一琢磨，苏青觉得这咖啡厅的名字简直绝了。

据苏青的猜测，舒佳比自己大不了多少，她开店似乎不是为了赚钱，纯粹就是一种爱好。店里没客人的时候，舒佳还会为苏青泡上一杯拿铁，两个人看看书、聊聊天，时间一下子就过去了。

至于回寝室，苏青选择了一个最笨的方法——翻铁门。只要翻过了女生寝室楼下面的铁门，再刷门禁卡，偷偷溜进寝室，不被人发现，就万事大吉了。

第一次翻铁门的时候，苏青还有些担心，翻铁门的时候门会晃晃悠悠地响，苏青生怕把阿姨吵醒了。

“别到处张望，直接跳下来。”

正在犹豫的苏青听到黑暗里突然出现的声音，神经立马紧张起来，一不留神，脚没用力，直接摔了下来，铁门发出一阵“吱呀吱呀”的声响。

值班室的灯亮了，苏青暗叫不好，没想到第一天回来就被抓了。

正当苏青绝望时，灌木丛里响起三声响亮的狗叫声，“汪！汪！汪！”接着爬出来一个人。

苏青的眼睛都看直了。

昏暗的灯光下，那个人朝苏青扬了扬手里一个按钮一样的东西，三秒钟以后，值班室的灯熄了，一切又恢复了平静。

苏青目瞪口呆地看着眼前这个雌雄莫辨的人麻利地翻过铁门，轻巧落地，像一只轻车熟路的猫。

“别叫，我不是小偷。”似乎看出苏青的紧张，眼前人掏出了学生证。

“舒雅，音乐学院大一学生。”

再近一点，苏青看清了眼前人的打扮，白色短袖上衣，破洞牛仔裤，微微偏瘦的脸，妆有些偏浓，倒是两条弯眉下长着一双和妆容极不相称的灵动眼睛，左眼角有一颗淡淡的泪痣，利落的丸子头，还朝苏青友好地笑了笑。

再转眼，白色的背影拐到了另一个楼层，苏青就看不到了。

苏青回到了寝室，不出所料，寝室其他人都躺下了，黑暗中有一盏微弱的灯还亮着，那是林沫沫特地为苏青留的。

“今天第一天工作还顺利吧？”

是床上沫沫用手机发的短信。她担心苏青，所以一直等到苏青回来才安心。虽然不知道苏青为什么突然想做这么晚的兼职，但是对于好朋友的决定，林沫沫向来是绝对支持的。

“一切 OK。”

苏青想了下，还是决定不跟林沫沫讲今天晚上的奇遇。林沫沫天生胆小，要是她因为太担心自己的安危不让自己晚上出去赚钱，启明演唱会的门票就绝对要飞了。

一想到启明，苏青脑海里就闪过简单的脸。

真想知道简单现在在做什么。

一想起简单，苏青又觉得浑身都充满了力量，觉得一天的劳累都烟消云散了。苏青甚至想过，简单要是知道自己现在在做什么，会不会觉得她在“胡来”？不过苏青想得更多的是，简单看到启明演唱会的门票，会是什么反应。苏青一边幻想着，一边甜蜜地睡去。

接连几天，苏青几乎每天都在同一个时间点遇见那个神奇的“翻墙人”。苏青心里不是没有疑惑：难道她也和自己一样出去打工赚钱？

不过很快，苏青就和舒雅在其他场合碰面了。

在音乐学院成立五十周年的周年庆期间，学校里到处打着横幅广告。一天，苏青无意中在广告海报上看到了一个熟悉的名字。

钢琴独奏《卡农》，表演者：音乐学院　舒雅

不过，在真正的周年庆晚会上，苏青看着台上那个人，又疑惑了。这个叫舒雅的女生真的是苏青每晚回寝室时遇到的那个化着浓妆，轻车熟路地对付管理员阿姨，翻墙、学狗叫样样拿手的舒雅吗？

眼前这个表演钢琴独奏的女孩子一袭白裙、长发及肩，露出藕节一样白嫩的手臂，低眉顺眼地弹奏着，有种说不出的温婉清丽。一首《卡农》演奏下来，更是赢得满场掌声。苏青很难把她和那天晚上的女生联系起来。

苏青溜到后台，寻找刚刚完成独奏的舒雅，舒雅正好在忙着整理自己带的

东西。看到女孩那双眼睛和眼角的泪痣，苏青这才确定自己没有认错人。

显然，舒雅也认出了苏青，她朝苏青眨了眨眼睛，然后比画了一个“嘘”的动作。

“差点没认出你，”苏青小声地说，“难得我们这么有缘分，而且第一次见面,你就救了我一次,一直没有机会谢谢你,节目结束以后我请你喝咖啡吧！”

舒雅笑了笑，眼下的泪痣越发生动，“好啊！”

平时，“是非”的客人并不多，苏青和舒雅一人点了一杯咖啡，有一搭没一搭地聊着。渐渐地，苏青发现眼前的女生虽然看起来乖巧，但很多观点却和自己出奇地一致。

“这杯咖啡一定我请！”苏青豪迈地说，说罢朝四周看看，故作神秘，“告诉你，报我的名字可以打九折。”

舒佳曾对苏青说过，只要是她和朋友来这里吃东西、喝下午茶，都有一定的折扣。

“我——也——告——诉——你，报我的名字可以免单。”舒雅也压低了声音。

苏青正在琢磨这句话的意思，就听到老板娘舒佳的声音从身后传来，“雅雅？你今天怎么有空来这里玩了？”

苏青哭笑不得，舒佳、舒雅，原来自己打工的店居然是舒雅家开的，自己竟然还在小老板娘面前吹牛！

舒雅向姐姐借了苏青半天时间，两个人一路笑着从咖啡馆踱步到操场。天空中已经有很多星星，散落在蓝色的、绸缎一样美丽的夜空中。

苏青已经很久没有这么放松了。两个人脱掉了鞋子，爬上了操场旁的一棵大树上。舒雅问出了自己的疑惑：“你为什么想去打工？”

或许是有感而发，或许是太久没有遇到倾诉的对象了，苏青一口气把自己和简单之间的所有事情全部讲了出来，包括和简单的相识，还有球赛，还有门票的事情。

舒雅静静地听，听到苏青因为晚回寝室差点被人尾随时，忍不住替她捏了把汗。

“值吗？”舒雅问她。

苏青一直以来的疑惑被一个刚认识不久的人问出来，脑袋顿时卡壳了，却还是脱口而出：“值！”

半晌，苏青才缓缓道来。

“你知道吗？我听过一个理论，叫人活三万天。在这三万天里，能和自己喜欢的人在一起，能看他多一分、多一秒都是赚的。你问我值不值得，我不知道，但是我知道自己喜欢他。喜欢一个人，本来就是一件开心的事情，为什么一定要纠结值不值得或者有没有回报呢？我只知道，我这辈子，就算只为我自己活，也绝对不要活得有遗憾。更何况……”

苏青沉默了，“更何况”三个字后面的话并没有说出来。

那天晚上以后，苏青和舒雅的关系毫无预兆地亲近了很多。

与和林沫沫的亲近不一样，舒雅身上有一种很吸引人的特质，就像苏青不懂舒雅家里明明不缺钱，为什么还要溜出去在地下乐队唱歌一样。

刘米的脚伤好了以后，倒是约简单吃过几次饭。不过，简单的态度让人琢磨不透，不拒绝，也不主动。

刘米心里觉得奇怪，不过更奇怪的是，“橡皮糖”苏青这段时间竟然不见人影，这实在不像是苏青的风格。

这天，刘米刚回寝室，紧接着室友张萌也风风火火地跑回来，一进门就忍不住朝刘米嚷嚷。

“刘米，你猜我遇到谁了？”张萌性格豪爽，小道消息也最多。

刘米并不搭理她，继续对着镜子细细勾勒着眉毛。因为她知道以张萌的性格，你越不问，她才越急。

“哎呀，你怎么一点反应都没有？我看到苏青在咖啡店打工，苏青，还记得吗？”

刘米淡淡回道：“哦？”

大学生打工兼职是件很正常的事情，有的人想着锻炼自己，有的人想赚点零花钱，这些都无可厚非。所以在刘米看来，这并没有什么让人觉得不妥的。

“是啊！但是你知道吗？”张萌凑过来，神秘地说道，“因为要打工赚钱，夜不归宿，这性质严重了吧？”

刘米心里一动，想起苏青在简单面前鞍前马后谄媚的样子，顿时升起一股厌恶的感觉。

“不过也不算夜不归宿啦！”张萌想了一下，又说，“反正刚刚我看到苏青在店里工作，一时好奇，就问了一下老板娘，结果老板娘说她 11 点下班。你想啊，11 点，我们寝室都关门了……”

张萌还在滔滔不绝地说着时，就看到刘米收拾了东西出门了。

“哎，刘米，这么晚了你去哪儿啊？……记得回来的时候帮我在南门带份章鱼烧！”

天刚下过雨，天空中呈现出一种清爽的颜色。苏青穿着店里的工作服，一边擦着桌子，一边想象把票给简单时简单诧异的表情。

今天是星期一，咖啡馆人并不多，尤其是晚上 10 点过后。还有一个小时就下班了，苏青在心里给自己打气，最近因为兼职，睡眠时间严重不足，精气神没有以前看起来好了。

门口响起风铃的声音，苏青强打起精神，快走几步迎接客人。

“你好，欢迎光……”

看清楚来人以后，苏青心里“咯噔”了一下。

虽然说自己打工的事情并没有什么不光彩，而且来学校附近的“是非”做服务员，苏青早就做好了会遇见熟人的心理准备。不过，看到眼前的刘米穿着精致的裙子，脸上若有若无的笑容的时候，苏青心里还是升起了一种很不舒服的感觉。

这种感觉就像花大钱买了一样并不好吃的东西，吃也不是，不吃也不是，怎么也不舒服。

看到刘米脚上穿着的高跟鞋，苏青自然联想起她在简单面前装无辜陷害自己的样子。

“苏青，怎么了？”正在柜台上清算的舒佳看着苏青有些不对劲。半个小时以前，有一个女孩子向舒佳打听苏青的事情，舒佳并没有多透露什么，听对方说和苏青是朋友才告诉她苏青每天晚上 11 点才回寝室。

苏青回过神来，朝舒佳摇摇头。

“您好，请问需要些什么吗？”刘米坐下以后，苏青露出了一个标准的微笑。

刘米漫不经心地翻阅着点餐单，一页一页看着，没让苏青走，也没说要点什么，苏青就在旁边站着。五分钟之后，刘米才懒懒地翘着手，随意朝上面一指：“就这个吧，温热的。”

苏青接过餐单，有点不相信刘米竟然没有为难自己。

“再次向您确认一下，是卡布奇诺，热的，对吧？”

刘米玩着手指头，看了苏青一眼，不置可否。

没想到，五分钟以后，苏青把咖啡端上来，刘米看了一眼咖啡，用手触了触咖啡的杯沿，随即皱起眉头。

“你摸摸，这咖啡怎么这么烫？”刘米声音高了一度。

苏青耐心地解释：“您好，这里的咖啡只有冰的和热的。”

“我说的是温热，咖啡这么烫，你让我怎么喝？叫你们老板过来。”

苏青知道刘米是故意在找事，但是又拿她无可奈何，只能好脾气地解释。过了一会儿，舒佳听到响动，走了过来，“苏青，怎么了？”

还没等苏青说话，刘米便恶人先告状：“老板娘，我点了一杯温热的咖啡，结果端上来的却是热的，服务员还不承认是她的错。”

舒佳淡淡一笑：“不好意思，苏青说的没错，我们店确实只出售冰的和热的咖啡！”

被老板娘不软不硬地呛了一句，刘米有些尴尬，随即，她眼睛一转，“可是我要的明明是拿铁，这送上的却是卡布奇诺，我需要她跟我道歉。”

“你……”苏青被刘米倒打一耙，一时间又无从解释。不是自己的错，苏青说什么也不愿意被人冤枉，低声下气地给刘米道歉。两个人互相看着，谁也不肯认输。

“爱喝喝，不爱就走。”

一个清亮的女声响起，刘米回头，看到一个穿着破洞牛仔裤的女生。此人一脸浓妆，眼神里有些不耐烦，左边眼角下还有一颗泪痣，不是舒雅是谁！

刘米见过不少漂亮的女生，眼前的舒雅虽然化着浓妆，但是眉眼之间有种很特别的气质。

漂亮女生对漂亮女生总是有种天生的敌意，刘米皱着眉头，只是冷哼一声。

不过，舒雅似乎并不喜欢刘米，当着苏青的面，甚至做了一个“不欢迎，请走”的手势。

刘米哪见过这阵势，本来还想说什么，看了一眼咖啡馆后面挂着的时钟，像突然想起了什么似的，狠狠瞪了苏青一眼，转身离开了咖啡馆。

离 11 点还差两分钟。

刘米特意等寝室楼的门关上了，确定苏青一直没有回寝室，才换上一副焦急的表情，敲开了宿管阿姨的门。她走的时候，苏青还在咖啡店里工作。

“阿姨，您在吗？”

“什么事？”开门的是四十多岁的李阿姨。

“我是 302 的刘米，我们班有个女孩子叫苏青，现在都没有回寝室，我很担心她，怕她出了什么事情，想出去找她。”刘米可怜兮兮地说道。

事实上，大学寝室的管理并不是那么严格，通常情况下，只要学生是安全的，不会妨碍到正常的寝室秩序，回不回寝室，管理员阿姨都是睁一只眼闭一只眼。

不过，眼下刘米亲自提出这件事情，李阿姨不管也说不过去了。

“夜不归宿”这个名声对女生而言，总归是不太好。刘米记得很清楚，不久前，有女生因为和男朋友吵架而夜不归宿，室友担心，最后通报到辅导员和院领导那里。院领导一方面担心女生出什么事情，另一方面也怕出了事学院名声受损，连夜出去寻找。虽然最后的结果让大家松了口气，女生只是赌气去了朋友家过夜，并没有出什么意外，但是整个学院，上至学校领导，下至学生会干部，全部都知道了这件事。

那个女生一下子“出名”了，走在路上有人指指点点，甚至连上课的老师也对她态度不一般。最后，她实在受不了，转到了别的院，至于后来怎么样了，结果不得而知。

刘米想，苏青现在也挺适合“出出名”的。

阿姨露出一丝不耐烦的表情，不过更多的是担心，“要不跟你们老师打个电话？”

刘米泪眼巴巴，掏出手机。她和苏青不是一个班，当然没有所谓“班主任”的号码，她准备直接给书记打电话，反正也不怕事情闹大。

正当她准备拨号的时候，远处两个人拿着换洗衣物朝公共澡堂走去，两人有说有笑，经过刘米的时候，甚至还友好地朝刘米笑了一笑。

“通了吗？”李阿姨提醒刘米。

刘米回过神来，“阿姨，我好像记错了，刚刚我看到我的同学了，原来她回来了没有跟我说呢，麻烦阿姨了。”

听到这句话，李阿姨心里也松了一口气，人没事就好。

这边，苏青忍不住问舒雅：“你怎么知道刘米一定会去给管理员阿姨打小报告？”

十分钟之前，刘米前脚刚出“是非”，苏青心里刚刚松一口气，本来是准备收拾一下，然后下班。没想到舒雅盯着刘米的背影，朝舒佳喊了一句：“姐！

苏青今天提前十分钟下班，我借苏青用一用！”

舒雅和苏青一路狂奔，还抄了一条小路，才赶在搭车回学校的刘米前一分钟进寝室。

“她选那个时间来，一看就是故意的。”舒雅朝自己身上抹着沐浴露，不紧不慢地说，“你想，按她的性格，肯定不会这么轻易放过你。所以我猜，她想用别的方法对付你。”

水汽很大，舒雅的声音变得有些不真实。

“我不喜欢那个女生，她太自负了，觉得拥有所有东西都是理所当然的。所以，我偏偏要挫挫她的锐气。”

苏青没有接话。今天能逃过管理员阿姨的追问，多亏了舒雅。她也不喜欢刘米，但是说不上“刘米喜欢简单”这个原因占了几成。

接下来的日子，大约是因为在苏青那里碰了软钉子，又或许是舒雅的“战斗力”太惊人，刘米并没有继续针对苏青做一些大动作。平时偶尔碰上了，她也从来没有给苏青好脸色看。

苏青暗中也会跟她较劲。在苏青的世界里，她不欺负别人，但是也不许别人公然欺负她。

第四章
最黯淡的星光

一转眼，十一月份快到了，离启明来北京开演唱会的日子越来越近了。

舒佳给苏青结算了这段时间的薪水。启明演唱会门票到手的时候，苏青打通了简单的电话，约简单出来。

接到苏青电话的简单，恍然想起，好像一个多月没有见到苏青了。

即使这样，简单耳边却从没有断过“苏青”这两个字。

以前苏青来找简单的时候，室友都会起哄，追问他和苏青是什么关系。苏青在篮球馆的条幅事件，比篮球本身更吸引身边的这群人。

无论简单做什么事情，大家都爱拿苏青说事。

即使现在苏青很久没有出现在简单面前了，室友还是会时不时问简单：“哎简单，怎么好久都没有看到林妹妹了？”

“谁是林妹妹啊？”李奇在一旁“好奇地”问道。

简单哀嚎一声，用书盖住脑袋。

“就是那个把和简单的结婚登记照公然 Po 在篮球馆里的林妹妹啊！”

随即是一阵恶作剧得逞的笑声。

“喂，你好，我是简单。”

“喂，简单吗？我是苏青。”电话那头的苏青似乎很开心，“你待会能出来一下吗？我有东西给你。”不过简单想想，印象里苏青一直是活力满满的样子。

“嗯？”简单犹豫了一下。

“下午六点，西苑教一楼下，不见不散！”苏青似乎根本没有注意到简单的迟疑，也不准备给简单拒绝的机会，飞快地约好和简单见面的时间和地点，然后挂了电话。

苏青摩挲着手里这两张精美的门票，一想到可以陪简单去看他们最喜欢的启明演唱会，这段时间以来受的苦和旁人的不理解一下子就烟消云散了。

演唱会的门票上印着启明成员的头像，苏青看到伯贤那张神似简单的脸，又重新充满了力量。她低着头慢慢踱着步子，不多时，简单来了。

一个多月没有看见简单，他看起来好像比之前瘦了一点，白色的T恤垮垮地搭在身上，深蓝色的牛仔裤裤腿有些空，脚上穿着匡威经典白色球鞋。

苏青仔细地打量着简单。

简单曾经对苏青说过，苏青打量他的时候，总会让他不自在。可是，在苏青眼里，简单是像天使一样的存在。他的出现，每一个动作、每一个表情，她都恨不得能刻在脑海里。

苏青觉得自己完全没有办法把目光从简单身上移开。

和苏青此时的激动不一样，简单的表情更多的是诧异。一个多月没见，苏青好像憔悴了许多，虽然还是带着灿烂的笑容，但是没了之前那种朝气蓬勃的感觉。

“你闭上眼睛，我给你看个东西。”

苏青眼里满满的都是期待。

简单心里虽然不知道苏青在搞什么鬼，但是家教甚好的他不愿意在这种公开的场合拒绝一个女生，所以表面上仍淡淡的，如她所愿。

等简单睁开眼睛的时候，他眼前神奇地出现了一张票。

“启明演唱会的门票？”简单无法抑制自己的惊喜。

苏青矜持地点点头，心里却早已经乐开了花。

和苏青的坦然不同，简单对启明的喜欢是隐蔽的，甚至是有些偷偷摸摸的。他做不到像苏青那样，可以不在乎别人的目光，像一颗没有杂质的水晶，喜欢和不喜欢一眼就可以看穿。

在最初得知启明要来北京开演唱会的时候，简单不是没有心动。但是一想到周围人不理解的目光，又偷偷地藏起了这份心思。等到他后悔再想去买票的时候，票早就卖光了。

“嗯呢，朋友送了我两张，我想着你会喜欢，就给你送过来了。”苏青没有说出自己买票的艰辛，轻描淡写地说出了票的来源，至于那些辛苦和汗水，她并不想让简单去承受。苏青看到简单眼里的光芒，便知果然和自己心里预想的一样，简单喜欢这份惊喜。

这就够了。

“我第一次去你寝室的时候，看到你的书页里面夹了启明的照片，所以我知道你喜欢他们。”苏青简短地说明，简单才隐约想起来确实有这么件事情。

说完全不动容是假的，简单心里蓦然升起一阵感动，脱口而出：“苏青，谢谢你，真的。”

和平时说话完全不一样的语调，这一次，简单格外的认真。

苏青看着简单，忽然之间有种想要抱一抱他的冲动。

十一月份的天黑得快，而晚上的月色太美，美得让苏青有种想和眼前人一直一直在一起永远不分开的错觉。

苏青心情大好，听到简单这么说，重重地点了下头，“不见不散！”

简单把苏青给的票小心地放到钱包里。回寝室以后，李奇第一个冲上来拷问：“简单！说！刚刚见谁了？干什么去了？老实交代！”

简单心情大好，推开李奇，“你腿伤还没好，小心点折腾。”

篮球比赛以后，李奇因为腿伤享受了林沫沫一个月的照顾。本来，他觉得没有什么大的问题，但是林沫沫非要每天都来医院看他，说怕他闷，偶尔还会带一点猪骨汤，说是补钙，对伤好。

医院的气氛太过肃杀，空气里又总是有股刺鼻的消毒水的味道，李奇每天穿着大号病服百无聊赖。不能下床走路的时候，他觉得自己像一株从霉菌里长出来的蘑菇；待到能稍微落地的时候，他愣是拄着拐杖与一整层楼的病人挨个唠嗑，唠了个遍。

要不是因为林沫沫生气，李奇觉得自己可以和整栋楼的病人都进行一次愉快的谈话和交流。

李奇发现，自己特别害怕林沫沫生气。那种怕，不是恐惧，而是担心。

每次这种情绪袭来的时候，李奇就发现，自己心里最柔软的地方，有什么东西，轻轻地被触动了。

简单很快发现，那个喜欢粘着自己的苏青又回来了。

篮球队正在为年度决赛作准备。经过之前对化材学院的一役，简单彻底地出名了，不仅是因为他在球场上一时无两的风头，更因为苏青引发的那场充满狗血的闹剧。

篮球队还发生了一件事。

上届篮球队队长退任，队长的重担自然而然交到了简单的身上。退任那天，学长百感交集地说："文学院篮球队一直想取得一次冠军，简单，这个重任就交到你身上了，你千万不要让我们失望啊！"

苏青还是经常来篮球馆，每次来的时候，都会有球员故意咳嗽示意简单。简单每次都只能板着脸，或者当作没有听懂的样子，手上该做什么还是做什么，不去理会他们的揶揄。

而刘米，在苏青没有出现的一个月，迅速地和慢热的简单熟悉起来。刘米和苏青是属于两个世界的女孩子，苏青是火，刘米则是水。

火给人的感觉，虽然温暖，但是太热难免灼伤；而水，纯良无害。

因为苏青，简单被队友嘲笑，这让他觉得丢脸至极。她穿着最普通的衣服，却总是做着"出格"的举动，这让从小家教严格的简单觉得难以接受。

例如，球队训练结束，苏青很自然地等着简单一起吃饭，简单撒了一个谎，"我的另一双护膝不知道被我扔在哪里了，明天训练还要用，我去找找……"

顿了顿，简单又说："不然你不用等我了，先回吧！"

没想到，苏青扔了句"我帮你找"，就直接冲进一旁的男生更衣室，没几分钟，苏青出来朝简单挥手，"就在第一个抽屉里！"

又或者，简单借口书本放在教室了，训练完以后要去教室拿书，以此来避开和苏青同行。这时苏青总是一脸骄傲地从她那有些发灰的书包里拿出简单的课本，"你走的时候我看到你的东西落下了，想着给你拿着，免得你再返回去找。我厉害吧？"

这样的事情发生过好几回。无论简单找什么理由，或者找不到什么东西，苏青都能第一个站出来，迅速地找到简单需要的，然后第一时间把东西递给他。

这种默契让简单觉得有些不可思议，好像苏青就住在他的脑袋里面，自己在想什么、需要什么，苏青总能知道。但是，苏青单单接收不到简单心里的苦闷和烦躁。

简单已经开始对苏青有抵触了。

苏青的这些示好，简单通通收不到，只觉得烦恼。

更令人烦恼的是，有一次简单下课后直接去了篮球馆，古代汉语书里夹着的启明演唱会门票被他的一个队友在随手翻看书的时候看到了。

"简单，你不会喜欢启明吧？"队友甲一脸难以置信的表情。

还没等简单回答，队友乙便替他否认了："怎么可能？只有小女生才会喜欢启明，男生嘛，一般都喜欢科比和詹姆斯吧？娘炮中喜欢启明的也不少。"

简单的话完全被卡在喉咙里，不知道要怎么接。

"哎，简单，你怎么会有启明演唱会的门票啊？这个月你要过去看吗？"队友甲继续追问。

简单不是苏青。如果苏青现在在这里，她或许可以坦然地告诉他们："我喜欢启明，喜欢他们跳舞的样子，觉得他们是像太阳一样熠熠生辉的偶像。"

可是简单不会，他太在乎别人对他的看法了。他不敢告诉别人自己真正喜欢做的事情，也不敢告诉别人自己喜欢启明喜欢了好久好久。仿佛下了很大的决心，简单装出一副厌恶的样子，从书里拿出门票，顺手扔进了一旁的垃圾桶。

门票轻飘飘地，落在了垃圾桶里。

“才不是，是有人送我这张票，我不好意思拒绝而已，谁会喜欢启明？”简单口是心非，内心纠结得一塌糊涂，可是表面上还装作一点都不在乎的样子。

“就是就是！”队友乙继续附和，“对了，今天训练结束后一起去唱歌吧？”

简单摇了摇头，“你们去吧，我有约了。”

为了拒绝苏青，当刘米提出要和简单一起吃饭的时候，简单毫不犹豫地答应了。他装作没看到苏青脸上的失望，也故意忽略自己心里的内疚。

不过，去之前，简单还有更重要的事情要做。

训练结束，确定队友都离开了以后，简单又折回刚刚那个垃圾桶。他把垃圾都倒了出来，小心翼翼地寻找着刚刚被自己扔掉的门票。

看到失而复得的门票，简单说不出心里是什么感觉。

简单完全不知道，这一切已被一双眼睛尽收眼底了。

原来，和简单约好吃饭的时间和地点后，刘米早早地来到体育馆等简单。刚刚队友们一边打球一边打趣简单的话，刘米全数都听到了。不过，和简单的队友不一样，刘米看简单支支吾吾的样子，就知道简单没有在他们面前说实话。看到简单又回去翻找垃圾桶，刘米就更加坚定了自己的想法。

简单一脸紧张的样子，令刘米心中充满了好奇。整理了下衣服，刘米装作刚刚才到体育馆的样子，朝简单打了招呼。两人聊着天，不知不觉就到了约好的餐馆里。

刘米和简单入座后，刘米随手点了几个菜。相比之下，简单似乎有些心不在焉。

“你在担心篮球队训练的事情吗？”菜还没有上，细心的刘米问道。

“啊？唔……差不多吧！”简单心里其实另有心事，不过他并不打算跟刘米讲。在他看来，刘米和其他队友一样，肯定理解不了他喜欢启明的事实。

虽然没有人规定大学生不能追星，但是追星这种事情，大家第一反应都是，这是那些脑袋发热的、疯狂的中学生才会做的事情。

给偶像接机、疯狂搜罗偶像的信息、关注偶像的最新动态，甚至……花很多钱买一张贵得匪夷所思的门票，就为了一起狂欢的两个小时。

简单虽然不至于那么疯狂，但也曾在自己失意的时候，一遍又一遍地看他们跳舞唱歌的视频，看他们努力训练、认真生活的样子。这些视频曾带给简单极大的鼓励。

可是这些，简单的队友们不能理解，眼前的刘米不能理解，唯一能够理解他并且感同身受的，是一直缠着他让他产生逃避欲望的苏青！

想到这里，简单眼前又浮现出那个晚上苏青把票交到自己手上时眼神里亮晶晶的样子。

“简单？简单？”

刘米朝他挥了挥手，简单才反应过来，“嗯？”

“我是问，你是不是喜欢启明呀？”刘米装作漫不经心地问。

“为什么这么问呀？”简单怕刘米和队友一样嘲笑自己，决定先打太极。

刘米看到简单并没有否定，便更加肯定了自己的想法，她迟疑了一会儿，说道：“我觉得启明挺正能量的，能有这样的人做偶像，其实也是一件很棒的事情呢！”

事实上，刘米对启明的了解仅限于他们是一个很火的男子团体。但是，刘米知道，和朋友聊天，夸对方喜欢的明星优质并且努力，肯定是拉拢对方的一种方法。

“真的吗？”简单眼睛一亮，激动得伸手握住了刘米的手，“你也是这样觉得的吗？”

刘米有些不好意思了。

简单的手还握着刘米的手，刘米轻轻咳嗽了一声，简单才反应过来，连忙道歉。

“当然是真的，我什么时候骗过你。”

简单看着眼前这个女孩认真的模样，突然间有种想倾诉的欲望。

“你知道吗，从小到大，我一直是别人眼里拿来对比的小孩。爸妈因为做生意，常年不在家。很小的时候，我常常一觉醒来，就发现爸爸妈妈已经不在身旁了。我知道爸爸妈妈很爱我，他们想给我最好的物质条件，可是我却越来越孤僻，每天只能埋头读书。”

“都过去了，简单。”刘米忍不住安慰道。

简单释怀一笑：“我上初中的时候，有一次路过一家音像店，当时店里正在放启明跳舞的MV。看着他们那么认真地跳舞唱歌，我突然觉得有一种很奇怪的力量。回家以后，我向爸妈要钱，买了启明全部的专辑，下载了他们所有的音乐来听。慢慢地，我觉得自己变得没有那么孤僻了，也愿意去和别人交流了。再长大一些，慢慢也能理解父母了。在我最害怕孤独的时候，是启明一直陪着我。那时候我就想，以后有机会，一定要去看一场他们的演唱会……”

听到这里，刘米心里一动。

“那你买到票了吗？我听说下个星期启明会来这里开演唱会呢！”虽然刘米不追星，但是铺天盖地的宣传还是让刘米多多少少有些印象。

“嗯呢，苏……有个朋友送了我一张票。”一说到这个，简单平静的语调里有一股抑制不住的期待。

刘米看着眼前的简单，想着从他嘴里没有说出来的那个名字，再联想到这段时间苏青冒着被学校记大过的风险去咖啡店打工的事情，电光火石间，她一下子把这些事情串起来了！

苏青为简单做的事情刘米都看在了眼里，她自认为做不到像苏青这样心无旁骛地喜欢一个人，为一个人无条件付出。

但是，一想到简单会和苏青一起去看演唱会，刘米就觉得心里堵得慌。

酸，刘米的心里比眼前这杯柠檬水更酸。

一定不能让简单和苏青一起去看演唱会！

想到这里，刘米灵机一动，她装作夹菜，不小心手一抖碰倒了简单面前的水杯。

“对……对不起。”刘米拿出纸巾，装作慌张的样子，帮简单擦衣服上的水渍，趁他不注意，拿走了简单放在口袋里的门票。

简单毫无察觉，急忙去洗手间整理了一下。

因为苏青的“突然介入”，刘米的这顿饭吃得兴致不高。看着简单丝毫不受影响，满心期待演唱会的样子，刘米更加坚定，一定要破坏他们之间一起去看演唱会的约定。

日子过得很快，转眼间，启明开演唱会的时间就快到了。

这几天，苏青都在忙学习的事情。前段时间因为熬夜做服务生，苏青白天的精神总是不好，上课效率很低。对自己要求严格的苏青，这段时间正在为即将到来的考试忙碌着，天天跑图书馆、泡自习室，偶尔才会联系简单，跟他提起演唱会的事情。

苏青不知道的是，简单这边却不太平静。

和刘米吃完饭之后又过了两天，简单才后知后觉地发现，苏青送给自己的门票居然不见了！

简单回想起那天和刘米吃完饭以后，自己好像还去了趟自习室拿东西，会不会是落在了自习室？坐车回来的时候因为太累瞌睡了几分钟，票会不会是那个时候掉出来了？

简单把所有的可能性都想了一遍，把书包和口袋来来回回翻了几遍。室友见他找东西着急的样子，还关切地问他是不是丢了什么东西。

简单却矢口否认。

他不想让室友知道自己是在找启明演唱会的门票。

“丁零零……”简单看了一眼电话号码，真是怕什么来什么。

“喂，简单，我是苏青！”电话那头的声音中有种抑制不住的兴奋。

简单不知道怎么面对苏青，只能硬着头皮回答：“嗯呢！”

“简单，我买了启明的KT发光板，到时候我和你一人一个；还有荧光棒，你喜欢什么颜色的？对了对了，我还想买一个发光的小皇冠，上面有签名的那种……”苏青在那边滔滔不绝，完全沉浸在即将和偶像见面的喜悦里，丝毫没有注意到简单这边沉默得有些不正常。

“你喜欢什么就买吧！”简单回答道。想了一会儿，简单决定还是不和苏青说票丢了的事情。一方面，虽然苏青没有跟自己说过她花了多少力气弄到了两张票，但是凭着启明的火爆程度，简单想象得出来这个过程有多艰辛；另一方面，他怕苏青失望，怕打扰到她这份单纯得几近固执的欣喜。

就这样，在简单备受煎熬的思想斗争中，启明演唱会如约而至。

演唱会是晚上开始，当天中午的时候，兴奋的苏青早早地就准备好了要用的物品。看着苏青一边念叨一边在纸上勾勾画画，生怕落下了什么东西的样子，林沫沫打趣道：“苏青，你这不是看演唱会，你这是参加化装舞会吧？”

苏青手上拿着两块 KT 发光板，头上戴着一个闪闪发光的发箍，脸上还贴着一张贴纸。全副武装的苏青神秘一笑，“沫沫，你不懂，这才是去看演唱会的正确打开方式。”

林沫沫还想打趣苏青，电话铃却不合时宜地响了。看到来电人的名字，林沫沫脸上不自觉地露出笑容。

“李奇打过来的吧？”苏青一副“我知道”的表情，揶揄地看着林沫沫。

林沫沫压低嗓子说了句“你别迟到了”，便跑到楼道里去接电话了。

苏青打电话给简单，问他什么时候碰面，电话那头的简单只是说了句“嗯，你先去吧，去晚了人会很挤的。”就挂了电话。苏青以为简单有事情在忙，也没有多想，拿着东西就去了场馆。

来看启明演唱会的人很多，门口早已经成了一片荧光的海洋，黄牛党、学生，还有被吸引过来的路人，最多的还是想买票的粉丝。苏青一边在心里感慨自己的运气之好，一边在人群里寻找简单的身影。

时间马上就要到了，苏青决定先过安检，再和简单会合。通过层层安检和票检后，苏青随着人潮慢慢挪动，艰难地找到自己的座位。坐定以后，苏青才发现周围都是三三两两的朋友或者情侣，只有自己一个人孤零零的，显得有些格格不入。过了很久，简单也没有按照约定出现。苏青有点担心简单，是不是遇到什么事情了，想再给简单打个电话，但手机一直没有信号，只得作罢。

演唱会的场地布置得非常炫目，从入座开始，四周的尖叫就没有停过。苏青的右边坐着一对情侣，两人貌似都是启明的粉丝，女生兴奋得一直小声尖叫，不断挥舞着手里的KT板，男生则一脸宠溺地看着她。

开场歌曲暖场过后，启明组员正式登台。全场开始沸腾，尖叫声、欢呼声不绝于耳。很快，苏青就被这种气氛感染了，也跟着狂欢的人群一起，不断叫着笑着。

一上来，启明就直接放大招，一曲劲歌热舞把全场的气氛都调动起来了。苏青第一次看到现场版的这么帅气的舞蹈，动作干脆利落、舞姿飒爽，每个人身上都像是安装了一个会发电的马达。一曲劲歌结束，苏青发现自己的心情完全被周围的气氛点燃了。第二首歌是启明新出专辑里的一首安静的情歌，四周的喧嚣慢慢地停下了，苏青也和其他歌迷一样，静静地倾听着，眼睛一直盯着大屏幕上的人影，不舍得眨眼。

“你真的觉得简单会喜欢这种幼稚的活动？”

冷不丁，左边的座位传来一个熟悉的女声。苏青侧头，居然看到了一个她压根就没想过的人——刘米！

“你？你怎么在这儿？简单呢？”苏青心中惊讶不已。苏青的心里想过无数种和简单一起看演唱会时可能出现的场景，简单安静地看，或者陪她一起high，但是苏青从来没有想过这一种。

简单没有来，反而是曾公然向她挑衅的刘米出现了。苏青没由来地觉得有些气愤，但是话到嘴边，却变成了反反复复地问：“简单呢？简单在哪里？”

不是约好的吗？

不是说好不见不散的吗？

仿佛看穿了苏青心里所想，刘米不紧不慢地说：“苏青，你觉得简单真的会喜欢你吗？”

刘米看了看苏青此刻的打扮：脸上的爱心贴纸，头上戴着的发光发箍，手里还拿着两个荧光棒。虽然说四周粉丝都是这样的装扮，但是在刘米眼里，苏青看起来就是格外的幼稚和好笑。

“你知道吗？简单不可能喜欢这么幼稚的你。”刘米一字一顿地说。

刚刚才从巨大的错愕里回过神的苏青，听到这句话，几乎是下意识地反驳：

“不，不可能！”

刘米淡定地玩着指甲，她的指甲上面涂了一层薄薄的粉红色指甲油。无论何时，刘米都像是一个精致的瓷娃娃，总是把自己最好的一面展现在外人面前。她问苏青：“难道你不知道简单有多想逃避你吗？

“从你给简单送条幅、无止境地对简单示好开始，你没有发现简单一直在逃避你吗？一切都是你一厢情愿去对他好，可是你从来没有考虑过他需不需要，没有考虑过他的感受！你这根本就是自私！”

“不！我没有！你说谎！”苏青否认道，声音有些大，以至于周围几个一直在专心看演唱会的粉丝都向她投来不满的目光。

“是不是自私我不知道，可是，简单不喜欢你是肯定的，不然，”刘米顿了顿，拿出了演唱会的门票，在苏青眼前晃了晃，“简单为什么会把这张票送给我呢？”

苏青心里的震惊无以复加，好像被人击中了最痛的部分，她一个踉跄，跌坐在椅子上，满脑子想的都是“不可能，简单不可能这样做”几个字。

再去想为什么票会出现在刘米手上，苏青的脑袋却像装满了糨糊一样，完全不能思考。

刘米看到苏青现在的样子，心里闪过一阵快感。她对启明兴趣不大，看见自己的目的达到了，便挥一挥衣袖地走了，没有带走一片云彩。

刘米的话无疑是一个重磅炸弹，投到了苏青的心里。

苏青想不通，简单当初看到演唱会门票时露出的开心和喜悦不像是假的，说“不见不散”时的他看起来也不像是装的。

简单打篮球时从不拒绝自己递过去的水，简单吃饭时偶尔抬头和自己对视的目光，简单笑起来好看的侧脸，还有简单不敢直视自己时有些害羞和窘迫的脸。

这些，难道也都是装的么？

苏青不知道。

情歌唱到一半，整个场馆的粉丝自发地跟着偶像大合唱，歌声像潮水一样源源不断地涌来，体育馆里不断闪烁的荧光棒，像是黑色天幕上的星星。一切看上去都如此完美。

这是苏青曾经最喜欢的星光，此时却黯淡不已。

苏青看着左边空下来的座位，心里像是开了一个洞，有风吹过来，凉飕飕的，她心里一阵发紧。

不到十点，刚刚洗漱完毕的林沫沫在寝室看到苏青，有些诧异，“这么快就看完了演唱会？怎么样？气氛好不好？”

过了会儿，没有听到苏青的回答，林沫沫这才发现苏青正在发呆，丝毫没有听到自己说的话。

在林沫沫的追问下，苏青讲了这个晚上发生的所有的事。末了，苏青问林沫沫：“沫沫，你说，简单为什么要这样做？”

林沫沫半天才消化了这个事实：“你是说，简单没有和你一起去看演唱会？”

“嗯。”

“然后刘米去了，刘米说票是简单给她的？”

“嗯。”

“刘米还说是简单让她传达不喜欢你这个信息的？”

“这个……好像刘米也没有这样说……”

“那简单到底是怎么想的嘛？”

末了，苏青重重叹了口气：“我……我不知道。”

“那就明天把简单约出来，问清楚。”林沫沫建议道，“不然你这么一直猜也不是回事啊！”

这天晚上，苏青怎么也睡不着。演唱会她只看了一半，简单不在，她发现自己一点心情都没有。简单在她的生活中已经开始占据越来越重要的位置，而她却浑然不觉。今天，刘米的出现给了她重重一击。

她谁都不信，只相信简单亲口说出的话。

第五章
最安全的距离

苏青一晚上都没有睡好，第二天起床的时候，两只眼睛肿得像核桃一样。

不过，她依旧像往常一样轻手轻脚地洗漱完毕，然后给简单发了一个短信："简单，我有点事情想问你，你现在有时间么？"

昨天晚上，简单像往常一样，训练完就在寝室里看书。但是，他知道自己的心思一点都没有放在书上，满脑子想的都是演唱会的事情。可是，票找不到已经成了事实，纵使他再沮丧，也挽回不了任何事情。

简单唯一想的是，怎么跟苏青解释。

正在发呆的简单突然感觉头上一痛，从上铺飞过来一个枕头，精准地砸在自己的脑袋上。简单正准备寻找"肇事者"，没想到"肇事者"李奇一脸痛心地说："简单，你这样真不义气啊！"

"嗯？"简单莫名其妙。

"废话！"李奇的语气中有些替苏青感到不值的意味，虽然他的眼睛仍专注地盯着手机。这会儿，他正在听沫沫"控诉"简单，替苏青打抱不平呢，"苏青为了买这两张门票，去咖啡店打夜工，每天翻铁栏杆回寝室，据说有次差点被人告到管理员阿姨那里去了。"

顿了顿，李奇朝简单做出一个“无语”的瘪嘴表情。

“你倒好，直接放了别人那么大鸽子不说，还给了她一个‘惊喜’，你可真行啊！”

李奇口中的“惊喜”自然是指刘米，只不过简单没想到这层，以为李奇是在讽刺自己不该让苏青失望。

不过，得知苏青因为这张门票付出了这么多，说简单不被触动是假的。他想象着苏青翻铁门的样子，眼前又浮现出她那张倔强年轻又无畏的脸。

所以第二天一收到苏青的信息，简单立马就回复了她：“有的，我在南一操场等你。”

苏青到的时候，简单正一个人在操场上。星期六早起的学生并不多，天气渐渐转冷，能坚持晨跑的人也所剩无几。苏青看到简单有些茫然地看着远方，一身笔挺的运动服愣是被他穿出了大牌的感觉。

苏青的眼前忽然浮现出第一次看到简单时他的样子，也是一样瘦削的身形，一样好看而精致的侧脸。这一瞬间，她突然觉得，无论简单说什么，她都无条件相信。

什么刘米，见鬼去吧！

想到这里，苏青使劲揉了揉自己的脸，好让自己的表情变得更自然生动一点，就像往常遇到简单时那样。

“简单，你昨天晚上去哪里了呀？我等了你好久。”苏青仰起头，给简单一个大大的笑。

看到苏青好像什么事都没有发生的样子，简单有些怀疑昨天晚上李奇说的话是不是瞎编乱造的，眼前的苏青除了因为昨天玩得太疯眼睛里有血丝，脸上根本看不出来有什么不开心的情绪。不过，自己确实爽约在先，简单还是决定向苏青道歉。

“苏青，”简单深吸一口气，“对不起，昨天我爽约了。”

苏青看着他，问出了她一直想问的那句话：“简单，你很讨厌我，对不对？”

听到这个问题，简单有些发怔。他想着苏青会问“你为什么爽约”，没想到却被苏青这么直接赤裸的一句话呛住了。

简单不敢看苏青的脸。

讨厌苏青么?

至少对苏青做的事情,他是没有办法认同的。

在简单心里,苏青身上有一种和其他女生不一样的个性。饶是苏青拥有"率性""自尊""果敢"这些美好的品质,但是从心底里来说,简单并不认可苏青。

可是眼前的女孩带着一丝倔强,直勾勾地盯着自己,简单不敢和她的目光对视,他怕自己的言语会伤到对方。

"不、不是。"半晌,简单才吐出了这几个字。

苏青听到这句话的时候,眼睛里那种直勾勾的、倔强的眼神不见了,取而代之的是一种轻松的、信任的笑。

"那你怎么没有去看演唱会?"

简单向苏青详细解释了票弄丢的经过,末了,还回忆道:"那几天因为篮球队的事情有些忙,可能是不小心丢在哪里了……"

"丢了?"苏青想起昨天晚上刘米的话。

"是啊……"简单努力回想,"后来我去自习室找了一趟,又去了一趟图书馆,看票有没有落在那里。寝室也找了一遍,对了,李奇可以作证。"

说完他又补上一句:"别跟他说我找的是演唱会门票就行。"

听到这里,苏青恍然大悟:票原来是被刘米拿走的。所以刘米的那些话,根本不是简单授意的!

得知了事情的来龙去脉,苏青的心情一下子就放晴了。虽然昨天简单没有和她一起看演唱会,可是眼下,看着简单着急向自己解释的样子,苏青更加认定简单是喜欢自己的!

"那……你要怎么补偿我?"苏青问。

看到苏青没有生气,简单心情也放松了一些,"你说怎么补偿?"

苏青像是早就想好了,脱口而出:"你赔我昨天晚上没有履行的约会!"

"好。"

第二天，苏青早早就梳洗完毕，昨天晚上她已经计划好了今天的行程。不过当简单看到苏青的打扮时，竟然有些惊讶。

苏青今天穿着一套灰色的运动衣，头发扎成马尾，背了一个双肩包，俨然一副中学生的样子。

简单原以为和苏青的约会是去公园、餐厅，甚至是去逛街，一般的女生都是这样的。见简单诧异的样子，苏青连忙朝他解释：“我们今天去植树。”

“植树？十一月份？”简单更诧异了。

“是啊！”苏青笑得一脸真诚。

不过在简单看来，苏青一直是个能让人觉得意外的女生。即便某天苏青喊他冬天去游泳、夏天去蒸桑拿，简单也可能不会觉得奇怪了。

公交上的人很多，简单和苏青早早上去找了一个靠窗的位置。苏青今天心情很好，一边和简单分享着昨天晚上的演唱会视频，一边对简单说起了演唱会坐她旁边的那对小情侣的事儿。

简单很少坐公交车，所以有些不习惯，再加上发动机的声音“突突”直响，公交车随着路面的不平又不时地颠簸。

正好停了一站，上来了一个行动不便的孕妇。简单头发晕，正闭着眼睛努力平复心里的不适感，突然听到身边苏青起身的动作。

“阿姨，您来这里坐。”

苏青欢快地朝孕妇招手。

一个多小时的车程让简单感到很疲惫，而苏青这一路似乎连一丝倦意都没有。到达目的地的时候，苏青确认简单没大碍了以后，拉着简单来到了她以前经常逛的“秘密花园”。

这是一个大型的花圃，此时正是十一月份，“满城尽带黄金甲”说的就是眼前这片开得烂漫的金菊了。在一大片金色海洋中，辟出了一条小道，有阿姨正在整理盆花，看到苏青，阿姨热情地朝她打招呼：“苏青，来看花啊？”

“是呢，李阿姨早呀！”苏青甜甜地回应。

“带男朋友一起呢？”李阿姨看到一旁还有个年纪相仿的男生，打趣道。

苏青没有否认，她也舍不得否认，和喜欢的人一起成为别人口里的“绯闻对象”是一件多么幸福的事情啊！简单听两人的语气，知道苏青是这里的常客。听到阿姨这么说，下意识地准备解释。不过，苏青及时打断了简单没有说出口的话，“我们现在挑两棵幼苗，简单，你觉得这个怎么样？”

“我没有经验，你自己挑就好。唔……对了，在哪里种树？”简单突然想起了这个最关键的问题。

“安雅医院后面有一大片的山坡，我们一会儿去那里种。”

简单看着眼前认真打包树苗的苏青，点了点头。

由于苗圃所在的地方比较偏，所以简单和苏青只能再坐公交回市里。当简单提着用塑料袋包住根部的、一人多高的树苗上公交的时候，全车人的目光都集中在他们俩身上。

苏青全然不在乎别人的目光，脸上只有待会儿要和简单一起去植树的兴奋，这植的不是树，是幸福啊！不过一旁的简单却不这么想，他觉得一点都不自在。

虽然简单从小便在光环的笼罩下长大，从中学到现在，无论走到哪里，总是能吸引不少注视的目光。不过像今天这种情况，简单还是第一次经历。

高瘦帅气的简单，长着明星一般精致的面孔，现在却为了避免泥土把公交车弄脏，要时不时地低头检查塑料袋是否破损。苏青一只手提着刚刚买的花，另一只手拉着拉环。简单多出的一只手还要被迫地护住苏青，以免她在车上站立不稳晃动太大。

简单觉得，这是他作过的最后悔的决定。

不过接下来苏青做的事情，让简单发觉自己断言得太早了。

安雅医院后面有一片大的绿化带，环境非常不错，还有一个长满草的小坡。已到秋天，小坡上的草已经换上了黄色的衣服，看起来无精打采的。

“喏，我们开始吧。”苏青递给简单一棵树苗。

简单看了一下苏青的表情，才确定苏青没有开玩笑。

“这里？马路旁的绿化带？”

苏青正蹲着整理树苗，头也没抬："是啊，你帮我拿一下我带过来的小铲子。"

简单没有动，直愣愣地盯着苏青看。

苏青等了半天，见简单没有动静，抬头一看，发现简单冷冷地站着，并没有动。

苏青不明所以，以为简单只是不习惯或者没有种过树，便说道："那你站着看也行。"

简单看着苏青熟练地挖洞、埋树苗，越发觉得眼前的女生不可理喻。他有些烦躁地来回踱步，想离开这里。

简单正左右张望的时候，突然看到有两个穿着城管衣服的人往这边看。

"苏青、苏青，别管树了，好像有人来了！"简单赶紧往回走，看着城管模样的人正往这边走来，连忙提醒苏青。

不过已经来不及了，苏青还没有整理好树苗旁边的泥土，就听到一声严厉的责问："你们俩在这边干什么？"

还能干什么?

苏青的运动裤上沾了很多泥巴，头发被树枝勾了几下，有发丝从发绳里跑出来，球鞋上也沾了不少泥土，整个人看起来灰头土脸的。被抓住的时候，她一只手还扶着一旁的树苗，好像根本没有在意"被抓"这件事情。

"你们在干什么？"来人又严厉地问了句。

"我们在植树！"说话的是苏青。

"真是胡闹！"说话的是另外一个人，年纪看起来稍大一些。

从小规矩行事的简单哪里见过这个阵势,站在一旁窘迫得不知道说什么好，只想这场闹剧快点过去，心里已经在想，以后永远都要和苏青保持两米以上的距离了。

"明明没有胡闹！"

苏青心里气急了。

这只是姐姐多年的心愿而已，在窗户外面种上一整片的树，这样，每到春天来临的时候，有风、有树、有一片绿色、有生机。苏青觉得，在病房外多种上一些树，姐姐的病情也许就能得到缓解了。

本来这两个城管看他们是学生模样，心里想着教育一下就算了，顶多作一个口头保证。没想到眼前的女生看起来文文弱弱，却倔强得很，在公共绿化带挖坑种树，还丝毫不觉得自己有错。

简单忍不住倒吸一口气，想去劝苏青，可是已经晚了。

最先说话的那个城管脾气有些急，直接伸出手，一用力，苏青辛辛苦苦植好的树苗就被拔掉了。

苏青一看，又急又气，冲上去就要抢："还给我。"

城管哪里会怕苏青这样的小姑娘，只是被苏青的举动弄得有些恼怒，另一个城管看到场面有些失控，连忙低声喊了一句，"都不要争了，你，跟我回去一趟。"

苏青不服气地瞪着城管，走就走！

几秒钟之后，城管回头，冲着简单来了句："你，也跟我回去一趟！"

简单的内心几乎要崩溃了。

三天以后。

"简单，你知道你上头条了吗？"李奇刚刚从外面回来，还没有进门，就像发现了新大陆一般给简单汇报这个消息，"还是和苏青一起。"

刚刚经过学校宣传栏的时候，李奇看到一大堆人围在宣传栏前讨论，他隐隐约约听到有人说着什么"植树""记过"，然后，看到刘米从人群中一言不发地走了出来。

李奇没有打算和刘米打招呼，想先溜一步。

没想到刘米主动朝李奇打招呼："刘奇，早啊！哦，不对，你现在改名叫李奇了。"

李奇像是被人戳穿了心事一般,但又不想和刘米在这个问题上过多地讨论。

刘米也没有继续这个话题，只是淡淡地说："苏青和简单一起去绿化带植树被城管带走了，这是多幼稚才能做出来的事情，作为苏青的朋友，难道你不能劝劝她吗？”

李奇想了想，说：“你觉得你拿走简单的演唱会门票，然后故意刺伤苏青的事情，就很光明磊落吗？”

刘米被人说中了心事，脸上一阵红一阵白。她狠狠盯了一眼李奇，转身就走。

简单现在的心情很糟，三天前的那场经历几乎是颠覆了他之前十几年的生活经验。第一次去公共环保带植树，第一次被城管带走，第一次被记过……

幸好简单的妈妈不知道这件事，不然肯定要冲到学校，看看自己的宝贝儿子有没有出什么事情。这一切发生得莫名其妙，那天苏青和城管起冲突的时候，简单发现他根本没有办法说服苏青。事实上，他也不想去说服苏青，只想离事发地越远越好。

最后的结果是，一个电话，城市管理局的人把这件事情通报给了学校。几个小时以前，他就知道自己的名字已经贴在了学校的宣传栏上，并且院里也给出了记大过的处分，还有好事者把这件事情搬到了学校论坛上，听说已经成为学校现在最热的帖子之一了。一想到全校的同学都会知道这件荒唐的事情，简单心里觉得太堵太憋屈了。

眼下，面对李奇的调侃，他决定用沉默来回应。

李奇见简单不说话，有些自讨没趣，再看简单的表情有些阴郁，便及时地收住了一颗八卦的心。

这天下午，舒雅破天荒地来苏青寝室找她。

“苏青，你现在是大红人了！”舒雅取笑苏青。

苏青本来在洗衣服，听到这句话，停下了手里的动作，装作生气的样子：“舒雅，你也取笑我！”

舒雅“咯咯”一笑，眼角的泪痣越发动人：“我可不敢，敢跟院草出现在同一个布告栏里，苏青你绝对是第一个。”

舒雅觉得，眼前的女孩真的很特别。别人都小心翼翼、循规蹈矩地生活着，只有她，好像非要闹出点什么事情来一样。可是，每当爆炸性的新闻出现，处于风暴中心的她却格外平静。

苏青拧干了手里的衣服，一边晒着衣服，一边对舒雅说："我们去'是非'坐一下吧。"

舒雅毫不淑女地打了个响指："正有此意。"

自从挣到了演唱会门票的钱以后，苏青再也没有踏进"是非"。比起夏天时的郁郁葱葱，此时的"是非"显得格外宁静。舒佳正在吧台上擦拭着咖啡杯，有新的学生模样的服务员正在收拾东西。见到她们进来，舒佳朝她们一笑，算是打招呼。

"苏青，说真的，我不是很懂。"舒雅喝了一口咖啡，缓缓地开口。舒雅的不懂当然是指这件荒唐的事情。虽然现在学校里很多人都在讨论这件事情，但很快就会被更新鲜的事情所取代。舒雅不理解苏青这样做的原因，虽然她知道苏青这么做肯定有她的道理。

苏青用勺子缓缓拨着咖啡最上面的泡沫，仿佛陷入一个很深的梦境，过了一会儿，她才开口，讲述起一件很久远的事情。

苏青很小的时候，过得比现在要快乐很多。

那时候，苏家是书香门第。爸爸是著名教授，妈妈是一名在美术方面颇有造诣的艺术家。

邻居每每提到苏家的两个女儿，都是羡慕不已。大女儿苏红，知书达理，充分遗传了妈妈的艺术细胞，在绘画方面极有天赋。小女儿苏青，虽然没有姐姐那么有天赋才气，却胜在一个"灵"字上，一看就是一个机灵的丫头。姐妹俩各有特色，在苏爸爸苏妈妈的呵护下，无忧无虑地过着幸福的生活。

苏青和苏红的童年过得很开心，她们每天上学前都带着苏妈妈的爱心三明治和苏爸爸的送别，放学回家以后又有丰盛的晚餐和一个大大的拥抱。一家人经常一起去游乐场游玩。每月的10号是他们固定的家庭日，这一天，一家人会出去吃一顿饭，饭桌上，苏青叽叽喳喳讲着学校发生的好玩的事情，姐姐安静地吃东西，妈妈和爸爸则笑眯眯地听她讲自己的见闻。

在苏青的印象里，那时候的生活过得像梦一样美好。

一切的欢笑都在苏红十六岁那年的暑假戛然而止。

“姐姐，你今天都练了一天的画了，陪我玩玩嘛。”

苏红每天都会完成一幅画，有时候一坐就坐两三个小时。小苏青对那些画不感兴趣，虽然最开始的时候也缠着姐姐给她讲画画的故事，但是时间一长，就没有耐心了。

苏红喜欢画绿色的树和蓝色的天，喜欢最原始也最纯粹的东西，连老师都说，她的笔触里，有着大自然的细腻。

“你想玩什么？”苏红放下画笔，揉了揉眼睛，换上笑容。

“唔……爬山，我想去爬山。”苏青不假思索地说。

苏红看了看外面，天气有些阴沉，预报说今天有雨。不过，天气预报一般都不准。

“姐姐，去嘛去嘛，山上风景很美的！”苏青跑过来拉苏红的袖子。

苏红在家里待了一天了，听苏青一说，又想起上次全家一起去不远处的后山爬山的情形。草地和远处的森林融为一体，蓝天白云，偶尔有风吹来，要多惬意有多惬意。

苏红想了一下，在家里留了张纸条，就和苏青上山了。

她们谁都预料不到，那是苏红留给这个世界的最后一张纸条。此后的几年，苏红终日和医院里黯淡的灯光、白色的墙壁、刺鼻的消毒水，还有不知疲倦的机器一起，度过了好多无望又宁静的岁月。

苏青很少去回想那天具体发生了什么事情，好像记忆里的这一段被谁抹掉了。在苏青的回忆里，只有“脚滑”“姐姐救我”，然后是天旋地转，苏红因为用力抓住她的胳膊而双脸涨红的样子，然后苏青就晕厥过去了。

之后发生的事情都是从别人口里零零星星知道的。

苏红滚下了山，途中脑袋撞上了树，导致头颅里面有血块，医生不建议手术，因为风险非常大。不过，苏红也一直没有醒过来，只有一台显示着电波的机器无声地告诉来看她的人们：苏红没有死，只是没有醒过来而已。好在苏青只是轻微擦伤。

从苏红住院开始，苏家开始了无休止的争吵。那时候苏青才知道，看似美满的家庭竟暗藏着那么多不和谐因子。

苏青的爸爸不满足于教授那点死工资，于是利用学校的资源去接了一些私活，结果被人举报了，评职称的时候直接被下面的年轻教授顶替。

苏青的妈妈本来是一家艺术中心的负责人，苏红的事情，影响了她白天的工作。有一次，苏妈妈因为神情恍惚，签错了一份合同，直接给艺术中心带来了数百万元的损失，自然也导致了解除劳务合同的结果。

苏爸爸和苏妈妈开始互相埋怨，埋怨对方没有时间照顾孩子，才导致这样的意外发生。苏青十二岁的时候，父母离婚了，结束了长达两年的争吵。

因为苏红的病情，原本算是小康之家的苏家渐渐变得清贫。丢了工作的苏妈妈不得不去一家画廊做看护。苏青身上则背起了两个人的生活，她的，还有姐姐的。

这段经历使苏青的性格发生了很大变化。从前那个爱哭爱笑爱闹的苏青不见了，取而代之的是一个看起来有些冷漠的她。因为家庭的变故，苏青从一个什么都不会、什么都要让人帮忙的小女生，渐渐变得独立起来。

第一次做饭差点把厨房烧着。

第一次洗衣服泡到手发软。

第一次打工被黑心老板骗。

这些苏青都体会过，但她并不想一直停留在这段不好的经历中。后来，她性格变得越来越冷静，做事情有自己的想法，不冲动，目的性强。

姐姐一直住在安雅医院。苏青选择离家近的大学读书，也是为了能陪陪姐姐，给妈妈减轻负担。

姐姐出事之前一直喜欢树，喜欢各种绿色的植物，所以苏青才会想着在姐姐住的病房对面的山坡上亲手种上好多树。如果姐姐哪天醒过来，一开窗户，就能看到大片的树，她一定会很开心。

本来苏青以为，自己的大学生活能像自己计划的那样进行，努力地学习、努力地打工、顺顺利利毕业，然后找份工作，照顾妈妈和姐姐。没想到，这一切都因为简单的出现乱套了。

舒雅静静地听着，她没有想到，眼前这个乐观坚毅的女生身上发生过这么多事。这些只有在书里、电视上才能看到的情节真真切切地出现在了自己周围，舒雅觉得自己要好好消化一下。

一口气说了这么多话，苏青也陷入了沉默，只有墙壁上的时钟“滴答滴答”的响声宣告着时间的流逝。

舒雅不知道要说些什么来安慰苏青，只是将苏青放在桌子上的手用力地握了握。

日子渐渐进入到深秋，一年一度的全校篮球大赛也即将开始了。

苏青听林沫沫讲，每年的冠军球队都会得到学校的一笔奖金，MVP 还可以获得学年奖学金。金钱的诱惑总是能最大化地激起学生的斗志。

上届队长在退位的时候，简单答应过老队长，一定要让球队赢得比赛，夺得冠军。所以这一次，连一向油嘴滑舌的李奇也认真起来，陪林沫沫的时间自然就要大打折扣了。

“沫沫，我待会想去自习室，你要一起吗？”期末考也快来了，苏青不得不打起十二分精神去对待考试。她想，喜欢一个人和坚持做自己的事情其实是不矛盾的。况且……一想到妈妈那么辛苦地为了这个家，她觉得自己更不能贪玩到忘记初衷了。

沫沫坐在床上，一脸专注：“我要缝十字绣，今天就不去了。”

十字绣是学校继织围巾以后又一项女生热门活动，只是苏青手太笨了，完全搞不清这些线线框框。

“我看你缝了很久了。”苏青记得刘米好像是从上个月就开始在捣鼓十字绣。

“是的，不过这次是给李奇做个卡贴，我想做得更好一些，所以就买了一些。”林沫沫一边说，脸上一边浮现出两抹动人的红晕，嘴角边的小梨涡若隐若现。

说者无意听者有心，苏青灵机一动，想到了一个好点子。

可以给简单送些什么东西呢？

最好是，可以代表自己心意的东西。

想到这里，苏青心里突然有了一个绝妙的点子，这个点子既能够体现自己的心意，又能够对简单有帮助。

苏青花了一个下午的时间去商店给简单挑选了一双白球鞋，又向美术学院的同学借了一些水彩颜料，亲手绘制了一幅画在球鞋上面。

因为妈妈的原因，苏青对绘画还是有一些天赋的。尽管很少用那些颜料和水彩，但是，当她一笔一划地把设计的小人画出来的时候，自己还是非常满意的，拿着自己的作品左看看右看看。这样的球鞋在世界上是独一无二的，正如简单在她心里独一无二一般！

远远地，苏青就看到了简单的身影。

本来简单还在和身边的队友聊着什么，一抬头，便看到苏青在不远处等他。队友看到苏青，都默契地说了句“简单，我还有点事情，先上去了。”扔下简单一个人，没办法，简单只能硬着头皮往前走。

上次的“植树”记过事件，已经让简单对苏青产生一丝阴影了。不知道这次，她又会给自己带来什么麻烦。

“简单”，苏青笑眯眯地喊他，身体凑过来一点。

简单不动声色往后一躲。

“我有东西送给你。”苏青说着，拿出了球鞋。

白色的球鞋上面，画着两个小人，一个小人头上扎着“奋斗”的布条，正在努力学习；另外一个小人则高高跳起，篮球停在空中。

“这？”简单看着苏青亮晶晶的眼睛，有些疑惑。虽然他有些抗拒苏青，但是看到苏青紧紧闭着的嘴巴和纯净的眼睛，一个“不”字始终说不出口。

苏青正色道：“我的意思是，我们俩都要加油，一起加油！”

内心斗争了半天，简单还是点了点头，“好。”只是接受这样一双球鞋，应该对自己没有什么影响，简单想，只要不穿就行了。

简单故意不去看苏青离开时一蹦一跳的开心模样。

篮球队的训练一般是早上七点到八点，周末全天。因为大赛即将到来，全队的人员只要有空都会来篮球馆训练。

刘米上次虽然破坏了简单和苏青的演唱会之约，但她和简单的关系并没有得到多大的改善。事实上，简单一直是一个不懂得拒绝别人的人，但是刘米不像苏青那般主动，所以她和简单之间一直淡淡地相处着，不靠近，也不捅破。

“植树事件”让刘米在心里对苏青彻底地讨厌起来。如果说刘米以前不喜欢苏青是因为她和自己喜欢着同一个男生的话，现在刘米不喜欢苏青则是因为苏青很幼稚，而且根本不懂怎么去喜欢一个人。

喜欢不是胡闹，更不是强迫。

虽然啦啦队的训练也很紧张，但是刘米在训练之余几乎每天都会去看简单打球。有时候她会坐在前排，等简单训练累了，给他递上一瓶水。球队的人都看出来刘米对简单有意思，简单本人却毫不在意。

刘米很快注意到了苏青送给简单的球鞋。

幼稚的画风，自以为是的创意设计，与苏青有关的一切都让刘米觉得恼火。刘米趁简单不注意，用小刀狠狠地割开了球鞋的底，然后原样放回，从外表上看，丝毫看不出和之前有什么不同。

第六章

差之毫厘，失之千里

A 大的篮球赛是除了期末考以外第二个可以集中全校学生参与进来的事情，大学里女生们一般去看喜欢的男生打球，大部分的男生都喜爱篮球和足球这两项运动。这其中，每年的篮球选修人数都是最多的，其热度可见一斑。

A 大对于体育的重视，直接体现在了对获胜者的嘉奖上。每年，校篮球比赛里获胜的队伍都有一定的奖金发放，而被评为 MVP 的则可获得全额奖学金。

“大家过来看看决赛的赛程表。”简单招呼队友。

在上次的预选赛里，文学院输给了化材学院，在预选赛里排名第三。接下来要进行的则是淘汰赛，第一名对第八名，第二名对第七名，以此类推。获胜的队伍再随机抽取，决胜出前三名。

简单看了看，前三名分别是化材学院、经管学院、文学院。体育学院是不与其他学院一起比赛的，会在内部进行一个排名。而简单他们接下来这一战要面对的是物电学院。

文学院一向男生比较少，这次能挤进前八，不只是简单觉得意外，其他队员也觉得不可思议。总的来说，运气成分占主导，虽然是这样，简单还是要求队友们全力以赴。

这天，简单正在和队友分析作战策略，几个人正讨论得火热时，篮球馆门口出现一个鬼鬼祟祟的人影。

李奇最先发现了她：“苏青？有事么？”

这么一问，全队的目光都投向了门口。

苏青见被人发现了，虽然有些不好意思，但也没有逃避，她大大方方走进来，看了眼墙上的钟，指针已经指向了六，便问李奇：“快要吃饭了，我就想问问你们什么时候去吃饭？”

苏青问的虽然是李奇，眼睛却一直往简单那里瞟。队友们心知肚明，一个个都摸摸肚子，做出一副饥肠辘辘的样子。

简单见状，也不好意思继续拉着队友再往下说，幸好今天的训练已经快到尾声，他稍微交代了一下，便宣布解散。

苏青是来找简单吃饭的，李奇正准备开溜，却被简单逮住了。

“李奇，要不你把林沫沫喊上，我们四个一起吃饭吧。”简单实在是不想单独面对苏青，害怕她又做出什么让自己难堪的事情来，又不忍心拒绝她，于是想了一个折中的方法。

“我给沫沫打电话吧。”苏青浑然不觉，掏出了手机。

没想到林沫沫的电话一直打不通。

“她可能没听见吧。”最近林沫沫一直在忙，至于具体忙些什么，苏青也不是很清楚，快临近考试了，每个人心里可能都有些惶惶然。

李奇看起来有些失望，简单生怕他会借故走掉，主动拿出手机：“那我喊一个朋友一起吧，那个朋友你们都认识。”

接到简单电话的时候，刘米还穿着啦啦队服装在指导队员动作。

简单很少给刘米打电话，所以这个电话让她有些吃惊。刘米让队员自己先领会一下动作，自己则跑到了一个僻静的角落去接电话。她忍住内心的欣喜，装作波澜不惊的样子：“喂？是简单吗？”

简单“嗯”了一声，问：“你吃饭了没有啊？不如一起吃个饭？”

刘米看了看不远处的队友，有些犹豫。她今天原本和队友约好去吃饭的，经过这段时间的排练，大家一直都非常辛苦，作为啦啦队的队长，刘米想鼓舞并感谢一下她们的辛苦付出，约好今天去放松一下。

简单听出了刘米的迟疑，觉得有些失望：“你没时间吗？”这边，苏青已经和李奇叽叽喳喳地在讨论去哪里吃了。

“我们去吃自助吧，自助多带劲。”苏青提议。

“不要，不如我们去吃火锅？”李奇反对，“上次我吃自助的时候，面前坐着一个女生，拿的东西整整是我的三倍！真的太夸张了！还有，我看到她啃猪蹄的样子，简直惨不忍睹！”

“有这么恐怖吗？”苏青歪着头，看到简单挂了电话，忙问：“你朋友怎么说？”

“她说没问题，我们到了把地址发给她就行。”

最后在简单的提议下，再综合他们俩的建议，他们三个决定去吃自助火锅。

简单和苏青面对面坐，李奇坐在简单旁边，多出来的一个位置留给了简单喊来的“朋友”。服务员上来以后，为他们调好了火锅的温度，三个人在等锅底烧开的间隙，苏青突然想起一件事：“简单，你说你那个朋友我们三个都认识，他是谁呀？”

这么一说，李奇也想起来了，刚才忙着和苏青讨论吃什么，也忘记问简单了。

简单看着正在慢慢冒泡的水，说了两个字：“刘米。”

苏青的脸僵住了，李奇的脸色也变得有些不自然。

苏青没有料到简单会喊刘米过来吃饭，上次自己和刘米的梁子还结在一起呢。李奇也反应过来，在心里感慨了好几下以后，用一种视死如归的表情看着苏青：“那我坐你旁边，你不介意的哦。”

位子刚换好，简单的手机响了。

“刘米，这里。”简单朝正在门口东张西望的刘米招呼了一下。

刘米把和队友约好的聚餐推掉了，本来满心欢喜地准备和简单单独吃晚饭。但是，刘米还没走进来就意识到这不是他们俩的“二人晚餐”，等看到一旁的苏青、李奇时，心中更是陡然升起一种极其不舒服的感觉。不过饶是如此，长袖善舞的刘米还是立即换上了笑脸，和简单打了招呼，直接略过苏青和李奇。

苏青也明白，自己和刘米三番两次有冲突，现在这种情况，刘米不使绊子就已经对自己很不错了。李奇虽然是个男生，但是心思比简单细得多，苏青和刘米的不合他从第一天就看在眼里，只有简单这种“两耳不闻窗外事”的呆子不知道。

四个人就这么各怀心事地坐着。

因为刘米之前不在，所以简单自作主张为她先点了一份菜。

菜端上来的时候，“还吃得习惯吧？”简单问刘米。

“嗯呢，谢谢你。”刘米礼貌地回复着，“我不太喜欢吃辣的，比较喜欢吃蔬菜，要不是知道我们俩口味像，我还会以为你是特地为我点的呢。”说完，还有意无意地朝苏青看了一眼。

简单不明就里：“就是特地为你点的。”

刘米抿嘴一笑：“有心了。”

这样话中带话的对谈，每一句都隐隐有些暧昧，再加上刘米软软的音调，顾盼生辉的眼神，这一顿饭吃得苏青又窝火又找不到机会发作。她看简单一直吃着青菜，连忙夹了一块里脊肉放到了简单碗里。

里脊肉是从红油汤里夹出来的，表面的一层辣椒看得简单心惊肉跳，偏偏苏青还讨好似地冲他笑：“简单，你多吃点肉，补充能量，这样打球的时候才会有体力。”

刘米不甘示弱，也夹了一块牛肉给简单：“牛肉的营养价值高，多吃点对你身体有好处。”

所幸这次不是辣的，简单松了口气。

李奇看到苏青和刘米把一顿平常的饭吃得火药味十足，便端着自己的碗，朝苏青谄媚一笑："还有我呢？"

苏青直接无视李奇。

被无视的李奇撇撇嘴，看了一眼不解风情的简单，心里不住叹气。早知道和刘米一起吃饭，李奇就不会来了。想到这，他突然想给沫沫打个电话。

一拿手机，发现有好几个林沫沫的未接来电。

想来是火锅店内太吵，刚才根本没有听见，李奇立刻给林沫沫拨了回去。

苏青一直在关注刘米的一举一动。刘米一边小口地吃着东西，一边还跟简单说上几句话。苏青想强行插入他们的对话，试了几次，失败了。

苏青心里有些郁闷，又觉得无趣，便准备找李奇说话，排解下自己郁闷的心情，一回头，看到李奇的表情越来越严肃，苏青还没来得及问，李奇先开口了："沫沫出事了。"说着，他连忙收拾东西往外走，还不忘拽上苏青，"苏青，你和我一起。"

苏青看了眼桌子对面的两个人，有些不甘心，但又担心沫沫，只能恨恨地先离开。

苏青和李奇打车回学校，在路上，李奇大致说了下沫沫的情况。

林沫沫五点半下课以后就径直去了学校外买东西。因为快到冬天了，天黑得格外快，林沫沫逛着逛着就忘记了时间，等到要回的时候，才发现外面已经漆黑一片。

林沫沫有些忐忑，心里却想着坐公交应该没事。她给李奇打了几个电话，想让李奇到学校附近的公交站接她，但李奇没接她电话。一下公交，林沫沫就发现有些不对劲，她步行了五分钟，感觉身后好像一直有人在尾随她。不确定自己的感觉到底对不对，林沫沫连忙给李奇打电话，电话那头一直是忙音，没人接。

林沫沫的感觉没有错。

身后的人已经尾随她一段时间了，林沫沫飞快地向后看了一眼，只见对方是一个年纪比她还稍微小一点的男孩子，可能是想从她身上抢一点钱。路过一家咖啡厅的时候，有一个暗角，男孩子决定对林沫沫下手。

黑影一靠近，林沫沫整个神经都绷得紧紧的。对方虽然看起来不壮，但没经历过这种情况的林沫沫顿时就慌了。

林沫沫买了东西，身上剩的钱本来就不多。抢劫的男生抢走了林沫沫的钱包，数了数里面的钱，发现还不够自己吃一顿饭。他看到林沫沫死死护住一个盒子，就要挟她交出来。哪知道看似文文弱弱的林沫沫却死死抱着这个盒子，男生伸手过来抢，林沫沫一口咬住男生的手臂，就是不肯松手。

两人正在僵持，一旁突然又冲出个身影，往男生头上一个劈手。

这个男生本来年纪就不大，又是第一次做这种违法犯纪的事情，被人“突袭”之后，脑袋有些发晕。见有帮手来了，他狠狠推开了面前的林沫沫，然后慌慌张张地逃走了。林沫沫被他推得一下子摔在地上，膝盖被磨破了皮，掌心也沁出了血。。

不知名的“英雄”跑过来，检查林沫沫的伤势，看到林沫沫并没有什么大碍，舒了口气。

“你还好吧？我带你去包扎一下伤口吧。”听声音，“英雄”竟然是个女生。

林沫沫被尾随的男生吓得不清，泪眼婆娑地抬起头，打量眼前的这个救命恩人。面前的女生年纪看起来不是很大，扎着一个丸子头，齐刘海，左眼眼角有一颗痣，笑起来很是动人。

舒雅看了看那个男生跑掉的方向，确定他不会再回来了，再看眼前的女生，一副惊魂未定的样子，正在考虑怎么处理的时候，李奇的电话正好打过来。

苏青和李奇赶到的时候，林沫沫已经整理好了自己，再加上舒雅又带她去咖啡厅休息了一会儿，心情也渐渐平复了一些。

苏青有些诧异：“舒雅？”

李奇先确定林沫沫没事以后，才回头打量眼前的女生。

这是舒雅第一次见到李奇。

这个男生瘦、高，因为着急小跑过来，额头上还渗出了密密的汗珠，不笑的时候看起来很严肃。

“大姐，谢谢你救了我们家沫沫啊！”李奇看到林沫沫没事儿了，嘴角一弯，放下心来，一脸真诚地说。

苏青还没来得及为他们介绍，便听到舒雅一脸嫌弃地说：“叫谁大姐呢！”

舒雅的乐队晚上演出刚刚结束，她正准备回“是非”来卸妆，快到“是非”的时候，听到有女生呼叫的声音。最近学校正在施工，学校附近有不少社会上的人，前段时间还听说有女大学生遇害。想到这，她顺着声音找到了被打劫的林沫沫。幸好对方只是一个抢劫经验尚且不足的小男生，舒雅这么一劈手就吓跑了他，救了危险中的林沫沫。

“李奇，我跟你介绍，这个是舒雅。舒雅，这个是李奇。”

要不是苏青见过她素面朝天的样子，也很难相信眼前这个女生只是一个大一新生，照她现在的样子，一般人都会觉得她看起来比大一新生成熟很多。

因为练习声乐，舒雅声音清脆，这一声责怪，倒把李奇搞得有些不好意思了，他连忙双手握拳赔罪：“大妹子对不起，哥给你赔礼了。”

舒雅看他一副油嘴滑舌的样子，没有理他，转头对苏青说：“你陪她一起回寝室吧，这么晚了这样安全些。”

苏青想了想：“你要回寝室的话，我们等你一起吧。”

舒雅出来的时候，已经是二十分钟以后了。看着舒雅卸完妆穿回白色流苏连衣裙的样子，和刚刚化着烟熏妆的样子大相径庭，李奇这个直男当着舒雅的面故意四处张望：“这么久了刚刚那个叫舒雅的怎么还没有出来？”

李奇夸张地用右手合上下巴，露出无比乡霸的白痴表情，舒雅白了他一眼。

一旁的林沫沫看见卸妆后的舒雅也有些惊讶，不过惊讶之余，她对刚刚的事情仍心有余悸，两只手一直抓着李奇的手臂。

苏青给简单打电话，报平安。哪知道电话一接通，是刘米的声音：“找简单有什么事吗？他现在不方便接电话。”

然后“啪”的一声挂了电话。

苏青看了下时间，已经十点半了，离寝室关门只剩半个小时，这么晚了，两个人还在一起搞什么鬼。

在苏青和李奇匆匆离开以后，简单和刘米两个人并排坐着，担心地聊了几句林沫沫的安全问题，剩下的时间就开始聊着不相干的话题。

简单和刘米都不是多话的人，少了李奇和苏青，他俩的沉默在喧闹的火锅店反而显得有些诡异。

“你吃不惯北方的菜么？”先开口的是刘米。

“嗯，是啊，我吃不了辣，也不太爱吃面食，我妈妈说，我完全遗传了我爸的饮食习惯。”

“哦？叔叔是南方人？”刘米引导着简单。她认识简单这么久，从来都没有听简单说过家里的情况。

“是啊，我爸是土生土长的江苏人，后来来北京工作，认识了我妈妈，然后结婚，就定下来了。”

“和我家有点像，我妈妈是南方人，广东那边的。不过我一出生就在北京了，小时候在北京西城区住过一段时间，后来搬走了，再后来上大学才又回了北京。”

“这么巧？！我小时候也住西城区那边，那个时候都是住四合院，比现在热闹多了。”简单觉得两个人关系又拉近了一点。

“是吗？我见你的第一眼就觉得你很熟悉，可能是因为这个原因呢。”刘米笑道。

两人边吃着火锅，边聊着天，不知不觉中天色慢慢黑了。

两人坐公交回学校的时候，刘米见简单拿出手机看时间，发现他的手机和自己的手机型号一样，也是白色的经典款苹果手机，连壁纸都还是出厂设置的那张。只不过，简单的手机快没电了，刘米借口说看到简单手机上有款学习软件很不错，想拿过来看看。简单不疑有他，递了过去。

过了一会儿。

“没电了。”刘米把手机还给了简单。简单看了一眼，把手机收回口袋。

回到寝室，刘米给手机充上电。

刘米的手机是用一张自己的照片做的屏保，这会儿，图片却完全不对。

果然，没几分钟，手机震动了，屏幕上出现了“苏青”的来电名字。

刘米狡黠一笑，接了电话：“找简单有什么事吗？他现在不方便接电话。”

电话那头的苏青似乎很诧异是刘米接的电话。挂了电话以后，刘米兀自去梳洗。她知道，电话那头的苏青，肯定一个晚上都睡不安稳；明天，简单肯定会来找自己换手机，这样不仅又有机会和简单单独相处，还能再多了解简单一点。

刘米用室友的手机给自己手机打了个电话：“简单，我们好像拿错手机了，明天早上我给你还过去吧。”

“嗯，好。”电话那头的简单丝毫不知道刘米的心思。

交代好事情，简单正要挂电话，刘米又像是想起来什么似的：“刚刚苏青来电话了，我替你接了，应该没有什么关系吧？”

听到简单说没关系以后，刘米才确定，即使苏青明天问起什么，也没有什么好担心的了。再说，刘米相信，以苏青的心高气傲，肯定不会做出质问简单的事情来。

在刘米的小心思下，简单和刘米又单独约出来过几次。两人偶尔吃个饭，或者看个电影，像很多大学生那样。苏青每次来找简单，都被告知这段时间有事儿，没空。

不过舒雅倒是常来找苏青玩，天气渐渐冷了，乐队因为吉他手有事，又没有接到什么商演，所以决定暂时休息一段时间。于是舒雅每天晚上的时间都空下来了，有时候练琴练得疲倦了，就来找苏青玩。

这天，苏青刚刚结束下午的两节课，正准备去篮球场看简单他们训练，见舒雅百无聊赖，便喊上舒雅一起。

舒雅和苏青进篮球馆的时候，林沫沫已经提前到了。球队正分成两队训练，李奇和简单分别是两队的前锋，两人身高相仿、球技相当，只是简单打球更随性飘逸一些，李奇打球则目的性强、下手极稳。球风即作风，这可能和他们平时的性格差异有关。

舒雅好一会儿才把眼前这个打球的男生和前几天大大咧咧开着玩笑的男孩联系起来，不由得朝李奇多看了几眼。

“舒雅，之前谢谢你救了我。”

林沫沫朝苏青挥手，看到舒雅，有些不好意思。那天她太害怕，都忘记了跟舒雅道谢。

舒雅摇摇头，说了声“不用谢。”

一场比赛结束，双方暂停休息。简单的队伍以微弱的优势赢得了比赛，李奇很不服气，朝简单“挑衅”，“我居然输给了简单？待会儿我们一对一！”

简单一副早就习惯了的样子，径直走开，并不理会他。

李奇自讨没趣，直接向林沫沫走来，很自然地接过林沫沫手里的水，“渴死了。”喝完才看到一旁素面朝天的舒雅。

舒雅看李奇的感觉仍是淡淡的。

和物电学院的比赛如约而至。

物电学院在历年的篮球比赛里都没有进过前八，今年是运气比较特别。上半场的时候，简单没有上场，在场边沉着地分析着场上的局势，只靠李奇一个人就刷了三十多分。下半场，简单安排候补队员上场，增加他们比赛的经验，保存主力的实力。

比赛哨声结束的时候，分数停在了 67∶102 上，苏青开心地和沫沫击掌，这场比赛赢得太没有悬念了，李奇都不好意思说要去庆祝一下。

还是简单提议，待会吃完饭，去 KTV 唱歌娱乐一下，顺便涨涨士气，乘胜追击。作为简单的头号粉丝和每场训练几乎必到的苏青自然是要去的。舒雅最近比较闲，苏青也约上了她一起。

都说上帝是公平的，为你打开了一扇窗的时候，必然会为你关上一扇门。

当苏青听到简单五音不全地把一首《K 歌之王》唱得惨不忍睹时，突然觉得简单有点萌萌的。苏青觉得，好像之前那个高高在上的简单越来越接地气了，到底是一眼就让自己心动的男孩子。

看在他那么认真的分上，给他 90 分吧。

另外，李奇简直是个麦霸，虽然唱歌比简单好一些，却也仅限于调子没有跑。他一连唱了五首歌以后，被队友不约而同地轰下来。李奇不服，拉着林沫沫，说："我还没有和沫沫合唱。"林沫沫很少来 KTV，以自己不会唱歌为由笑着推托，只是在一旁看着他们打闹，KTV 里一片欢声笑语。

舒雅好久没有见到这么热闹的场面，因为和篮球队队员不怎么熟，她没有参与到他们的话题中，只是在一旁安静地喝着橙汁。

突然，苏青想起舒雅是学音乐的，便问她："舒雅，要不要给我们唱一首歌？让他们瞧瞧什么才是真正的天籁，好让李奇不那么张狂。"

舒雅朝李奇看了一眼，正巧李奇的眼睛也往这边看过来。

舒雅有些犹豫，苏青见她没有拒绝，一把抢过话筒，朝大家宣布："下面有请舒雅同学为大家唱一首歌，大家鼓掌！"说完还朝李奇看了一眼，"李奇，你要认真听一听，什么才是'余音绕梁，三日不绝'。"

KTV 里有男生开始鼓掌，舒雅见大家都在看她，也没有推托，扫了下包间四周，顺手拿起墙角的吉他，稍微调了下音。

"那我给大家带来一首卢冠延的《一生所爱》吧。"苏青去给她点歌。

待大家掌声落定，舒雅坐在高脚椅上，一手拿着吉他，一手轻轻扫弦，和着好听的前奏，低声吟唱：

"从前现在过去了再不来

红红落叶长埋尘土内

开始终结总是没变改

天边的你漂泊白云外

苦海翻起爱恨

在世间难逃避命运

相亲竟不可接近

或我应该相信是缘分……”

舒雅的声音有些低，但是足够清亮。她唱歌的时候喜欢闭着眼睛，歌词早已经在心里唱过无数遍了。《大话西游》的主题曲在她的演绎之下竟然变成了另外一种味道。屏幕上夕阳武士的告白，大圣落寞的背影，还有紫霞仙子临死前说的那句“可惜我只猜中了开头，没有猜中结局”，饶是苏青这么开朗的人，听了之后都有些戚戚然。

“苦海翻起爱恨

在世间难逃避命运

相亲竟不可接近

或我应该相信是缘分

苦海翻起爱恨

在世间难逃避命运

相亲竟不可接近

或我应该相信是缘分……”

舒雅的歌声仍在继续。林沫沫看着眼前闭着眼睛认真唱歌的女生，心情不知道为什么也被感染得有些低落，她回头看了眼李奇，发现李奇正出神地看着舒雅，不知道在想什么。

一曲终了，舒雅取下吉他。过了几秒钟，有人鼓起掌来。

“唱得真好听！”

“李奇、简单，你们听听什么才叫唱歌。”

有人起哄。

李奇站起来说：“今天这么开心的日子，这首歌的氛围不适合，不如我唱一首《好日子》送给大家吧！”

说完就抢了麦克风，被大家笑着又给轰走了。

回去的时候，苏青发现林沫沫兴致有点低。

“怎么了？”苏青担心林沫沫不舒服。刚刚在 KTV 的时候，林沫沫还好好的。

沫沫看了舒雅一眼，摇了摇头。

回到寝室了，林沫沫也没有说什么。

苏青虽然觉得有些奇怪，但是她也不愿意多问，她想等到沫沫愿意说了，自然会说。

第七章

秘密不可说

时间一天一天过去，篮球大赛也有条不紊地进行着。与对战物电学院时的轻松相比，接下来的每一场比赛对球队来说都是重大考验，简单他们不敢掉以轻心。

和简单预估的一样，最后进入四强的正是名单上的前四名，文学院的下一个对手是经管学院。

简单分析了一下局势，经管学院队的主要特点是：球风很稳，球队里也有一对像简单和李奇一样配合打得很好的搭档。简单的招数是，利用犯规或者是强行防守，逼退其中一名队员，这样牢不可破的网就有空子可以钻了。

到正式比赛那天，场上局面果然与简单估计的一样。经管学院队几乎所有的得分都来自前锋，也就是他们的队长 4 号，而和队长打配合的是 10 号，一个平头的男生，看起来有些凶。

“李奇，你盯住 10 号，他进攻快，你要防死他，必要的时候可以引诱他犯规。”

一般进攻比较强的人防守相对来说会弱一点，简单观察了局势，发现 10 号男生的性格有些急躁，所以，让李奇惹怒对方犯规，不失为一个好方法。

果然，李奇把 10 号的进攻咬得死死的，对方的 10 号渐渐有些沉不住气，一急躁连续犯了几次规，而李奇一副“事不关己”的态度也让对方恼火不已。

简单朝李奇比画出一个“干得好”的手势，李奇看了10号一眼，挑衅地吹了下口哨。

在接下来的比赛里，10号显得更慌乱，尽管对方的队长已经示意过他几回，让他不要被影响，但效果不大。李奇又一次拿到球，故意在10号面前晃了晃，起跳，准备投篮。

10号哪里会让李奇这么容易得手，一个盖帽跳起来往李奇手上扣。李奇嘴角突然往上弯了一个小小的弧度。

“不好！”4号已经看出端倪，在心里惊呼一声，可惜一切都晚了。

“砰！”

与篮球重重的落地声同时响起的还有裁判的哨声，“蓝队10号，进攻犯规；红队23号，罚球一个。”

“Yes！”倒在地上的李奇忍不住在心里欢呼一声，对方10号已经犯规四次了，按规则，犯规五次就要被罚下场，这样一来，10号心里肯定会有迟疑，不敢随便再犯规，进攻也不会那么冒进了。

“做得好！”简单大呼一声，小跑过来一把拉起倒在地上的李奇，两人相互击掌。对方10号的表情恨恨地，但更多的是焦虑。

10号犯规四次以后，防守显得被动了很多，李奇认准这个空子，很快带球得分。整个球队的士气被他带动了，比分毫无悬念地开始拉大。

赛场周围的声音越来越热烈，裁判一声哨响，比赛结束了，109：97，文学院赢了。

在巨大的欢呼声中，大家冲上来，把李奇高高抛起。

“啊啊啊啊，轻点，我恐高啊！”

文学院战胜经管学院以后，另一场比赛的结果也出来了，化材学院顺利晋级，也就是说，化材学院和文学院这对宿敌，是逃不过冠亚军争夺了。

比赛的日期定在一个再平凡不过的星期六，但是这一天，注定对整个篮球队都有着不同寻常的意义。

决赛前的两个小时，李奇有些紧张，正准备往厕所跑的时候，有队友喊他："李奇，紧张吗？这已经是你第三次去厕所了。"

李奇装作没有听到的样子，这个玩笑并没有使大家绷住的弦松下来。虽然简单看起来还是云淡风轻，但微微皱着的眉头已经出卖了他。

篮球场馆里已经是人声鼎沸。

苏青拿了两个空可乐瓶，在里面装了一些弹珠，一摇起来，可乐瓶就发出"震耳欲聋"的响声。虽然苏青没有主动喊舒雅，但是舒雅这次竟然破天荒地主动要求来观看决赛。

林沫沫和舒雅分别坐在苏青的两边。苏青一大早就来抢了最前面的座位，并向室友借了一个单反相机，准备给篮球队多拍几张照片。

最重要的是，她想跟简单多拍几张，到时候挑几张照得好看的，洗出来留作纪念。

双方队员出场的时候，整个篮球馆都在欢呼。苏青也随着周围的人群，摇着自己手中的可乐瓶，为篮球队助威。

文学院穿着白色球服，队长是 4 号简单。化材学院穿着红色球服，比队长 7 号更拉风的是 18 号肖骁。仇人相见分外眼红，李奇恨恨地盯着 18 号，脚踝似乎还在隐隐作痛。

比赛从一开始就成了一场拉锯战。

化材学院采取了全场防人的手法，一对一紧盯对手。这种打法对球员的体力要求非常高，好在文学院最近一段时间训练强度比较大，所以一时间也没有给对方太大的空子。

不过，场上的比分依旧是 0 比 0，双方都不让步。

球到了简单手里，简单直接带球冲到了对方篮下。李奇甩开肖骁，过来掩护简单，两人迎面传球。肖骁冲上来，准备等李奇转身时出其不意地抽走他的球，没想到扑了个空。

原来，简单只是虚晃一枪，球一直在简单手里。等到红队其他人反应过来的时候，简单已经起跳，球出手。

进球，得分。

简单振臂欢呼，与李奇击掌。

看台上的观众开始欢呼。简单实在是太耀眼了，苏青想。

0比2。

从简单得分开始，双方的攻势变得更加迅猛了。比分呈现出一种你追我赶的态势，不过两队分数相差最大时也不过4分。

而且，看台上的人很快就发现，只要白队的4号一拿到球，就是那个看起来又高又瘦、爆发力却十分惊人的男生，全场都开始欢呼。苏青听到有女生一直在议论：

“白队的那个4号打球好厉害哦，只要他拿球到篮下，几乎就没有不进球的耶！”

“虽然红队18号也很厉害，不过他哪有白队4号帅！”

“这是个看脸的世界，所以我支持白队好了。”

“我也支持白队！”

……

苏青在心里吐槽：“这哪是来看球，分明就是看帅哥来了，不过还挺有眼光。”殊不知，看台上百分之八十的女生都不是来看球赛的，都是想一睹男生打球的风采。

比赛进行到中场，比分是40∶43，文学院暂时领先3分。

啦啦队上场表演，中场休息。

苏青一眼就看到在队伍最前面领舞的刘米。

身后的女生又开始议论：“你看到那个领舞的没有，身材好，人长得漂亮，舞也跳得好……”

“是啊，和文学院队的4号挺配的……”

“我要收回刚刚对她们眼光好的评价。”苏青默默地想。

趁着中场休息，苏青溜到篮球队的休息室。一进门，她发现大家看上去都很疲惫，并没有暂时领先的轻松。简单的脸上已经起了一层密密麻麻的汗珠，正坐在长凳上，低着头，闭着眼睛休息。

李奇在喝功能性饮料，喘着粗气，面前的地板上已经有一摊汗水滴落留下的水印。

下半场开场以后，文学院果然没有之前打得凶猛了，体力的消耗是一方面，另一方面，化材学院改变了策略，采取定点盯人的战术，在篮下五个点死死防守，形成了一张密不透风的网，防止对手攻进来。

这场比赛比以往任何一场比赛都来得艰辛。

苏青紧张地注视着简单的一举一动。

当比赛还剩最后几分钟的时候，出状况了——简单的鞋坏掉了。

由于对方进攻太猛，冲上来的时候恶意犯规，直接撞倒了简单，简单的鞋子不堪一击，当场裂开了一个口子。

简单傻了眼，李奇也傻了眼，整个球队都被这个变故吓到了。

几秒钟之后，简单想起来自己的储物柜里还有一双球鞋，虽然上面画着幼稚的手绘，但是在这个时候，也计较不了什么了。

简单换上鞋，走了几步，没有发现什么不适，只是右脚走起路来有一些松动。

“可能是码数不太对吧，”简单心想，“不过暂时顾不得那么多了。”

从简单换上鞋以后，苏青的相机就没有停过。她对简单有信心，简单能在关键时刻穿上自己送的鞋比赛，就是对她的嘉奖。

她觉得自己和简单一条心，并肩作战。

刚换下啦啦队服装的刘米看到简单换上了苏青送给他的鞋子，心里突然有一丝不好的预感。

起先，她只是看不起苏青，所以报复性地破坏了苏青送给简单的鞋子，并没有想其他的。可如今，简单在这么关键的时刻穿着这双有问题的鞋子，在比赛这么激烈的情况下，如果出了什么差池……

刘米不敢往下想。

在刘米的担心中，时间一分一秒地过了，看起来一切正常。

只有简单感觉到不对劲，右脚那里总有一种不太舒服的感觉，但又说不上来是怎么回事。

刚刚抢球的时候，球鞋和地板的摩擦太大，感觉鞋子快裂掉一般。

简单努力集中注意力，不去想其他的事情，守住球，坚持到最后一秒，才是现在最应该做的事情。

在简单的力挽狂澜下，文学院把比分咬得很紧。由于战术上的各种变换，双方的体力消耗都很大，所以两队都在苦苦支撑，就看谁能撑到最后。

离比赛结束还有最后三十秒。简单下意识地去看计分板，66∶67，还差一分。

球到了简单手里，运球，过人。对方的 4 号来防守他。

还有二十秒，简单把球传给李奇。

还有十五秒，李奇运球，甩开防守。

还有十秒，李奇找好投篮点，起跳。

平地突然冒出的 18 号将李奇的投球点封锁得死死的，李奇突然嘴角一弯。

“不好，上当了。”

一个漂亮的假动作，球传到了一旁等待着的简单手里。

苏青的心都快从嗓子眼里跳出来了。

4 号立马反应过来，反扑简单。

简单起跳。

突然，他意识到自己的鞋子不对劲了，连带着起跳的力度也受到了影响。

可是，球已经出手了。

简单看着球划出一道无力的抛物线，砸向了篮筐。

所有人都屏住了呼吸，简单知道，比赛结束了。

他们输了。

球只是碰了球网，然后重重地摔向了地面，四周响起的除了叹息声，还有化材学院啦啦队以及其他人的欢呼声。

在欢呼庆祝的浪潮里，刘米第一个发现了简单的不对劲。随即苏青也发现了，李奇也发现了。

简单摔倒在地上，眼神里有失落，还有失望。很快，脚上传来的刺痛让他不得不招呼队友：“李奇，你过来扶一下我，我……”

所有的努力只等来了这个结果，简单觉得自己的身体有种被抽空的感觉，更让他觉得糟心的是，他的脚好像受伤了。

错失冠军让文学院篮球队在很长一段时间内都很消沉。对于那些大三的学长来说，这可能是他们最后一次参加院里的篮球比赛了，冠军注定与他们无缘了。

简单也很懊悔，但是一切都已成定数，比分永远定格在了66：67，哨声响起，一切都结束了。

留下来的，只有脚伤，以及错失冠军的遗憾。

不过，简单的脚伤倒是给了苏青一个机会。苏青谦虚地向林沫沫请教什么汤对脚伤有益。前段时间，李奇的脚伤让林沫沫一阵紧张，又是汤又是菜，最后李奇伤好了，人也胖了两斤。

苏青知道简单因为比赛的事情闷闷不乐，所以变着法子想让简单开心。

而知道整件事情来龙去脉的刘米，看着苏青天天鞍前马后地去医院给简单又是送汤又是送饭的样子，心里打起了小九九。

这天，借着给啦啦队还衣服的机会，刘米不经意地经过了篮球馆。

虽然文学院篮球队今年取得了亚军，但是，由于和冠军以一分之差失之交臂，简单也因此受伤，所以整个队还是士气大伤。刘米一进来，就感觉到了一股低压。

“其实这次比赛失利不能怪简单，只能怪简单的鞋子。”刘米装作不经意地说。

“是啊，不知道为什么简单的鞋子在那么关键的时候坏了。”有队员接话。

“还不是因为其中有问……”刘米脱口而出，话说到一半，又装作失言的样子，“我什么都没有说。”

不过，大家已经听出话外之音了。

“究竟怎么回事？”

“刘米，你说吧，到底怎么回事？”

比赛的失利情绪好像找到了一个出口一般，大家不约而同地关注刘米口中所说的问题。

刘米表现出一副下了很大决心的样子，“鼓起勇气”将她知道的“和盘托出”，“我听说，简单最后换的鞋子有问题，才会在最后一刻丢了球。”

“而且我还听说，这双鞋子是苏青送的。”刘米说完，又补上一句，“我都是听别人说的，具体怎么回事我也不是很清楚呢。”

刘米有些怯怯的，一双眼睛流露出的神情更是茫然无措。

有队友去简单的储物柜里拿出了简单那天在场上穿的手绘球鞋，球鞋的右脚底面上不知道被谁割了一道口子。在简单高强度的跑动下，小口子已经变成了一道大口子，队友去拿鞋时，球鞋被丢在储物柜最下方最不起眼的角落。

看样子，简单已经知道球鞋有问题了。

正当大家叽叽喳喳议论的时候，门口突然出现了两个身影，原来是回来拿书的简单，还有陪在一旁的苏青。

刘米看到苏青，眼睛里的妒火快要烧起来了。

这段时间因为要训练，下了课以后，简单都是直接把书带到训练场。在医院待着的时候，简单突然意识到，自己可以把课本带到医院，这样既可以补落下的课程，又可以打发漫长的住院时间。

在苏青的帮助下，简单从医院回了学校。

没想到，他们俩的身影刚刚出现在球馆门口，所有人的目光就都投向了他们。

准确地说，是投向了苏青。

简单看到那双球鞋，立即明白发生了什么事情。

“苏青，这双球鞋是你送给简单的吗？”有人问。

苏青不明所以，爽快地点了点头，“是我送的。”

这下不用对质，甚至没有怀疑的余地。简单最后一球的失误，就是因为苏青送的这双有问题的球鞋。

“苏青，你这样做是不是太过分了？”

“你为什么要害我们失去冠军？”

“你真恶毒。”

前一秒，苏青还沉浸在为简单送鞋的小心思里，下一秒，就被周围人言语上的攻击刺得措手不及。

再看简单，他也是一脸惊讶。

好不容易把事情的来龙去脉弄清楚，苏青忍不住问：“你们听谁说的？”

“别管我们听谁说的，我们只想问你为什么要害简单？为什么要害我们球队？”

球队的人把苏青围起来，七嘴八舌地指责苏青。刘米站在一旁，一副看好戏的样子。

苏青不怕别人误会，只担心简单不相信自己。回头看简单，简单仍没有回过神来。

简单陷入了沉思，球队丢失了最重要的一个冠军，虽然大家都没有怪罪自己，但是，简单想过很多次，要是那个球进了呢？一切是不是不一样了？

球没有进，简单心里的负罪感很重。大家不提，不代表心里没有设想过。简单的这种自责并没有因为比赛的过去而慢慢变淡，脚伤一直提醒他，是他害整个球队没有拿冠军，辜负了学长的重托。

现在突然出现一个契机，有人告诉他，球队不是因为他的失误错失了冠军，这无疑是给了他一个千斤顶，消去了他内疚大石上绝大部分重量。

虽然简单知道，错失冠军的事情，和苏青无关，苏青绝对不会害他。

这个傻姑娘，做事情虽然冲动无厘头，但是绝对不可能害他。

简单心乱如麻，故意忽视苏青投过来的目光。他借口脚痛，要回医院，留下苏青一个人面对队友的指责。

简单知道，他走的时候，背后一定一直有一道目光在注视着他，希望他能停下来。

可是简单一直没有回头。

李奇听队友说了事情的起因经过以后，很是吃惊。他想了想，决定找刘米聊聊。

刘米成功离间了苏青和篮球队队友的关系，让简单对苏青也生了嫌隙，心里暗暗得意。不过，这个时候李奇来找自己，刘米意外之余，再一想觉得也在情理之中，便“欣然”赴约。

两个人约在了一家甜品店见面。

李奇记得刘米爱吃甜食，便点了一小份冰淇淋给她。

刘米姗姗来迟。

两人面对面坐了半天，刘米也不说话，点了一杯热的红豆奶以后，专心对付着眼前的热饮，仿佛只有这件事才是最重要的。

“刘米，我知道你喜欢简单，可是……你能不能不要再做这种在背后……中伤苏青的事情了？苏青和简单都是我的朋友，我不想……”李奇艰难地说出这些话。

刘米笑了：“那我又是你什么人？是纵使相逢应不识的陌生人？这些年，爸爸就是这样对我的，不是么？你果然是爸爸的好儿子。”

李奇无力地摇头。

这边，林沫沫和苏青正在外面逛街，两个人打算为即将来临的冬天储备“过冬”的装备，苏青看中了一条红色的围巾，又为简单挑了一条灰色的。林沫沫则选择了一条米色的羊毛围巾，还买了两卷毛线。

棕色的毛线拿在手上感觉暖暖的、柔柔的，林沫沫想象着围巾围在李奇脖子上暖和的感觉，心里一阵甜蜜。

突然，苏青喊她：“沫沫，你看那个背影，像不像刘米啊？”

苏青指着马路对面的一家甜品店，夜色降临以后，橱窗的光暖暖地透出来，反而衬得夜色更加暧昧。不过几秒钟以后，苏青和林沫沫都愣住了。

眼前的那两个人，是刘米和李奇？

被队友指责的苏青并没有气馁，她甚至有些庆幸这场意外，因为这样，她和简单有了更多相处的时间。

苏青不在意其他人怎么看她，她只要简单相信她。

再去医院的时候，不知道是因为内疚还是其他原因，简单破天荒地主动朝苏青打招呼：“苏青，早啊。”

苏青也朝简单一笑。

“这是今天易老师划的重点，你赶紧看一下。”易老师是教他们两个班古代汉语的老师，易老师出的期中考试卷曾经让简单苦不堪言，划的重点全部不考，考的全部没划。

就连苏青这样的好好学生对易老师划的重点都有点摸不着头脑，不过即使是这样，临近期末考的重点，简单还是不敢轻视。

宁可信其有。

苏青给简单的笔记做得十分工整。不仅是古代汉语，这段时间所有的老师都开始有意无意地透露期末考的重点。本来，苏青对这些所谓的重点是不在意的，因为苏青的基本功本来就很扎实，只要认真复习一遍，通过考试是完全没有问题的。可是，简单这段时间一直忙于篮球赛，上课的时候也经常会想球赛的事情，注意力不集中，课程落了很多。再加上，简单现在请假养伤，不利于复习，长期缺课会给老师很差的印象，影响卷面分，挂科的风险极大。

日子好像开始慢下来了。

和前段时间与简单计划着去看启明时的开心，与简单一起备战篮球赛时的兴奋不一样，简单住院的这段时间，日子可以用“静好”两个字形容。

苏青去医院看望简单，发现他一般都是躺在床上看书，偶尔会发发呆。苏青看着简单发呆的侧脸，会不由自主地想起第一次碰见简单的情形。那天阳光很热烈，就像苏青对简单的喜欢一样。

冬天已经不知不觉地到来了。

课堂上，苏青为简单整理笔记，旁边的位子一直空着。教室里少了一个人，对其他人来说，并没有什么不同。可是，对苏青来讲，意义却大不一样。

冬日的太阳没有盛夏时的炽烈，显现出温柔的触感，透过窗户投射在苏青的笔尖下。苏青转着笔，等着时间从笔尖悄悄溜走。讲台上，老师正滔滔不绝地划着重点，一切美好得不真实。

自从那天无意中撞见了李奇和刘米以后，林沫沫暗中观察了李奇几次。

李奇和刘米之间有种很特别的气氛，可以说，李奇对待刘米的态度和对其他女生肯定不一样，但是又不像是恋人或者好朋友，总感觉李奇有意无意地在避开和刘米的正面接触。

不过，李奇好像全然没有觉察到林沫沫对他的注意。

冬天来了，林沫沫最近几天每天都在熬夜为李奇织围巾。苏青一开始还饶有兴致地想学学，沫沫教了她几次。但苏青发现自己在使用这种毛绒绒线头方面的确没有天赋，便放弃了。

围巾织好的当晚，林沫沫拐弯抹角地问李奇在哪里。得知李奇在寝室打游戏的时候，林沫沫一个人直接就去男生寝室下面等他了。

林沫沫没有苏青那么勇猛，可以毫不顾忌地勇闯男生寝室。晚上，男生寝室附近人来人往，林沫沫找了一个不易被人察觉的角落，给李奇打电话。

李奇有些诧异林沫沫这么晚来找他，以为有什么重要的事情。他刚刚下楼，就看到林沫沫走过来递了一个盒子给他。

李奇要拆，林沫沫制止了他。

“上去再看吧。”林沫沫有些不好意思。

李奇想了想：“行。”

“没什么事情了，那我就先回去啦。”林沫沫笑着朝李奇招招手，然后一步一跳地离开了李奇的视线。

李奇觉得有些奇怪，一边上楼一边拆开了盒子。

盒子里放着一条手织的围巾，围巾旁还有一张卡片：“给李奇，天天快乐。”

李奇从来没有收到过女生的礼物，事实上，从小到大，他连礼物都很少收到。林沫沫的这份礼物让李奇有些感动。

第二天的时候，李奇约林沫沫吃饭，算是回礼。

“你是不是想问我，我和刘米是什么关系？”李奇笑着问沫沫。

“我可什么都没说。”林沫沫被看穿了心思，急忙否认道。

李奇没有揭穿林沫沫，而是缓缓地开口，对林沫沫说起了一段往事。

“刘米是我的妹妹，同父异母。我以前叫刘奇，后来才改姓跟着我妈妈姓李。”李奇喝了一口面前的汤，缓缓说道。

林沫沫想过很多种可能性，但是从来没有想到过这一层，仔细看李奇和刘米，轮廓上确实有些相似之处。她看着李奇，等着他往下说。

“六岁那年，我爸爸和妈妈离婚了。当时我还小，不知道家里发生了什么事情，只知道原本的三口之家只有我和妈妈了。上小学的时候，我经常去找我爸要学费什么的。后来才知道我多了一个和我年纪差不多的妹妹，就是刘米。

“我也隐隐约约懂了为什么我爸会和我妈离婚。因为，我妈在生下我不久，知道我爸有婚外情，我妈为了我，忍了下来。后来，在我快上小学的时候，我妈才知道我爸在外面还有一个女儿。她不能接受这些，执意离了婚，而且执意让我跟着她姓，把我的名字改成了李奇。

“再后来，我爸后悔了，又想和我妈复合，不过我妈拒绝了。这些年离开了我爸，我妈生活得很好。反倒是刘米，我有时候会去我爸那里，通过言语之间感觉那边的生活并没有看上去那么幸福。

“我和刘米的关系也很微妙，我们憎恨彼此，但是我们也都同情彼此。我们知道造成这种局面的原因是上一辈人没有处理好感情问题，可是又不能去责怪他们。

“不过这段时间看到刘米，我有种恍若隔世的感觉，觉得自己体内的血有一部分竟然和某个陌生人是一样的，这种感觉真的很神奇。”

李奇一口气说了很多关于自己家庭的事情。平时看李奇一副没心没肺的样子，没想到他的家庭竟然不是完整的。

林沫沫不知道怎么安慰李奇。但是，林沫沫心想，李奇肯把这么私密的事情告诉自己，这是不是说明，在他眼里，自己是特别的存在呢？

林沫沫为自己的这个想法欣喜不已。

第八章 永不到来的“明天”

篮球比赛结束以后，李奇也收心，把精力放在期末考上。围巾送出去过后，林沫沫有了一个自己和李奇专属的秘密，两人之间的关系也亲密了很多。李奇看着沫沫，感慨老天对他不薄，虽然和他有血缘关系的刘米与他并不对盘，但是眼前林沫沫乖乖巧巧的样子，让他第一次有一种想做一个称职的哥哥的欲望。

李奇本来就不是一个坐得住的人，在图书馆自习了半个小时比上场打完一整场比赛还累。没过一会儿，他就四处张望，烦躁地拿笔尖一直戳书本，弄出“沙沙”的声音。自习室有女生向他投来不满的目光，林沫沫不得不提醒他好几次。

“李奇，”沫沫小声示意，“你要先休息一会儿吗？”

出寝室的时候，李奇和室友打过赌，室友赌李奇在图书馆待不过一个小时。不过看样子室友已经高估了他，还没到半个小时李奇就坐不住了。李奇看了下表，从坐下来到现在，他已经叹了无数口气，发了好几场呆，换了好几本资料书，但是面对要考的科目还是有种摸不着头脑的感觉。

“这是什么？”正在烦躁的时候，李奇发现了一张不知道谁放在那里的宣传单。

图书馆是学校人流量最大的地方之一，有小广告在这里张贴一点都不奇怪。前几天，李奇还在这里找到卖面膜的广告，不由得感慨：这面膜生意的魔爪竟然从朋友圈延伸到图书馆了。

宣传单写得很简洁，大意是说有个乐队今天晚上八点钟在某酒吧开唱。不过奇怪的是，宣传单上没有主唱的照片，连乐队的介绍都只有寥寥几句。

李奇随手把宣传单扔到一边，但过了一会儿，又捡起来仔细地琢磨了一下。

林沫沫看李奇这样，干脆建议道：“要不晚上我们去看看，放松放松？”

李奇撇撇嘴：“我和室友打赌了，晚上要回去复习，还是不去了。”

末了，他伸出手，揉了揉林沫沫的头发：“你也要好好复习，知道了吗？”

舒雅正在寝室整理衣服。音乐学院的学生，即使是快到期末考试，整个寝室也没有一点紧张的气氛。室友出去逛街的逛街，恋爱的恋爱，日子该怎么过就怎么过。

乐队今天晚上有演出，舒雅把演出时会用到的东西一件一件收拾好。明天乐队成立一周年了，作为主唱，舒雅感觉得出来，乐队最近不太平。

鼓手阿吉家里出了点意外，最近训练也有些力不从心。吉他手小峰最近刚刚谈女朋友，乐队训练经常占据他和女朋友相处的时间，导致女朋友非常不满。

虽然大家都没有明确说什么，每次训练的时候，看到阿吉心不在焉的样子，看到小峰接电话时的样子，舒雅心里一点都不介意是不可能的。

当初一起创办乐队的时候，舒雅就想到了今天的结果。乐队并不以盈利为主要目的，所以大家训练的时候没有太多硬性的约束，曲目什么的，都比较随性。又因为要租训练场地，多出来一大笔开支，舒雅也能感觉到乐队的士气在慢慢消磨。

好在姐姐舒佳一直支持她，让她趁年轻，做自己喜欢做的事情，不要等失去梦想了以后再去懊悔。这方面，舒佳一直是舒雅的榜样，她在有自己的工作，经济条件允许的情况下开了一家并不靠收益维持的咖啡馆，只因为喜欢。

舒雅想着，有些愣神。

她突然又想起苏青说过的那个理论：人活三万天。

是啊，既然做着自己喜欢的事情，既然为了那个闪闪发光的梦想付出过自己的努力，那就不要管结果如何了，让自己这辈子活得不后悔就好。

这次……应该是明天乐队最后一次登台表演了吧。

还没到八点，李奇在寝室里苦苦咬着笔头。

白天和室友打赌输了以后，李奇发誓要“学海无涯苦作舟”。看了十分钟的书，发现“学海无涯”，还是“回头是岸”比较好。

突然，他想起了白天被他随手扔在一边的宣传单，心念一动。

李奇出门没多久，寝室的电话就响了。

“喂，你好，请问李奇在吗？”

林沫沫怕李奇复习得太枯燥，就打电话给李奇，约他去自习室。没想到手机没有人接听，于是直接一个电话打到了寝室。

“你好，李奇不在寝室，刚刚才出门，请问你是哪位？”电话是简单接的，他并没有听出对方是谁。

林沫沫心里有些奇怪，说声“不好意思”后，礼貌地挂了电话。

她的心里突然有一种很不舒服的感觉，今天李奇没有接听电话带给她的感觉，和上次从“是非”咖啡馆回寝室一样，却都找不到原因。她突然心念一动，想起了下午那张宣传单。

李奇到酒吧的时候，刚刚赶上乐队开始表演。

“明天乐队？”

李奇心想，这真是一个奇怪的名字。

酒吧的音乐声音开得有些大，到处都是人影憧憧，一片光怪陆离的景象。看得出来，这个乐队聚集了一定的粉丝，而且大部分都是年轻的白领和学生。音乐的前奏开始后，从舞台后走出三个人，两男一女，女生的样子看不清楚，不过身形倒是很熟悉。

主唱一开口，李奇便有种似曾相识的感觉。

一定是学习学傻了，李奇自嘲地笑了笑，低头喝了口果汁。果然还是找一些和学习无关的乐子比较开心，李奇在酒吧，摒除了学习的烦躁，觉得乐逍遥。

很快，李奇就认出了这个声音。虽然舞台上的女生化了很浓的妆，李奇还是认出了她是舒雅。为了确保自己没有认错人，李奇找了个比较靠近舞台的位置，细细地观察着歌者。唱歌的人却浑然不觉。

和那天的矜持安静不同，今天的舒雅是热烈的，又带有一丝感伤。

舒雅眼里没有台下躁动的人群，也不想去想“明天”明天过后会是怎样。当初乐队取这个名字的时候，是否就预示着将来会有这么一天？明天永不到来，就像舒雅的梦想，永远都没有办法实现一样。冥冥之中，预示着结局。

舒雅一首接着一首地唱着歌，普通话、粤语、英文，将心里对明天乐队的不舍全部揉进了歌里，眷念的、决绝的心情。

两个小时很快就过去了，平时好动的李奇今天格外安静。

最后一首歌，舒雅唱得有些感伤，一曲终了，人群慢慢地准备散去。这时候，台下突然响起一个男声：“我能够最后点一首歌吗？”

舒雅诧异地抬头，李奇装作没事人一样，认真地问舒雅：“我能点一首歌吗？”

周围的人都有些奇怪地看着李奇。

舒雅想了想：“可以。”招呼阿吉和小峰最后演奏一曲。

然后，李奇说：“我想点一首《好日子》，就是宋祖英那个《好日子》。”

舒雅没有反应过来：“嗯？”

有人开始露出会心的笑来，四周感伤了很久的气氛被李奇这个荒谬的请求破坏了，有人带头鼓掌：“来一个，来一个。”引起一片笑声。

舒雅闷闷地说：“没有。”

“这个可以有。”

“这个真没有。”

舒雅本来还有些不舍，被李奇这么一捣蛋，自己也乐了：“要不你上来为我们唱一首？”

李奇大大方方地走上去，接过话筒，“喂喂”了两声之后，朝着台下咧嘴一笑：“献丑了。”

不到一分钟，台下就有人笑着哄他下台。

“真的太难听了。”连舒雅都忍不住摇头，不过不管怎么说，效果还是挺惊人的。李奇把一个有着摇滚气息的酒吧愣是弄成了乡村 KTV 俱乐部。

再欢乐的气氛也总有结束的时候，散场之后，舒雅看着眼前一起搭档的伙伴，大方地给他们每人一个拥抱，一切尽在不言中，然后挥手朝他们告别。

舒雅收拾好东西之后，离开了酒吧。走到离酒吧不远的一个转角的时候，黑暗中突然伸出一双手，捂住了舒雅的嘴巴。舒雅还没来得及惊呼，身体就被对方牢牢控制了。舒雅用鞋子狠狠踩了一下对方的脚，对方吃痛，松开了手。舒雅抡起包，准备砸的时候，一声熟悉的哀嚎声传了过来：“别砸，是我。”

这倒霉鬼，不是李奇是谁。

李奇突然懂了，那天舒雅为什么敢一个人冲上去对付欺负林沫沫的歹徒。

舒雅在心里翻了个大白眼：“敢不敢再幼稚一点？”正想说话，发现自己的头发居然卡到李奇的衬衫扣子上了。

两人保持着一个奇怪的姿势。

“你别动！”舒雅大声喊。

李奇做出一个投降的动作，看着舒雅一点点扯着自己的头发，闻一闻，还挺香。

费了好大的劲，舒雅才将自己解救出来。

舒雅从包里面找出一根皮筋，她看了眼李奇，又摸了摸被拉痛的头皮，咬着皮筋，歪着头捋头发。李奇似乎对她扎头发的样子很好奇，一直盯着舒雅，看她将长长的头发用手梳成一个马尾，然后徒手在头上捣鼓，柔顺的长发听话地变成了一个丸子。

舒雅走到一个便利店门口，要了一瓶啤酒。

李奇制止了她，“女孩子还是不要喝啤酒了，不太好。”说完，他为舒雅拿了一瓶橙汁，“喝这个吧。”

李奇自己则拿了一瓶可乐。舒雅因为乐队心事重重，李奇想逃避令人讨厌的考试，再加上离寝室关门的时间还早，两个人都没有现在回去的打算，所以一前一后轧着马路。

“李奇，你的梦想是什么？”舒雅这句话一说出口，不禁哑然失笑，什么时候她也像《中国好声音》里面的汪老师一样，开口闭口就是谈梦想。

“我的梦想啊，”李奇认真地想了一下，“我的梦想就是能一直打篮球，不用学习不用考试。”

舒雅瞟了一眼李奇，真是个头脑简单四肢发达的男生。

“你呢？”李奇挠挠头，问舒雅。

“我的梦想是能去澳大利亚进修音乐，最好以后有自己的乐队，一直唱歌。”舒雅说。

“挺好的，而且你现在也实现了自己的梦想。”半天，李奇才憋出这句话。

李奇根本不知道，今天的演出算是明天乐队的告别演出。刚才乐队成员和舒雅拥抱的时候，他们眼神里分明想说“对不起”，愣是被舒雅拒绝了。

不要说“再见”，也不要说“对不起”，既然相遇的时候开开心心遇到，那么离开的时候也高高兴兴地离别吧。

“李奇，你能陪我去欢乐谷吗？”舒雅突然开口。

“现在？”李奇有些诧异，现在已经快十点了，欢乐谷夜场也差不多这个时间结束吧。不过，看到舒雅期待的眼神，他还是点了点头。

到了欢乐谷，李奇和舒雅买了票。舒雅很少来欢乐谷玩，而且从来没有玩过刺激性的项目，但是今天，她很想去疯狂一把。

舒雅想了想，晚场关了很多项目，相比之下，只有大摆锤看起来比较可怕一点。

“啊……”大摆锤上，所有人都在尖叫，在狂欢，在宣泄自己内心的情绪。

以前舒雅不懂，为什么有人会喜欢这种疯狂的项目，现在她好像懂了，在大摆锤上放肆地叫、放肆地哭、放肆地歌，都没有人会笑话你。舒雅的声音也淹没在喊叫声中，今天所有的感伤都不复存在。去他的梦想！去他的唱歌！

现在的她，只想今朝有酒今朝醉，快乐才是自己的。

风声从耳旁呼啸而过的时候，有一只手伸过来，颤颤巍巍地握住了她的手。

从大摆锤上下来的时候，李奇整个人都倒在了舒雅身上，腿软绵绵的，使不上力气。舒雅一边扶着李奇，一边回想：好像全程都没有听到李奇的声音，原来他恐高。

一想到他在球场上叱咤风云的样子，再和眼前这个面色苍白的人一比，舒雅心里有些好笑又有些感动。

“喂，你还好吧？”

“唔……”

李奇靠在舒雅肩膀上，脑袋发晕，含糊不清地吐字。

等到李奇缓得差不多了，舒雅也没好意思揶揄他。李奇一看时间，十一点四十，手机里还有林沫沫几个小时前打来的电话。他想着沫沫这会儿应该睡了，就没有回复她。

李奇把舒雅送到楼下。在李奇目瞪口呆的注视下，舒雅像之前一样，轻车熟路地翻过了铁门，朝李奇挥了挥手，然后身影隐在黑暗里。

女生寝室的另一边。

苏青从医院里回来以后，就发现林沫沫有些魂不守舍。

“沫沫，你没事吧？怎么脸色这么难看？”苏青洗完澡，看沫沫还在发呆，忍不住问道，“是不是发生什么事情了？”

“苏青，我问你，你觉得舒雅这个人怎么样？”林沫沫没头没尾地来了一句。

苏青回忆起第一次看到舒雅的情形，忍不住笑起来：“她呀，是个很有意思的女孩子，漂亮、自信，有想法又有个性……”

林沫沫打断她：“如果你是男生，你也喜欢舒雅那样的女孩子，对不对？”

苏青本来笑着，却看到沫沫的眼神里有一些闪躲。

林沫沫缓缓地低头：“我也不知道怎么说，我只是有种很不好的预感，我可能要失去李奇了……不对，我从来就没有得到过他。”

苏青觉得自己现在肯定笑得特别假，但还是不停地安慰着沫沫：“沫沫，别多想了，李奇对你多好呀！”

一直以来，李奇都是最维护林沫沫的那个人。他会在别人欺负她的时候，义正词严地说“我们家的沫沫”；会逗她笑，会怕她生气、怕她哭。苏青想，这些都不是假的。

“可是苏青，李奇从来都没有说过喜欢我。”林沫沫抬起头，“我刚刚看到，李奇送舒雅回寝室了。”

这天晚上，林沫沫钻到了苏青的被子里，跟苏青讲起第一次遇到李奇的场景，还讲了李奇很多小事。苏青的回忆也被拉远，两个女生各怀心事，半夜两点才沉沉睡去。

因为想着沫沫的事情，苏青一晚上都没有睡好，第二天醒来的时候，头有些昏昏沉沉。一方面，她有些担心沫沫；另一方面，舒雅也是自己的好朋友，如果沫沫担心的事情真的发生，自己也不知道要站在哪一边。

感情的事情本来就没有对错之分，先来后到只是大家互相安慰的话，真正的喜欢是，无论对方之前遇到过多少人，他总能在人群中迅速认出你。

“哎！”苏青叹了口气。

简单发现今天的苏青有些不对劲，一点都不像平时那个能量十足的她，随口问了句：“怎么了？”

苏青把沫沫和李奇、舒雅的事情简单地讲了一遍，然后好奇地问简单：“你说，李奇到底喜欢谁呀？”

简单沉默了一会，说：“这个，我也不清楚，不过……如果一个男生喜欢一个女生，眼神应该骗不了人吧。”

苏青不懂简单说的眼神是什么意思。

简单解释道：“你看过《大话西游》没有，就是紫霞仙子看至尊宝的那种眼神。”

见苏青没有说话，简单一转过头，就看到苏青看向自己的眼神，和自己刚刚说的紫霞仙子的眼神一模一样。简单觉得，那张无形之网又开始压得自己透不过气来了，于是低头扒饭。

“咳——咳”简单心不在焉了一下，结果被饭菜里的辣椒呛到了。

苏青给简单带的饭全部都是按照自己的喜好来的。前几次，苏青还问简单吃不吃得习惯，简单没有否认。之后，苏青就更加放心地按照自己的口味给简单带饭菜。简单没有告诉苏青自己吃不了辣，而苏青是个无辣不欢的人。刚刚打开盒饭的时候，简单看到红红的一堆辣椒，心里就有些发怵，再看苏青，因为一路小跑，着急给他送饭，脸上已经有了密密麻麻的一层汗珠，于情于理，简单都不好意思拒绝苏青的好意。

在苏青“这个好吃”“这个也不错”“简单你试试这个”的声音中，简单强忍着不适，吃完了苏青带来的所有饭菜。等到苏青帮他去洗碗的时候，简单只觉得嘴巴已经麻了，胃里充斥着火辣辣的感觉。

陪简单吃完了饭，苏青才满意地点点头：“今天不要看书看得太晚，明天有两场考试，要好好休息才行。”

送走了苏青，简单本来想着临时抱佛脚，再重点突击一下苏青给自己整理的知识点。没想到，胃一直不怎么舒服，刚刚的那顿饭，简单怀疑饭店的老板把全饭馆的辣椒都用上了。

实在分不了神去看书，睡一觉应该会好些吧，简单心想。

没想到半夜的时候，简单感觉肚子越来越不舒服，胃附近好像有个地方隐隐作痛，去了几趟卫生间，也丝毫没有得到缓解。肠胃里的那把火经过几个小时的睡眠并没有渐渐熄灭，反而有愈演愈烈的趋势。

实在没有办法，在身体所有细胞都叫嚣着“痛痛痛”的情况下，简单按下了呼叫护士的按钮。

第二天一大早，苏青就来到了考试的教室。

因为和简单不是一个班，苏青并不知道简单有没有参加考试。而且这几天林沫沫的情绪不是很高，作为闺蜜，苏青的关注点更多地放在了林沫沫身上，总是在安慰她让她别多想，先考完试再说。

考试的时间总是过得很快，在大家“沙沙”的翻页声和叹气声中，考试很快落下帷幕。下午最后一场考试结束的铃声响起时，已经是下午四点。苏青给简单发了短信，问了下简单考试的情况，简单那边却一直没有回复。

想着过几天还有考试，苏青决定考完再去找简单。

还没等苏青主动去找简单，李奇的电话倒先打过来了：“苏青，你有时间的话，能来医院一趟吗？”

李奇在电话里并没有说发生了什么事情，但是语气很严肃。苏青第一反应就是简单出事了，她收拾了一下东西，急忙往医院赶去。

苏青到的时候，发现简单的病房里竟然有好几个人了，李奇、刘米，连舒雅也在，小小的一间病房一下子塞了四个人，显得有些挤。

李奇和刘米刻意站在房间两边，相互之间并没有交流。

苏青先是注意到了舒雅，简单和舒雅并不熟悉，而舒雅此刻却出现在简单的病房，加上那天沫沫说了那些话以后，苏青心里对舒雅和李奇有些好奇，眼神忍不住往舒雅脸上多瞟了几眼。

李奇看出了苏青心中所想：“简单打电话给我的时候，我正好和舒雅在一起，于是我们就一起来了医院。”

“我们。”

苏青想，幸好现在沫沫不在，不然她听到了这些话会多难过。

而一旁，刘米一直冷冷地看着苏青。

“简单因为你导致了肠胃炎，昨天晚上折腾了一夜，今天挂了一天的吊针。你不知道吗？你为什么可以装作像什么事情都没有发生一样？”

天！

苏青把目光从舒雅身上转移到简单身上，简单看上去比昨天憔悴了很多，原本因为腿伤而清瘦的脸因为昨天的折腾变得更加没有精神。

“苏青，你是上天派来专门惩罚简单的吗？”刘米站在一旁，目光里有审判意味。

“我……”

苏青看着简单，惊讶得一个字也说不出来，再看李奇和舒雅沉默的眼神，可知刘米并没有说谎。

“简单为什么会得肠胃炎？”苏青心里担心简单，脱口而出。

刘米看着苏青的样子不像是装的，可是她最讨厌的就是，苏青做错事情以后那浑然不觉的无辜样子，难道因为无知，就可以一点责任都不承担吗？

“因为你送的饭菜。你认识简单这么长时间，难道不知道简单从来不吃辣吗？他只要吃一点辣，肠胃就会不舒服。我今天问了医生简单的病情，才知道简单吃了多少辣椒，都怪你！”

苏青回忆起以前和简单一起吃饭的时候，简单确实吃得比较清淡。昨天简单吃饭时的样子，好像和平时是有些不同。不过，当时苏青的注意力不在简单身上，所以丝毫没有发现简单的异样。

“因为这场病，简单没能去考试。”刘米并不打算放过苏青，“上次篮球赛也是因为你吧？简单丢失了最重要的一个球。这次的考试，又因为你，简单错失了奖学金……”

“别说了。”

刘米正滔滔不绝地数落苏青的罪行，却被病床上的简单打断了。因为挂了一天的针，加上昨天晚上拉肚子，一夜没有休息好，所以简单看起来很虚弱，连声音都没有一点精神，还有一些嘶哑。

苏青看着简单的样子，心里有块地方突突地疼。

“简单，我……”苏青伸出手，想去触碰简单。

“你别碰他。”刘米厌恶地说，同时迅速将身体隔在两人之间。

“对不起，简单，我不是故意的……”苏青想哭，但是脑海里反反复复就是这么一句话，“我不是故意的，不是故意的。”

刘米毫不客气地打断她：“你当然不是故意的！今天简单的妈妈已经来看过简单了，如果你是故意的，阿姨一定饶不了你！”

苏青还想说什么，却一个字也说不出来。

四周短暂地安静下来。李奇和舒雅两个人不知道要怎么安慰苏青。苏青确实不是故意的，但是她又确实是做错了事情，于是两人干脆沉默。

几秒钟以后，苏青听到了简单疲惫的声音：“算了，苏青，都过去了。如果‘对不起’三个字有用，世界上就不会有‘时光倒流’这四个字了。苏青，你能让时光倒流吗？”

从医院回来以后，苏青的情绪低落到了极点。面对最好的朋友沫沫，苏青也不敢对她倾诉，生怕自己一个不小心透露了李奇和舒雅很亲密的信息。舒雅那边更不用说，李奇不尴不尬地在中间，苏青都不知道自己要用什么心情去面对舒雅。

思来想去，苏青决定去郊外透透气。

经过一个小时公交的颠簸，苏青到达安雅医院的时候已经是傍晚了。天灰蒙蒙的，有点像苏青现在的心情。郊外的空气比市区好了不少。

看样子，一场大雨就要降临了。

安雅医院的走廊很安静，苏青一路走过去，和几个比较熟的护士打了声招呼。姐姐住院以后，苏青经常来这里看望她，再加上苏青的性格太独特，接触以后让人印象深刻，所以有些护士已经认识苏青了。

“苏青，又来看姐姐呀？”年轻的护士朝苏青打招呼。

“是呢！”苏青礼貌地回答了她。

苏红的病房在走廊的最末端，出于养病的考虑，苏青妈妈特地选了一个偏僻幽静的房间，方便姐姐休息，虽然苏红常年都是沉睡状态。

苏青看着姐姐沉睡的样子，拿出一块毛巾，细细地为姐姐擦脸。妈妈肯定刚来看过姐姐了，病房的桌子上，还放着一个留有水渍的苹果。

“姐姐，你说，我是不是很没用？”

苏青看着姐姐，忍不住倾诉，虽然姐姐可能这辈子都不会醒来，不会给自己建议。但这几天发生的一连串事情，令苏青觉得自己需要找一个倾泻口。

“我从小就没有你优秀，所以小时候，也一直是你保护我。爸爸妈妈吵架了，是你告诉我不要怕；姐姐你肯定已经发现了爸爸妈妈的感情在很久以前就有裂痕，但是你把我保护得那么好；如果不是为了救我，现在躺在这里的可能是我了……

“我每天很用力地生活，要让自己变得很开心。因为这不仅是我一个人的心愿，我也不止为自己一个人生活，还有姐姐你……

“可是，我现在连怎么去喜欢一个人都不知道……我是不是一直活在你们的保护之下，一直活在自己一厢情愿的想象中？”

苏青呆呆地看着沉睡的姐姐，从病房的窗户看过去，对面就是上次苏青和简单植树的那个山坡。远远地，苏青看到上次植树挖的洞旁边还堆着泥土，上次自己是和简单一起来植树的，可惜现在已经物是人非了。

“不能哭。”苏青盯着窗外，“如果，我能弥补那些过错，是不是就相当于时光倒流了？”

苏青压抑了好久的心情终于放松一些了，而窗外，一场雨终于落了下来。

苏青听着雨打在窗户上的声音，看着眼前依旧沉睡的姐姐，脑海里浮现出一个清晰的念头：只要我得到全额奖学金，然后把它让给简单，这样一切都可以挽回了。

第九章 尘埃里的花

想通了一切的苏青有一种如释重负的感觉，接下来的几天，她摒弃了一切杂念，一心只想着要拿全额奖学金。

有一次，苏青抱着书，心里还想着考试的事情，不小心踩了前面一个女生的脚。

“对不起、对……”苏青慌忙道歉。

前面女生回头，本来准备摆手说没关系，一看是苏青，不自主地露出了冷笑：“苏青，这么巧？”

苏青看了一眼刘米，没有搭理她，径直走了。

“那个女生是谁呀？”刘米的同伴好奇地问道，“感觉好没有礼貌的样子。”

苏青的背影僵了一秒钟，继续往自习室走，没有理会背后女生的嘲笑。

分数公布出来的前一天，苏青特意向班主任打了电话询问自己的分数。

“恭喜你啊苏青，你这次的分数是全院最高的，这次的奖学金非你莫属了。”苏青的班主任姓林，三十多岁，戴着一副眼镜。不用想，此时他的样子肯定是神采飞扬，苏青取得了这样好的成绩，林老师也由衷地为她感到高兴。

苏青悬着的一颗心放了下来，沉思很久，她问：“老师，可不可以把我的奖学金让给简单？”

林老师愣了一下，他还是第一次遇到有人提这种问题。

“为什么？”

苏青不知道要怎么跟老师解释，但是如果没有一个好的理由，老师是绝对不会答应自己的要求的。想到这里，苏青便向老师讲述了前因后果，并且把所有的过错都揽到自己身上，希望能够打动老师，令他答应自己的要求。

林老师听完苏青讲述的整个前因后果，且不谈这件事情真正的错在谁，就凭苏青这种做错了事情勇于承担的精神，林老师就觉得非常难能可贵。

不过奖学金的发放是大事，林老师也不能随便做主，所以他委婉拒绝了苏青的提议。

这条路行不通，苏青决定换条路走。

苏青去了院里负责发放奖学金的学生会那里，帮他们整理资料打下手，从而说服他们帮自己向系里领导说情。

在学生会干部和苏青的联合进攻之下，老师终于被说通，答应将奖学金转到简单名下。

得知这个消息的时候，苏青心里的石头终于放下了。这样就算时光倒流了吧，她想。

安雅医院里。

今天画廊事情比较少，苏青妈妈便提前下班过来照顾苏红，推开门的时候，看到苏青正坐在姐姐床前。

苏妈妈知道苏青学校里一直比较忙，看到她忙里偷闲过来看姐姐，倒是有些意外。

母女三人很久没有这样坐在一起说说话了。

苏青像往常一样讲学校里发生的有趣的事情，苏妈妈在一旁耐心地听着，时不时将目光转向病床上的苏红。

如果苏红现在能下床、能跑、能跳，应该也和苏青一样，是一个让家里省心的、乖巧的女孩。

病房里，只有心电仪的声音一响一响。

“苏青，你这次期末考考得怎么样啊？”苏青妈妈像是想起了什么，轻声问道，“我们苏青这么棒，这学期能拿奖学金吧？”

这些年，为了给苏红治病，家里已经拿出了全部的积蓄。

苏妈妈并不想让苏青这么小就体会到“没有钱”是一件多么悲哀的事情，但是命运有时候就是这么爱捉弄人。

苏青心里划过一丝内疚，把奖学金让给简单这件事情，一定要瞒着妈妈。一段时间没见，妈妈好像更辛苦了。上次的时候，妈妈头上还没有白头发的，可是现在……

苏青不敢看妈妈的眼睛，只得忍着，含糊地回答：“考得一般，不知道能不能拿奖学金。”

没想到苏妈妈看到苏青情绪那么低，担心苏青因为考得不好自责，反而安慰苏青：“不能拿也没有关系，在妈妈眼里，我们的苏青一直是最棒的！”

有了妈妈的鼓励，苏青心里觉得更内疚了。可是，做错了事情就要承担责任，这也是妈妈从小就希望自己学会的。

不知道简单看到这些的时候，会不会原谅自己。

喜欢一个人真的是世界上最难的一门功课，而现在苏青正在离这门功课的及格线很远很远的地方，拼命追赶。

简单出院的那天，是一个很好的晴天。简单已经很久没有看到北京这么透彻的天空了，连带着郁闷了好多天的心情也开始变好。

和苏青的那次冲突以后，简单很长时间没有看到苏青来医院。这个变化让简单松了一口气，同时又有一种隐隐的失落。

简单觉得其实发生过的那些事情，并不全是苏青的错，自己因为优柔寡断，怕拒绝苏青的好意，所以才闹成现在这样，球鞋的事情是，这次的事情也是。

那次发脾气，也是因为大家都在，生性好面子的简单不敢站出来为苏青辩解，再加上自己当时的心情也差到了极点，才会将所有的事情怪罪到苏青头上。

怀着这样复杂的心情，在从医院回到寝室的路上，简单心里一直在天人交战。刚踏进寝室门，简单就收到了院里奖学金发放的通知。

简单有些诧异，自己因为生病缺考，所以肯定不是因为成绩。难道是因为球赛？印象里好像只有比赛的冠军才有奖学金，难道是自己记错了？

被蒙在鼓里的简单虽然想不通为什么院里会把全额奖学金发给自己，不过很快他就把一切推给了记忆出现差错。得知自己要拿奖学金的简单心情大好，计划着请全篮球队的队员去外面大吃一顿。决赛的那一役，让大家元气大伤，但是大家都尽力了，作为队长，简单有必要鼓励一下大家。

简单一拐一拐地回篮球队的时候，脑海里还在为自己这个想法激动不已。

谁知道，当简单把这个提议说出来的时候，篮球队竟然一反常态的沉默。原来，苏青为简单申请奖学金的事情早就通过那几个学生会的干部一传十、十传百地传到了篮球队。

大家一边感慨苏青的付出，另一边也因简单的“背叛”而气恼。篮球队明明是一个团体，为什么简单要背叛大家心安理得地领取那笔奖学金。

“李奇，你今天想去‘小天鹅’吃饭还是‘海底捞’？随便点，我请客。”简单现在的肠胃还很虚弱，但是为了迎合大家的口味，他决定迁就大家。

李奇平时就是个大胃王，每次听到说有人请客，他总是第一个举手参加。不过这次，李奇只是看了简单一眼，欲言又止，最后摇了摇头：“你吃吧，我就不吃了。”

“你们呢？”

简单转过头问其他人。

“我们哪有资格吃你用奖学金请的客啊！”说话的是一个个子不算太高、皮肤有些黑的男生，叫魏子斌，平时训练的时候，和李奇关系不错。简单和他倒是不熟，不过显然，这番话让简单听得不是滋味。

简单看了他一眼。

“魏子斌，你这话里有话。”

魏子斌没有理简单，只是懒懒地转着手里的篮球，本来还在说笑的大家安静下来，气氛一时间有些紧张。李奇有些担心地看着两人，怕他们突然起冲突。

大概是因为全队人都在往这边看，魏子斌也不想闹出什么不愉快的事情来，扔下一句“今天不练了”就往外走，走到门口时又冲简单说了句：“没什么意思，你不要多想。”

魏子斌平时不是一个阴阳怪气的人。这段时间，简单和队员天天在一起训练打球，完全了解队友们的脾气。此刻，他并不清楚哪个环节出了错，好像大家都把针对点放在了他的身上。

“李奇，你跟我说说，到底怎么回事？”

简单毕竟爱面子，这样公然被全队人针对还是第一次，不得已，他只能将目光投向李奇。

李奇打了个哈哈：“我也不是很清楚，说不定是因为他今天‘大姨夫’来了，心情不太好，你别往心里去。”

李奇和苏青的关系毕竟比其他人和苏青的关系还是要好一点，而且那天他亲眼看到简单对苏青的态度，也不想说什么话中伤苏青和简单中的任何一人。

不过，简单这个疑问很快就解开了。

第二天，简单去教务处拿奖学金申请表格的时候，正好碰到了刘米。看到简单，刘米一点也不意外。前两天，张萌一回寝室，就兴奋地告诉了刘米“苏青动用所有关系将奖学金让给了简单”这个消息。

刘米最开始还将信将疑，现在看到简单手里的申请表，才确信此事。

刘米盯着简单手里的申请表看了一眼，然后露出一个“会心”的笑。看到刘米这副表情，简单犹豫了一下，还是把昨天发生的事情对刘米说了，末了，问：“你知道原因的，对不对？”

刘米拢了拢头发，回问简单：“你不知道这个奖学金是苏青让给你的吗？”神情和队友的一模一样。

简单一听，脸色一沉，拿了表转身离开了教务处。负责收集表格的老师在后面“哎哎哎”地叫了几声，简单也没有听见。

刘米替简单对老师们说了声“不好意思”，才出门追赶简单。

因为脚伤，简单走得并不快，饶是如此，穿着高跟鞋的刘米在后面追得也有些吃力。

简单在一栋教学楼面前停下了，然后看看表，十点三十八分，离苏青下课还有两分钟。他给苏青发了短信，说自己在她下课的地方等她。

早上苏青起床比较晚，连早餐都来不及吃，急急忙忙就跑出去上课。第一节课是有“魔王”之称的郑教授的课，苏青可不敢在他眼皮底下迟到。碰上郑教授心情好时还好，要是碰上他心情不好时，会当着全班的面刁难你，让你下不了台。

苏青的肚子早就饿了，而且低血糖的她这会儿正有点晕，实在是太难受了。好不容易撑到离下课还有两分钟，苏青只想时间快点过，好早点去吃东西。

“叮！”

放在口袋里的手机突然响起来了，是短信进来的声音。苏青心里嘀咕一声“不好”，早上出门太仓促，忘记调成震动了。

果然，郑教授的脸色立刻变了，环视了全班以后，将目光锁定到苏青身上：“苏青，你来为大家讲解一下这个题目。”

苏青一脸哭相地站起来，因为头晕，她哪有什么心思听课，题目讲解得不好，果然不免一顿训话。

好不容易逃出郑教授的魔爪，苏青有些生气，这条不合时宜的短信究竟是哪个家伙发的。不过，看到简单的名字时，苏青脸上原本愤愤的表情，变成了一丝不易察觉的笑。

“我在教一楼下等你下课，有事情找你。”

苏青想想，自己好像有一段时间没有见到简单了。因为奖学金的事情，因为照顾姐姐的事，苏青已经很久没有主动联系简单了，现在简单突然来找她，苏青心里既甜蜜又期待，连头晕也好像没有刚才那么严重了。

“沫沫，那个，我有点事先走了哈。”苏青朝林沫沫交代了几句，急忙下楼。

“简单，我在这儿。”一下楼，苏青就看到简单站在教一楼下的阶梯上等自己。虽然四周来来往往有很多刚刚下课的学生，但是简单实在是太耀眼了，好像他站在哪里，哪里就有光一般，而苏青，永远是追着那束光跑的向日葵。

看到苏青，简单的脸色并没有缓和，他把奖学金申请表往苏青面前一推："这是什么？"

苏青装傻："这是……奖学金表格呀，简单你获得奖学金了吗？"

简单一动不动地看着苏青。

"到时候要好好庆祝一下。"苏青不明就里，一副为他开心的样子。

"我的奖学金是不是你让给我的？"简单问，语气里听不出情绪，一张好看的脸也因为克制情绪变得有些严肃。周围有人看到他们俩这副模样，以为是情侣在吵架，纷纷投过来好奇的目光。

"没有啊，我……"苏青想对简单解释，但是一张口就变成了否认，她不懂，为什么为简单做的任何一件事情最后都会出现适得其反的效果，"我只是……"

只是什么呢！

只是想让你更开心一些，只是想实现当初你说的那句"时光倒流"，只是希望能离你更近一些。

苏青沉默了。

"苏青，因为你这样做，我成了我们队的叛徒。"简单一下子明白了昨天大家为什么阴阳怪气的，"你到底想怎么样苏青？"

是啊，说好的一个队的荣誉呢！说好的大家是一个集体呢！

简单上的是早上的三、四节课，此时班上有同学已经提前来教一了，看到简单和苏青在楼下站着，两个人气氛严肃的样子，有好事者正"八卦地"观望这边的情况。

简单越想越觉得不舒服，拿出那张申请表，"唰"地一下子，当着所有人的面撕碎了。

苏青刚才那一瞬间的兴奋顿时烟消云散，转而是疑惑、最后是不可置信。她觉得自己脑袋"轰"地炸开了，情绪在短时间内起伏太大，低血糖的感觉一下子又涌上来了，头也感觉晕晕的。

苏青伸出一只手，想找个支撑物扶一下。简单却误会了苏青的意思，下意识躲开了苏青，下一秒就看到苏青飘飘忽忽快要倒地的样子。简单有些后悔，想去扶一下苏青，没想到被人一把推开。

“苏青，你没事吧？”正好经过的林沫沫看到这一幕，急忙冲上来扶住了苏青。林沫沫冲简单瞪了一眼，生气地说：“你离苏青远一点，苏青因为你放弃了奖学金，你还这样伤害她，你不配她喜欢你。”

顿了一顿，林沫沫又说：“你们寝室都是坏人！”

刘米站在远处，将一切尽收眼底，好看的脸上浮起一丝笑容。不过她知道，想要彻底地“击败”苏青，她还有很多事情要做。

林沫沫陪苏青吃了点东西，苏青才从头晕的状态里缓过来。两人在寝室里，林沫沫陪苏青说着话，好转移一下苏青低落的情绪，不过看得出来，苏青的心情因为简单的事情，跌到了谷底。

两人正有一搭没一搭地聊着，有人敲门。

林沫沫开门，看到门外的人以后，眼神变得有些不自然。不过，她还是勉强一笑，朝着里面喊了一句：“苏青，有人找你！”

“不，”舒雅看着沫沫的眼睛，平静地说，“我是来找你的。”

林沫沫迟疑了一下，回头看了眼苏青，见她没有注意到门这边的情况，回过头朝舒雅点了点头：“我们出去找个地方坐坐？”

咖啡馆里，两人挨着靠窗的位置坐。

林沫沫摆弄着吸管，漫不经心地搅着面前的柠檬水。舒雅坐在林沫沫对面，前面放了一杯拿铁。已经快十二月份了，咖啡馆前的树木叶子已经掉光了，光秃秃的树丫丑陋地伸向天空，雾蒙蒙的天，像藏着不知名的心事一般，让人捉摸不透。

“你找我有什么事情吗？”林沫沫率先打开话题，该面对的，迟早都要面对。

舒雅问的第一句话就让林沫沫沉默了：“你喜欢李奇吗？”

虽然林沫沫隐约知道舒雅这次来找自己是和李奇有关，但是舒雅这么直接地问，林沫沫却一个字也说不出来。面前的柠檬水已经喝了一半，上面有一块柠檬飘着，林沫沫没有意识到那片无辜的柠檬已经被自己戳得千疮百孔了。

苏青知道沫沫的心意，沫沫也知道她自己的心意，只有李奇还蒙在鼓里。可沫沫不知道的是，要和眼前的这个女孩子说吗？说什么？说自己很喜欢李奇？

林沫沫还在犹豫，舒雅说：“可是我喜欢李奇，很喜欢。”

舒雅看着林沫沫，又问：“你喜欢他吗？”

林沫沫看着眼前的女生，她不是第一天认识舒雅。从舒雅出现的第一次，林沫沫就知道舒雅身上有一种让人觉得很耀眼的光，她也知道，自己永远活不成舒雅这种样子——自由、潇洒、敢爱敢恨，面对可能成为情敌的女生，坦然地说出“很喜欢”这样的话。

林沫沫不知道李奇对自己的感觉，她不敢开这个口。她一直以为，他们俩可以一直这样相处下去，李奇会在她难过的时候揉揉她的头发，会在别人欺负她的时候替她打抱不平。至于以后怎么样，林沫沫从来没有想过。

可是林沫沫不去想，不代表所有人都不会去想。

当舒雅问沫沫“你喜不喜欢他”的时候，林沫沫沉默了。不是不喜欢，而是，不确定李奇喜不喜欢自己。

林沫沫闭上眼睛，又缓缓睁开眼，朝舒雅摇了摇头。

这也是她和舒雅性格不一样的地方。舒雅能够大方地承认喜欢，然后大方地去追求。但是，林沫沫永远都是沉默的那个人，永远都是往后退的那个人。

看到林沫沫否认，舒雅舒了一大口气，似乎整个人都放轻松了：“那就好，我还怕到时候我们俩会是情敌呢。”

林沫沫看着她，言不由衷：“怎么会？”

舒雅没有丝毫怀疑：“对了，李奇喊我们一起去看他打篮球，我替他转告你一下，你这个星期六应该有时间吧？”

林沫沫低着头，看不清脸上是什么表情。

过了一会儿，林沫沫闷闷地回了句：“嗯，有的。”

期末考以后，林沫沫就很少见到李奇了。那天晚上的那通电话，李奇没有接。林沫沫执意地等李奇打电话过来解释，希望听到他说那天是没有听到铃声，或者是当时在忙……什么理由都好。

可是李奇好像压根就忘了这件事情，那天晚上阴差阳错地欺骗了沫沫，他却浑然不觉。只有林沫沫，还执着地等着一个没有结果的结果。

林沫沫没想到，一个星期不见，她和李奇之间竟然要通过第三个人来交流。是从什么时候开始，自己和李奇变得这么生疏了呢？

林沫沫越想越委屈。

周五的时候，林沫沫在食堂遇见了李奇。李奇正和简单在一起排队打饭，见到林沫沫一个人，李奇很自然地朝林沫沫挥手："沫沫，这里。"

简单则下意识去看苏青在不在，见林沫沫一个人，心里暗暗舒了一口气。

林沫沫本来不想理李奇，但一听到李奇的声音，又舍不得不去理他。她半是矛盾半是心烦，脚却不自主地朝他们俩走去。

"沫沫，你帮我们去占个位置。番茄炒蛋和土豆牛肉，你最爱吃的菜。待会我们去找你。"和林沫沫吃了这么多次饭，李奇早就知道她的口味了，"不要葱和辣椒，对吧？"

林沫沫点了下头，找了空着的位置坐下。

李奇感觉到林沫沫今天吃得格外沉默，虽然李奇知道林沫沫不太爱说话，但是他明显感到林沫沫现在的情绪有些低落。

"沫沫，你没事吧？"李奇问，"有什么不开心的可以跟我说说，哥为你分析分析。"

林沫沫夹了一口菜，摇了摇头。

看到沫沫这样，李奇也不知道要说什么，只好低头扒饭。过了一会儿，李奇像是想起了什么似的："沫沫，你这个周末有时间么？来看我打篮球吧。"

一说到这个，林沫沫心里就不太舒服。她闷闷地说："嗯，舒雅已经跟我说过了。"

"哦……这样啊，那你到时候会来的吧？"李奇问道。

简单看出林沫沫欲言又止的样子，赶紧吃完饭，跟李奇打声招呼后，自己就先回寝室去了。

好一会儿，李奇才意识过来："沫沫，你是不是生气了……我昨天去体育馆借器材的时候，正好碰到舒雅了，她问我有没有时间教她打球，我想着可以把你喊上，所以顺便约着了，没想到她先跟你说了。"

李奇挠挠头："沫沫……"

林沫沫听到这些，心里的烦闷瞬间消失得无影无踪。李奇肯跟她解释，而且明确告诉她和舒雅只是碰巧遇上而且碰巧约着。这说明，她在李奇心里，占的比重比舒雅大。

这就够了。

林沫沫笑着打断李奇："我知道了啦，到时候有时间会去的。"眼前这盘有些咸的番茄鸡蛋仿佛一下子又变得分外好吃。

周六，林沫沫在寝室里磨磨蹭蹭，想着穿哪件衣服比较好，黑色的太沉闷了、白色的太单调、蕾丝的穿着有些冷、娃娃领的会不会太幼稚……

林沫沫的衣服本来就不是很多，不到半个小时，就把这个季节能穿的衣服通通试了一遍，惹得室友问："沫沫，你是要去参加奥斯卡颁奖典礼吗？"

林沫沫苦恼地说："哎，要是真去奥斯卡就不用这么纠结了。"

最后，林沫沫选了一条齐膝的裙子，外面套了一件针织衫，出寝室的时候，还被冷风吹得打了个寒战。

到球场的时候，李奇和队友已经在打球了。舒雅在看台上坐着，正漫不经心地玩着手机，只是很偶尔地才瞟一眼球场上的人。

可是林沫沫知道，她看李奇的眼神，从现在开始，不一样了。

等到李奇的比赛结束，已经是下午四点了。

舒雅今天穿着一条小脚牛仔裤，蹬着一双白球鞋，上身一件简单的长T恤，头发挽起来，露出细长的脖颈，显得运动感十足。

"李奇，教我打篮球吧。"

舒雅下了看台，朝李奇走过去。

李奇一笑，露出扇贝一样好看的牙齿："好啊！"

继而，他又朝不远处的林沫沫挥手："沫沫，你要不要一起玩？"

林沫沫刚想答应，就听见舒雅的声音传来："沫沫今天穿着裙子，肯定不方便。李奇你不安好心，沫沫要是绊倒了怎么办？"

林沫沫到嘴边的话又咽了回来。

李奇看了一眼林沫沫，恍然大悟："也对。"说完，他把球恶作剧似地朝舒雅面前一晃，吓得舒雅往后跳了一步，又转头朝沫沫说道，"那我下次再教你打球，这次你先好好看看师傅的英姿，先学习学习理论知识。"

比赛结束以后，队友朝李奇招手先行告别，很快，整个篮球馆只有他们三个人了。林沫沫在看台上看着篮球场上的两个人，李奇先从最基本的运球开始，教舒雅怎么控球怎么走步，最开始两个人还保持了一定的距离，只是面对面地进行口头交流。学到投篮的时候，舒雅的姿势怎么也不对，李奇干脆直接用手握住舒雅的手腕，帮她摆了一个标准的投篮姿势。

"是不是这样？"舒雅歪着脑袋问李奇，眼睛亮晶晶的。

李奇点点头："这样，手再高一点，头……嗯，腿弯一点……"

林沫沫看着李奇的手自然地去帮舒雅矫正投篮的姿势，心里突然升起一股很酸涩的感觉。她努力去探究李奇的眼神，看那里面有没有除了同学、朋友以外的、不一样的内容。好在李奇正很认真地做着一个篮球教练该做的事情，丝毫没有注意球场上两个女生的眼神。

一个忌妒酸涩。

一个顾盼生辉。

李奇和舒雅在球场上一直打打闹闹，林沫沫最开始还饶有兴趣地看，越到后来，李奇和舒雅的注意力已经不在打球上，而在相互拌嘴上了。

"李奇，我这样老是投不进，你是不是教我的方法有问题啊？"舒雅将球举过头顶，朝篮筐瞄准。

"不可能！"李奇最讨厌别人质疑他，叉着腰朝舒雅喊道，"肯定是徒弟太笨了的原因，你看你这，手再高点，用力……用力投……怎么一副没有吃午饭的样子？”

不知不觉，时间已经慢慢过了七点，篮球馆里的灯“唰”地亮了，而球场上的两个人仿佛丝毫没有觉察到时间的流逝，仍乐此不疲地玩玩闹闹。林沫沫看着地上他俩不断纠缠的影子，眼神恍惚，不知道在想些什么。

直到舒雅的肚子突然发出“咕咕”的叫声，李奇才意识到自己也饿了。一转头，发现林沫沫一个人坐在看台上发呆。偌大的看台，林沫沫的身影显得格外渺小和孤单。

李奇这才想起来，自己已经把沫沫晾了一下午，便有些不好意思：“沫沫，你还在这里？我还以为你先走了。”

不过，这句话在林沫沫听起来很不是滋味。

我是不是不应该在这里？

林沫沫没有说话，只是静静看了李奇一眼。舒雅抱着球走过来：“我饿了，我们一起去吃泡泡锅怎么样？”

“好啊，正好我也饿了……哎，沫沫，我们一起去吧？”

林沫沫站起身，发现自己因为长时间蹲坐着，导致小腿有些麻。她看了一眼抱着球兴致勃勃的舒雅，然后缓缓开口：“我就不去了，我有些不舒服，想先回寝室。”

李奇有些为难地看着舒雅，舒雅则苦着脸揉着肚子，一副“我真的饿了”的表情。

林沫沫缓缓地转身，她在心里期待着李奇能够叫住她，能对她说“我也不去了，我送你回寝室吧”。不管事后他是不是仍会和舒雅去吃饭，或者以后他陪自己的时间会更少，她都会原谅他。

仿佛过了一个世纪，林沫沫听到了李奇的声音。

“沫沫！”

她心里低到尘埃里的花，慢慢地拂去了灰尘，缓缓地绽放。

不过，这短暂的喜悦之花并没有绽放多久，随后，她听到李奇的声音传来：“你到寝室了跟我发个信息，要是有什么不舒服的，记得跟我说。”

第十章

这是我的底线

与此同时，苏青这边的日子也过得很艰难。

自从那次当着苏青的面撕毁奖学金申请表之后，简单仿佛下定了决心要远离苏青。好几次在食堂吃饭，苏青都看到简单和刘米在一起，两个人说说笑笑。抛开对刘米的偏见不谈，苏青不得不承认，刘米和简单站在一起真的是一道很亮丽的风景线。

郎才女貌，说的就是这样吧。

苏青不知道的是，刘米暗中跟踪过苏青。

据张萌的说法，苏青最近每个星期都有几天会独自一人乘坐 6 路出门。6 路班车通向很偏僻的地方，刘米好奇苏青去哪儿，做什么。于是，在某个下午，她决定偷偷跟踪苏青。

苏青穿着松松垮垮的衣服，背着双肩包，丝毫没有注意到后面有人跟着她。她轻车熟路地上车、刷卡，在最里面找了个位置坐下。

刘米特地换下了高跟鞋，穿了一双方便走路的球鞋和平时不怎么穿的休闲服。苏青没有认出刘米，因为她刚刚上完了一堂课，感觉有些累，于是选择在车上半眯着眼睛休息。

到了安雅医院以后，苏青下了车，径直往医院里走。刘米跟着下了车，看着苏青往安雅医院走，心里的疑惑更重了。

刘米不敢离苏青太近，她隐约看到苏青和周围的护士似乎很熟的样子，大家看到苏青还会友好地打招呼。苏青拐了一个弯，背影消失在门后。刘米怕被发现，不敢靠太近。

苏青来到姐姐的病房，病房里只有苏红一个人。来之前，苏青给妈妈打了电话，妈妈说今天画廊有些忙，要明天才能来照顾姐姐。

苏红闭着眼睛，睡着了，长年累月陪着她的只有这台“嘀嗒”的心电仪。在这世界上，也只有这台机器能证明苏红是活着的，只是暂时睡着了。

虽然谁也不知道这个“暂时”的时限是多久。

冰冷的病房、惨白的墙壁，还有空气中刺鼻的消毒水味，每一样都在告诉苏青：你姐姐可能永远就这样睡着了。

苏青有时候很羡慕苏红，羡慕她在还没有接触烦恼、还没有面对压力的时候就彻底地隔绝了这个世界的烦恼。她睡着的时候是安静而纯真的，面色沉静如水。

不知不觉中，天黑下来了。

大概六点的时候，苏青搭上了回学校的车。

刘米早就离开了，她观察了几天，摸清楚了最近苏青来医院的规律。她决定趁苏青不在医院的时候，再来探探这边的情况。

第二天，刘米买了一篮水果，一进安雅医院的大门，就问门口的护士：“你好，我是苏青的朋友，苏青让我带点东西过来，你能告诉我病房是多少号吗？”

小护士虽然心里有些奇怪，这么多年来从来没有除了苏青和苏妈妈以外的第三个人来探望过苏红。不过，护士还是很热心地告诉了刘米苏红的病房。

刘米顺着走廊往后走，四周吵闹的声音慢慢变小，这令刘米感受到她即将要看的这个病人的病情之重。刘米正在门口犹豫要不要进去时，身后响起了一个中年女声：“小姑娘，你有什么事情吗？”

说话的正是苏青的妈妈。

刘米见眼前的妇女虽然穿着很朴素，浑身充满着岁月留下的痕迹，但眼神里还是流露出一种温暖。苏阿姨和苏青长得很像，所以刘米一下子就认出来她是苏青的妈妈。

“阿姨您好，我叫林沫沫，”刘米急中生智，“苏青让我带一些水果过来，我顺便来看看……”说到这里她停住了，因为她不确定病床上躺着的人和苏青是什么关系。

“沫沫你好，”看到苏青的同学，苏妈妈很热情，“我听苏青提起过你的名字，你有心了。”

刘米乖巧地一笑，随着苏妈妈走进病房。病床上躺着的那个人，刘米看一眼就猜出她和苏青的关系来了，母女三人有着相似的轮廓，只是，病床上睡着的女生感觉和苏妈妈一样安静温柔，完全不像苏青那样。

刘米心里一想到苏青对简单做过的那些不矜持的、匪夷所思的事情，心里那种不愉快的感觉又浮现了出来。

苏妈妈见眼前的女生一副乖巧的样子，又想起苏青跟自己说过，大学里最好的两个朋友之一就是林沫沫，于是便将苏红的事情给刘米说了个大概。

“苏青10岁那年，苏红16岁。一天，苏青和姐姐去山上玩，不小心迷路了，她的姐姐为了救她，摔下了山，变成了现在这样。我和苏青轮流照顾苏红，这些年，也过得不错……”

刘米诧异不已，在外人看来，苏青的生活比较单调，根本看不出来她有一个植物病人的姐姐。虽然刘米经常针对苏青，但是仔细一回想，倒也没看过苏青垂头丧气的样子。

“苏爸爸呢？”刘米忍不住问。

说到这里，苏妈妈眼神里闪过一丝黯淡：“我和苏青的爸爸在苏红出事后不久，就离婚了。”

刘米知道了苏青家庭的大概情况，心里对拿下简单已经有六成把握了。刘米朝苏妈妈礼貌道别，回学校的时候，她灵机一动，又计上心来。

第二天，刘米特地早起，去院里学工部弄到了学生的登记信息表。刘米在院啦啦队是队长，算半个官，再加上她嘴甜，三言两语就把学长哄住了。趁学长不注意，刘米找到苏青的资料，然后在地址那一项，用手机拍照记了下来。

苏青家在郊区，从地图上都找不到具体位置。刘米坐了很长时间的公交车，下车后又在路人的指点下，终于找到了一片很不起眼的小平房。由于年代较远，眼前的房子看起来有些斑驳，墙壁上的白漆有些地方已经出现了裂痕。尽管来的时候已经作好了心理准备，但是家境良好的刘米第一次看到这种房子，心里还是吓了一大跳。

正当刘米发呆的时候，房门打开了，苏妈妈正准备出门买菜，看到门外面的“林沫沫”，似乎有些意外。

刘米只得硬着头皮朝苏妈妈打招呼。

苏妈妈邀请她进去坐坐，没想到背后突然伸出来一双手，拦住了刘米的去路。

“刘米，你想干什么？”

刘米回头，看到苏青愤怒的表情，有些心虚。

苏妈妈不明所以地问道：“刘米？你不是叫林沫沫吗？”

原来前一天回去以后，苏妈妈给苏青打了一个电话，对苏青提起了林沫沫，还一直夸她乖巧懂事、漂亮得体。苏青看了一眼旁边正在上网的林沫沫，确定她下午一直就没有出门，再加上苏妈妈的描述，她已经猜到了是谁在捣鬼。于是今天一大早，她就跟着刘米出门了，看到刘米往自己家的方向走，更加确定了自己的猜测。

“刘米，请你离开，这里不欢迎你。”苏青语气强硬。

自从知道刘米进入了医院，苏青意识到自己的生活还将会有更多的隐私被刘米窥探，然后被展现在外人面前，苏青感觉自己就像一只被剥了皮的动物，没有一丝的秘密。

刘米不为所动，只是冷冷地看着苏青。

苏妈妈看到她们剑拔弩张的样子，劝苏青："怎么了？刚刚不是好好的嘛！"然后转头招呼刘米，"来者是客，你进来休息休息吧！"

刘米朝苏青看了一眼，准备往里走。苏青直接用身体挡住了刘米。她不愿意自己家人受到外人的干扰，特别是当自己家已经摇摇欲坠时，苏青不能再让它受一丝的伤害。

刘米试图再前进一步，苏青直接伸手，将刘米推倒在地上。

"苏青，你太过分了！"刘米的左手磕在了水泥地上，裙子也被一旁的土弄得脏兮兮的。

苏青不怒反笑："我过分？算算账就知道究竟谁更过分。你不是想打听我的隐私吗？现在我告诉你，就像你看到的这样，你爱怎么想随便你，只是你不要再来骚扰我的妈妈和姐姐了！"

"妈妈和姐姐，就是我的底线。"

舒雅曾说过，苏青不笑的时候很严肃，像一个退休老干部的那种严肃。此时，苏青就是以这样一张脸，面对着刘米。

刘米不愿意和苏青起争执，转念一想，自己的目的反正也达到了。她暗自在心里诅咒了苏青一句，脸色阴沉地离开了。

刘米和苏青的梁子彻底结下了。

苏青的家庭一直是她不愿意展示给外人看的伤口，姐姐出事那一年，苏青转到了新的学校，再也没有向别人提起过关于自己家庭的事情。

每次进入一个新的集体，需要大家上台作自我介绍的时候，苏青都是含糊不清地一语带过关于家庭的问题。有时候，苏青觉得自己并不是羞于面对，只是不想大家用有色的眼光看自己。

"她父母离异了……"

"她姐姐因为她变成了植物人……"

"她的妈妈现在为别人看护画廊……"

“就是因为她……”

姐姐出事的那一年，虽然苏青并没有当面听到这些流言蜚语，但是在电梯里、小区内，遇上邻居阿姨或者伯伯们，苏青总是能从对方怜悯的眼神里看出一点和以前不一样的东西。

那些声音不会伤害到她，但是会伤害到她的家人。

苏青绝对不允许。

圣诞节就快来了。

对于大学生而言，圣诞节是仅次于情人节的一个重大节日。圣诞节还没到，学校外面的商店已经挂起了各种圣诞树和圣诞老人，橱窗上也无一不是贴着“Merry Christmas”或者“圣诞快乐”的字样，当然，随之而来的还有各种打折和优惠促销活动。

苏青曾经听过一个说法，说是想出各种节日的人其实是各种店的卖家，他们以节日为名目，获得各种各样的打折促销理由，刺激消费者去购物。不过在学校，商店最大的消费受众还是学生，特别是女生或者情侣。从女生喜欢的小首饰小玩意到零食衣服，应有尽有。

文学院今年决定举行一个化装舞会，本着联谊的目的和校内其他院联合举办，表面上说是要促进学生之间的交流，扩大朋友圈，实际上真正的目的就是给各院系的男生和女生多一些认识接触的机会。

这段时间，简单一直逃避苏青，而且频繁地约会刘米。苏青虽然生气，但是面对简单的做法，自己也毫无办法。

舞会场地最后决定放在学校的露天操场。刘米以前帮家里作过一些策划，所以会场的布置由刘米负责。苏青不想和刘米发生直接接触，所以选择了跟刘米接触比较少的租赁道具的工作。

晚会的总负责人叫李小萌，是一个听上去十分娇弱、办事情却雷厉风行的女生。看到有人愿意接手租赁道具这份烦琐的工作，李小萌心里早就乐开了花。

舞会场地暂定接纳 100 人入场，因为怕到时候来的人不多，所以组织方要求院里每个班级出 15 个人，然后再去邀请一些其他学院的学生。考虑到舞会的主打项目是跳舞，院里每天晚上六点到八点都会空出舞蹈室专门安排练舞。

本来苏青是没有兴趣去凑热闹的，不过前段时间妈妈接了一个不错的私活，手上有不错的收入，不用苏青去另外打工，而且姐姐那边也不用去探望得那么频繁，用妈妈的话说就是，“你多花点时间照顾自己就行了”。再加上天气渐渐冷了，苏青懒病犯了，不想再每天两个小时车程来回奔波。所以对于舞会的事情，苏青只准备“重在参与”。

这天，苏青正在寝室看书，林沫沫喊她一起去练舞。

“苏青，我听李奇说，简单也会去呢。”

苏青心里一动。

以苏青对简单的了解，简单一般是不会参加这种很多人一起的娱乐活动，但是看林沫沫那么笃定的神情，苏青将信将疑。

舞蹈室已经有一些同学先到了，大家说说笑笑，正在准备热身。说是练舞，对于初学者来说，只要能够学会几个基本的舞步，在音乐响起来的时候顺着节拍跳一跳就够了。林沫沫没有说谎，在众多学生中，苏青一眼就看到了简单的身影。

简单穿着黑色的风衣，整个人越发显得修长。本来他只是毫无兴致地看着周围的同学笑闹，眼睛漫无目的地游荡，突然迎面遇上了苏青惊喜的目光，简单只愣了一秒，又把目光收了回来，他实在是不敢再和苏青有什么交集了。

一旁的刘米把一切尽收眼底，她不着痕迹地站在简单面前，笑意盈盈地问：“待会儿要不要一起跳舞？”

“我？”简单把目光放到刘米身上，然后不好意思地摇摇头，“我不会跳舞。”

“我也不会，到时候我们一起搭档。”刘米调皮一笑，拉起简单的手，跑到了正在热身的队伍中间。

苏青瘪瘪嘴，望眼欲穿地看着简单，不想有个男生好奇地凑了过来，朝她招手：“你是……你是苏青？”

苏青回过神，眼前的男生她并不认识，所以她看了看四周，确定男生没有认错人以后，用手指头指了指自己：“你找我？”

“我叫魏子斌，你可能没有印象……”

男生抓了抓脑袋，露出一个不好意思的表情，“我是篮球队的，和简单一起参加过比赛……”

苏青仔细回想了一下，篮球队比赛的时候，苏青全部的目光和关注点都在简单身上，虽然在篮球队待了一段时间，但也还是没有想起眼前人是谁。看到眼前人一脸真诚的模样，苏青只好装出记起了对方是谁的样子，有些尴尬地回应：“是你呀！”

魏子斌丝毫不介意，而且言语中还透露着抱歉：“上次奖学金的事情，哎，是我误会简单了，也间接误会你了，所以想跟你说声抱歉……”

苏青明白过来是什么事，立即摆摆手：“没事的，没关系的，误会解开了就好。”

魏子斌本来还担心眼前的女生会生气，因为后来的事情他听队友说了，简单当着大家和苏青的面撕掉了奖学金申请表。他后来想想，自己当时太冲动了。不过男生之间的友情本来就简单粗暴，后来他和简单一起吃了几次饭，大家又一笑泯恩仇，倒也愉快。

只是对于苏青，他总觉得有些愧疚，直到这次陪同学参加舞会，恰好遇见苏青，才觉得这是个很好的道歉机会。看到苏青的笑，魏子斌悬着的一颗心总算放了下来。

两人也不知道要聊些什么，魏子斌有些局促。

“你有舞伴吗？”过了半天，魏子斌才想出一个问题。

苏青看着刘米和简单两人的背影，又看林沫沫和李奇两个人窃窃私语的样子，摇了摇头。

“我恰好也没有舞伴，要不……咱俩凑一对？”

魏子斌说完，自己也觉得听起来有些奇怪，补充道，“我是说，咱俩凑个舞伴。”说完又不好意思地“嘿嘿”一笑。

苏青被他逗笑了，爽快地说：“好呀！”

两人面对面地站着，听着舞蹈老师的指导。魏子斌伸出右手，左手放在背后，微微弯腰，绅士地问：“我可以邀请你跳支舞吗？”

苏青的余光看到不远处，简单也是这样如出一辙地邀请着刘米，心里不由得有些难过，但又不愿扫魏子斌的兴，便装出一副兴致不错的样子，将左手轻轻放在了魏子斌手上。

音乐响起来以后，两个人随着舒缓的音乐节奏，按照老师教的步伐，一步一个节拍。很快，苏青的注意力就全部放在了自己的舞步上，不一会儿，她就跳得有模有样了。

魏子斌是第一次和女生跳舞，自身的肢体动作也不太协调，眼睛始终盯着脚下，生怕自己会出错。他有些懊恼，打篮球那么需要身体协调性的活动自己完全没有问题，偏偏跳华尔兹这种只需要小小动一下身体的事情自己却毫无办法。还没有坚持十分钟，他已经是第三次踩苏青的脚了。

苏青委婉地提出休息一下的建议，然后就找了一个不起眼的角落坐下休息。

舞蹈房开了地暖，苏青赤脚走在垫子上，揉了揉脚，眼睛四处闲逛，看其他人跳得怎么样。最重要的，苏青还是想看简单跳舞。她从来没有见过简单跳舞。

刘米因为从小就学跳舞，所以华尔兹对她来说小菜一碟。此时，刘米正耐心地指导简单的舞步。有时候，简单不小心碰到了刘米的脚，两个人相视一笑，然后继续排舞。

这一切都被坐在角落的苏青尽收眼底。

苏青只觉得心里不是醋坛子被打翻了，而是有一架波音 747 在高空喷洒高浓度醋酸溶液，将她的整个世界都浸润得无比酸涩。

趁简单离开的空当，苏青拦住刘米："咱俩谈谈？"

刘米抱着双手，不甘示弱："好啊！"

话到嘴边，苏青迟疑了，聊什么？

让刘米离简单远点？

可是，她又是简单的什么人？

让刘米不要去纠缠简单？

可是，看简单和刘米在一起的样子，根本就看不出简单有丝毫的介意。

苏青沉默了。

刘米看到苏青的样子，猜出了苏青所想："不如，你以后离简单远一点，而且，永远不要纠缠简单了。"

苏青猛地抬头，盯着刘米。

刘米一边玩着手指头，一边漫不经心地说："你知道简单最近都在和我约会吗？"

苏青当然知道。

"我要和你公平竞争。"苏青一字一顿地说。

"随时奉陪。"

两人脸上的表情都很微妙，与舞蹈室里的气氛格格不入。从洗手间回来的简单注意到了这边的情况，走过来问刘米："你休息好了吗？我们继续练舞？"

说罢，简单有些心虚地看了一眼苏青，至于为什么心虚，他自己也不知道。

刘米挽着简单的手离开，走了两步，还回头给了苏青一个"胜利式"的微笑。

魏子斌也注意到了这边的情况，看着苏青脸色不太好，想找个话题缓和气氛，便问："那个女生是你的朋友吗？"

"如果是你，你会喜欢像她一样的女生吗？"苏青像是在问魏子斌，又像是自言自语，"你会喜欢吗？"

魏子斌认真地考虑了一下："应该会吧！毕竟她挺漂亮的，我没什么理由讨厌……"

魏子斌话还没说完，就见苏青扔下一句“我累了，想先回寝室休息”，径直走到舞蹈室门口，准备换鞋离开。

魏子斌不明就里，以为自己说错了什么话。

苏青是和林沫沫一起来的，看林沫沫和李奇两人正在欢快地玩着“你踩我，我踩你”的游戏，想了想，就没有打扰他们。

“我送你出去吧！”魏子斌绅士地征求苏青的意见，虽说是征求的口气，但是语气里的肯定不容置喙。

北方的冬天总是黑得特别早，初入校园时遇见的那一大片清新的绿色，此时在黑暗的衬托下显得阴森森的。不时有冷风从四周吹过来，苏青迎面被风吹得打了一个寒战，不自觉地拢了拢自己的围巾。

魏子斌走在苏青左侧，即风吹过来的那一侧，这样一来就为苏青挡了一部分的风，苏青觉得暖和了一些。

两个人不是很熟，再加上苏青一副心事重重的样子。魏子斌不像李奇，是一个多话的人，所以俩人一路上互相没有什么交流。

简单看到魏子斌和苏青一起离开，不由得向他们多瞟了几眼。

这边，林沫沫的心境完全不一样。

院里的联谊会，林沫沫很早就听说了，因为李奇对这种“可以认识学校外面女生”的活动总是有着无穷的兴趣。见林沫沫最近兴致不高，李奇便问林沫沫要不要参加舞会，好放松一下自己的心情。

林沫沫郁结的心事是因为李奇，现在李奇主动约她，她的不开心马上烟消云散了。老师教动作的时候，林沫沫认真地听，并且一步一步记在了心里，不过等自己去练的时候，林沫沫却直叹气，觉得自己真的没有这方面的天分。

反而是李奇，几场舞跳下来，居然有模有样，连老师都忍不住夸李奇有天赋。

冷不丁，李奇被林沫沫走错的舞步踩了一脚。

舞蹈室里开了地暖，林沫沫光着脚丫踩在舞蹈垫上。李奇低头看林沫沫的脚，白白的、瘦瘦的。林沫沫有些不好意思，往回缩了一下。

“哎，等会儿。”李奇开口，似乎有事情要告诉她。

结果，林沫沫的脚被李奇恶作剧似地踩了一下，“我们扯平了。”

李奇伸手摸着林沫沫的头发，一副得意的样子。

林沫沫突然玩心大起，又伸出脚踩了李奇一下。两人你来我往，玩得不亦乐乎。

苏青走的时候，看到的正好是这一幕。

只是当时的他们不知道，这是他们俩年少时光不可多得的一次亲近和甜蜜了。嘴角有着梨涡、眼神清亮的女孩，爱笑、喜欢贫嘴的乐观男孩，正在享受着他们俩之间最后的、无忧无虑的时光。

以后的日子，过一天，这种亲密无间就少一点。

第十一章

穿错了公主裙的灰姑娘

虽然苏青宣布对刘米的挑战已经拉开了序幕，事实上苏青压根就没有想好要怎么应对刘米。魏子斌那天说的话没有错，刘米确实是一个看起来会让男生觉得赏心悦目的女孩。这样一来，苏青心里更没有底了。

租赁服装的钱院里已经发下来了，苏青拿着这笔钱，找了一家小的影楼，租了几十套衣服。虽然说的是化装舞会，服装应该是占最大头，但苏青不敢去租那些奇形怪状的服装，只是比较保守地租了一些礼服和可能用到的面具。

租衣服的时候苏青就偷偷看好了，她给自己选了一件蓝色的白雪公主的蓬蓬裙，舞会上穿的时候在礼服里面偷偷地塞一件衣服，到时候会暖和一点。她给林沫沫也准备了一件类似的长裙，没想到沫沫看到这件衣服的时候，皱起了眉头，想了想，沫沫选了一条还没有过膝的小短裙。

圣诞节那天，刘米提前两个小时先到会场布置舞会的场地。简单陪刘米一起布置会场，刘米在院里面人缘还不错，再加上是美女的缘故，很多男生都毛遂自荐主动过来帮刘米的忙。

不到一个小时，会场的大致雏形已经出来了。

虽然天公不作美，户外的温度不合时宜地又降了几度，好在刮了一下午的风终于有停的趋势。刘米将会场布置得有点像露天的结婚庆典。会场最中央用一人高的花篮围成半弧形，上面铺了一层木地板，方便学生活动。为了防止花篮被风吹跑，下面定了钉子，并用绳子固定住了。花篮的上面用粉红色的蕾丝修饰，最上面还挂了一些气球，跳舞的地方搭了一个简易 T 型舞台，这是根据李小萌的建议特地准备的舞会小惊喜，每个来参加化装舞会的人都可以在上面走秀，现场已经请了摄影协会的人全程跟拍整个舞会。

舞台内侧最外面一圈还放了零食和水果，供参加晚会的人自助用餐。旁边是两间更衣室，方便舞会结束以后大家换装。布置好所有的细节以后，刘米心里松了一口气。

在李小萌的安排里，整个舞会的程序是：先穿便装跳兔子舞，全部学生都可以参加，活跃气氛。然后换装邀请舞伴一起跳舞。最后是 T 台走秀。

舞会开始了，音乐前奏一响起，大家就被这种欢乐的气氛感染了，学生们一个接一个，主动牵着手围成一个个圆圈，跟着音乐群魔乱舞。

苏青本来还想看简单在哪里，不过来跳舞的人太多，人群又一直在动，苏青找了半天也没有看到简单的身影，只能放弃。林沫沫很早就到了，看到大家在一起热闹地玩耍，忍不住张望，然后怂恿苏青，“苏青，我们也去跳舞吧！”

说完，林沫沫就拉着苏青往人群最密集的地方冲，直接冲开了两个牵着手的男生，强势地穿插了进去。

林沫沫兴奋地随着音乐舞动起来，一回头，看到右手边的男生有些眼熟：“李……李奇？”

苏青隐约猜出了左手边她牵的人是谁，左手变得有些僵硬，但是又不由自主地握得更紧了一些。

简单的手有些冰凉，他既不挣脱，又没有用力，任由自己的手这样被苏青牵着。

不得不说，缘分有时候神奇得连自己都不敢相信，苏青是第二次牵简单的手——准确地说是握。苏青已经很久没有这种感觉了，只要是牵着喜欢的人的手，即使是跳着全世界最幼稚的舞蹈，又有什么关系呢。

幸福的时光总是格外短暂，二十分钟的前奏活动一下子就过了。苏青不得不松开手，去更衣室换上她笨重的礼服。有人穿着骷髅装、巫婆装，有人穿着卡通的布偶装，还有人像苏青一样穿着迪士尼的公主装。会场里变得更有生气了，没有服装道具的同学干脆领了一个面具，一时间整个活动会场好不热闹。

华尔兹响起来的时候，刘米也换上了她自己的服装——一袭流苏长裙。因为经常跳舞的原因，刘米身材保持得很好，在长裙的衬托下，越发显得神采奕奕、精致动人。

简单和刘米的华尔兹吸引了全场人的注意，连打灯光的同学都忍不住给他们俩打上一束追光。

让人挪不开目光的，除了简单和刘米这对，还有另外一对。

女生穿着贴身的短裙，露出好看的后背，男生则穿着一套得体的西装，两人舞步不紧不慢，虽然男生的长相和身材没有简单那么吸引人，但是女生比起刘米来，又是另外一种味道——青春、自信，又洋溢着热情。

舒雅？

苏青神色复杂地盯着舒雅，后来想想，联谊会的活动名单上好像有音乐学院，只是那时候自己心心念念都是舞会，根本没时间注意这份名单。

比起刘米在舞蹈上的驾轻就熟，非科班出身的舒雅的舞步虽然不够熟练，但是和李奇的配合度极高。两人时不时相互对望，音乐舒缓时，舒雅干脆将脑袋倚在李奇的肩膀上，嘴角的笑怎么也掩饰不了。

苏青第一时间去寻找林沫沫，生怕林沫沫看到这一幕。不过，当她看到林沫沫盯着舞台的时候，就知道一切都避免不了了。

林沫沫的目光盯着台上那两个浑然忘我的人影，仿佛要把李奇的一举一动都刻在眼里。苏青有些不忍心，回头看刘米和简单，自己又何尝不是这样，真是几家欢喜几家愁。

她们俩的情绪，只有风知道吧。

舞会结束以后，林沫沫借口冷，想先回寝室。苏青本来准备让李奇送一下林沫沫，一转头，却看到李奇把外套脱下来，搭在了舒雅的肩上。

“苏青，别找他，求你了。”因为寒冷，林沫沫全身都在抖，她向苏青哀求，“我想给自己留一点自尊，你让我一个人静一静，好不好？”

苏青从来没有见过这样的林沫沫，无助、倔强，因为一段没有开出花的暗恋，犹如身披铠甲，又犹如突然有了软肋。

苏青点点头。

林沫沫走后，苏青也没有什么心情，正准备走的时候，刘米却找来了：“你不是说要和我公平竞争简单的么？”

苏青不想理会刘米，看了她一眼，准备离开。

“我给你一个公平竞争的机会，待会儿的 T 台秀，简单借给你十分钟，怎么样？”

苏青心里很是不爽：“什么叫作借我十分钟？”

不过苏青转念一想，如果刘米主动退出，她便可以和简单两个人独处了。能和自己喜欢的男孩子一起当一次故事里的公主和王子，是多少女生梦寐以求的事情。

刘米递给苏青一个纸条：“这是你们上场的号码，你去问问其他人就知道我有没有说谎。”

T 台秀是采用男生女生抽签随机配对的形式，被抽中的男女将要一起走过长长的地毯，摄影协会的人会为他们将这珍贵的一刻记录下来，这次活动的一个奇妙之处是，你永远不知道你的男伴或者女伴是谁。命运的奇妙，不在于久别重逢，而在于阴差阳错。

这次活动还吸引了校报的学员，他们正愁没有好的素材，这次活动以后，本周的电台播报就有新的内容了。

苏青将信将疑地拿着刘米给自己的纸条，一路都在揣摩刘米的心思，这摆明了是黄鼠狼给鸡拜年——没安好心嘛！

苏青想得出神，没想到迎面碰上了简单，急于求证的苏青直接开口问简单：“简单，你拿到了待会儿 T 台秀的编号么？”

简单有些担心苏青会纠缠不休，警惕地回答：“拿到了。”

苏青扬了扬手里的纸条："我是 8 号，你呢？"

简单松了口气："我 15 号。"

"这样啊！"苏青看起来有些失落。简单离开以后，苏青才确定刘米没有耍自己，她手里拿着的纸条，俨然写着 15 号。

虽然不懂刘米的用意，不过一想到待会儿会和简单手挽手出现在红毯上，音乐、花瓣，红毯上缓缓走过来的两人，这情景……苏青越想越觉得不好意思，心中更紧张，也愈发期待了。

老天似乎听到了苏青的祈祷，这时，天空中突然飘起了小雪。

苏青想起了一句话："下雪了，我们不打伞一直走，是不是一路到白首？"

这边，刘米看着苏青的背影，嘴角弯起了一抹笑容。

T 台的布置是刘米一手操办的。从苏青选择了那套笨重的、拖着长长裙摆的礼服开始，刘米便在心里计划好了——她要让苏青在全校面前出丑。

T 台秀开始了。

大家穿着各式各样的服装，从 T 台上一一经过，有憨态可掬的唐老鸭、米老鼠，有各式各样的迪士尼公主，还有小丑、王子。

11 号……12 号……13 号……

苏青在心里默念着编号，还有两个就轮到自己了。

当 14 号的男生和女生走回来时，苏青和简单同时踏上了 T 台。简单看到这次的 T 台搭档是苏青，心里第一个反应是"弄错了吧？"他有些犹豫，无奈负责号码登记的李小萌这边却没有表现出出了任何问题的样子，音乐响起，他只能任由苏青挽着自己的胳膊，摇摇晃晃地往 T 台中央走。

"我真的很开心。"苏青一只手挽着简单的胳膊，另一只手提起裙摆，小声对简单说，"我从小就梦想着能和喜欢的人走一次红地毯，而且我还想着看一场无与伦比的雪景……"雪花应景地落下，拿着相机的同学纷纷拍下这美好的一幕。

简单不愿意和苏青走这趟"红毯"，本来是一件好玩的事情，听苏青的描述，变得像是两人准备结婚一样，他只想快点走完这一圈，于是加快了步伐。

走着走着，苏青觉得似乎有什么东西绊住了裙子的一角，就在她匆匆低头又抬头的瞬间，身边的简单已经走快一步了。苏青急着赶上简单的步伐，只能用力拉扯裙摆。刚刚下过雪，地上有些滑，突然，苏青觉得自己脚下一绊，身子向前倒了下去。由于之前穿得多，并没有发现衣服有什么异样，倒下去的时候，苏青倒吸了一口气。

衣服确实勾住了什么东西。

“轰……”

苏青还没有反应过来，舞台摆放音响那一角的支撑物被苏青的裙子带倒，失去了支撑的音响轰然倒地，连带着背后的背景板也掉了下来。

苏青目瞪口呆地看着这一切。

整个会场的布置一环扣一环，随着背景板和音箱的倒地，之前用绳子固定好的花篮也松动了，一下子被惊慌的人群撞散了，整个会场乱成了一团。

李小萌大惊失色，麦克风出不了声音，她只能就近指挥工作人员去维持会场秩序。简单在背景板掉下来的时候下意识地挡在了苏青前面，有个木头状的物体直接砸在了简单的右肩上。

好好的一场舞会，因为这最后的一个失误，办砸了。

在工作人员的指挥下，人群很快就疏散了。苏青看着几分钟前还热闹温馨的会场，几分钟之内，就变得人去楼空。

李小萌忍着脾气问：“这究竟是怎么回事？”

李小萌的眼神在苏青和简单的脸上来回探究。

简单为苏青挡的那一下，直接导致右边肩膀擦伤。刘米扶着简单，无辜又生气地看向苏青。因为疼痛，简单脸上冒出了细密的汗珠。

半晌，苏青才发声：“对不起，都是我的错，和简单没有关系。”

苏青的话无疑是油锅里撒下的盐。大家都为这个活动忙活了这么久，本以为可以圆满收官，没想到结尾搞这么一出，大家心里都有火无处发泄。苏青的认错，无异于把责任全部揽给了自己，也把大家的不满集中到了自己身上。

“苏青，你怎么回事？”李小萌提高了音量，“做事情总是这么冒失，你又想和简单上一次头条吗？”

她说的“又”，指的是之前因为植树的事情苏青和简单已经被记过。当时，“植树事件”传到院里的时候，李小萌完全不敢相信这是大一的学生能做出来的事情。

不过现在，李小萌已经完全不能正常思考了，舞会的功败垂成让她出奇愤怒，所以语气自然变得严厉起来。

刘米及时地打断了李小萌的话：“小萌姐，简单好像受伤了，我想带简单去医务室包扎一下，我们先走了。”

简单看着苏青被所有人指责，虽然于心不忍，无奈肩膀实在太痛。得到李小萌的许肯后，简单随刘米走向了医务室，经过苏青的时候，简单看了苏青一眼，欲言又止。

周围的同学都知道李小萌的性格，也不敢上去安慰苏青。大家默默地收拾着舞会的残局，连交流的声音都小了很多。苏青也一直不说话，默默地收拾着东西。

虽然大家没有再指责她，但是她心里的委屈却越来越多。

待所有人走了以后，一直没有说话的苏青才“哇”的一声哭了出来。圣诞节的小雪原本代表着温馨和幸福，此时却让苏青感觉格外陌生和寒冷。苏青穿着一身公主裙，却经历着小丑才会遭遇的事情。

或许一开始，苏青就选错了衣服。她本来就只是一个缺爱的灰姑娘，即使错换上了公主的服装，午夜十二点的钟声一响，她还是会被打回原形，变成灰头土脸的模样。

因为篮球赛的事情，被全队指责的时候，苏青没有哭；

因为奖学金的事情，被简单误会的时候，苏青没有哭；

甚至在刚刚，在那么多同学面前出了丑、丢了人，苏青也没有哭；

可是，看着简单和刘米匆匆离开的背影，苏青第一次觉得自己像是玻璃瓶里被困住的小虫，虽然前方有光，但是每次试图接近光时都只能换来头破血流。

苏青终于觉得，自己有些累了。

雪下了一整夜。

为了尽力弥补自己的过失，苏青自己一人收拾了会场的垃圾，所以回到寝室的时候，她的头发上、身上全部是积雪。

室友早就睡了，苏青本来还想关心一下沫沫的情况，但看到沫沫整个人蜷在被子里一动不动，只得作罢。

洗漱后，苏青感觉自己有些不太对劲。脚踩着扶梯爬上上铺时，苏青明显觉得有些头重脚轻。

果不其然，到了半夜，苏青发现自己浑身发冷，头也晕晕沉沉。不过，苏青什么都不愿意想，也完全想不动，她只想安安稳稳地睡一觉。一整个晚上，苏青睡得昏昏沉沉。

苏青做了一个梦。

苏青梦见，她和简单两个人正漫步在一条开满花的小路上，天气很好，花开得很灿烂。苏青觉得很快乐，简单的笑容无疑是照在自己心里的阳光。

走着走着，两人不再并排漫步，简单自顾自地往前走，苏青拼命想追上简单，脚步却越来越沉重。天色变黑，有风“呼呼”地从四面吹过来，苏青大声喊简单的名字，简单却浑然不觉，到最后只剩苏青一个人。四周大雾茫茫，简单的背影消失在了黑暗中，只留下拼命追赶却力不从心的苏青。

第二天一早，林沫沫发现了苏青的不对劲。因为平时最不爱睡懒觉的苏青今天竟然快十点了也没有要起床的意思。“苏青，你在发烧？”林沫沫一摸苏青的脸，惊喊了一声。

林沫沫并不知道舞会后来发生了什么事情，只知道自己不想待在寝室，于是回寝室加了一件衣服以后，又在学校里瞎逛着吹吹风。没想到，林沫沫却在湖边看到了两个熟悉的背影，穿着李奇西服的舒雅和将手搭在舒雅肩上的李奇。

林沫沫摇摇头，不再去想那些令她烦心的事情。眼前的苏青病成这样，她也没有心思分心去想李奇。

苏青喝了沫沫煮的姜茶以后，觉得身上暖和了一些，刚刚梦里面的场景过于真实，苏青花了好久才确认自己只是做了一场噩梦，而非真实发生的事情。苏青看见林沫沫拿着一份报纸，表情有些诧异。林沫沫看了眼苏青，欲言又止。

苏青的耳边猛然响起昨天李小萌最后说的那句话："你又想和简单上一次头条吗？"

报纸上登的正是苏青和简单的照片，不过照片上的两人都分外狼狈，苏青被简单护住，木头砸下来的一瞬间正好有人用照片记录下了这一时刻。

如果没有发生最后的那场失误，这一切原本应该多么的美好。

"抓拍技术还不错。"苏青自嘲道。报纸的标题将矛头直指苏青："圣诞晚会场地坍塌，罪魁祸首竟然是她。"

连带着，那幅英雄救美的照片也有了一丝帮凶的意味。

苏青想，简单一定也看到了这份报纸。

学校的校报在每个星期六早上准时由专门的人发放，保证全校每个寝室都有一份。

苏青想，一定要跟简单澄清这件事，即使简单不原谅她，她也要问问简单的伤怎么样了。

冬天的早晨，男生寝室进出的人并不是很多，苏青戴着厚厚的帽子在简单楼下等简单。早上，她给简单发了一条短信，简答并没有回复；给简单打电话，也没人接听。思来想去，苏青只好选择了最笨的方法——去简单寝室楼下等他。

林沫沫本来想陪苏青一起去的，但是一想到可能会遇见李奇，她的心里不自觉地打起了退堂鼓。说实话，林沫沫现在很害怕看到李奇。苏青想到了沫沫的顾虑，便说："没事的，你放心吧！"

可是现在，苏青已经在男生寝室下面等了一个小时了。吹了一个小时的冷风，苏青觉得脑袋似乎更加沉了，不过她丝毫没有打退堂鼓的打算。

苏青是什么人呐！苏青是一个勇往直前的小太阳！

直到简单寝室的一个男生第三次经过楼下的时候看到苏青还在等着，于心不忍，才告诉了苏青真相："苏青，你是在等简单吗？简单的妈妈今天来看简单了，所以他一大早就出去了，和刘米一起，你难道不知道吗？”

从简单室友的话里，苏青大致了解了简单和刘米的关系。

原来，简单和刘米在很小的时候就认识，说是青梅竹马也不为过。简单的妈妈和刘米的妈妈是好朋友。在简单和刘米还没有出生的时候，他们各自的妈妈就像电视剧剧本里演的那样，约好了肚子里的孩子如果是一男一女，就定娃娃亲。

五岁的时候，有叔叔阿姨过来逗刘米：“米米，你最喜欢谁呀？”

刘米的眼睛骨碌一转，奶声奶气地说：“我最喜欢简单哥哥。”

叔叔阿姨们继续逗她：“你这么喜欢简单哥哥，那以后给简单哥哥做媳妇好不好啊？”

虽然五岁的孩子还不懂“做媳妇”的含义，但是看到叔叔阿姨们笑得那么开心，刘米自己也跟着点头：“好！”

两人就这么开开心心地过了几年，刘米每天都会跟在简单后面“简单哥哥、简单哥哥”地叫，而简单则会耐心地等刘米，和她一起分享糖果和玩具。简单的妈妈和刘米的妈妈自然是高兴不已。后来，刘米的爸爸因为某些原因，带着家人离开了北京。

那时候，交通和通信都没有现在这么发达，简刘两家人最开始还保持着联系。过年的时候，简单妈妈还带着简单去刘米家拜年，每到这时候，刘米会害羞地躲在爸爸身后不肯出来。

随着简单爸爸工作越来越忙，简单一天一天长大，简单妈妈不得不将更多精力花在家庭上，久而久之，两家的联系也越来越少。

新鲜事物总是容易替代旧日回忆，年少的简单早就忘了幼儿园时还有一个天天跟在他身后、喊他“简单哥哥”的小跟班。他更没有想到，一晃眼，刘米已经出落得这么亭亭玉立，完全看不出小时候稚嫩的模样。

时光有一双神奇的手，谁也没有想到，十多年前亲如兄妹的两个人，会渐渐失去联系；更没有想到的是，十多年后，他们竟然会以这种方式相遇。

上次，简单给妈妈打电话的时候，无意间提起了刘米的名字。简单妈妈觉得这个名字很耳熟，再一问关于刘米家里的一些详细情况，越发觉得和记忆里好朋友的女儿很像。

简单妈妈来学校一方面是因为很长时间没有见到儿子了，第一次和他分开这么久，有些不习惯；另一方面是出于对刘米妈妈的怀念。所以简单妈妈特地让简单喊上刘米，一起在订好的饭店吃个饭。

一路上，刘米都在问简单自己今天的衣服和妆容有没有问题，感觉就像是媳妇去见公婆一般。简单被刘米紧张兮兮的样子逗笑了："我妈不是老虎，放心吧！再说，小时候我妈挺喜欢你的。"

听到简单这么说，刘米悬着的一颗心才稍微放松下来。不过，简单最后那句话让刘米心念一动，她想问："那你呢？你喜欢我么？"

这个念头只在刘米心里一闪而过，她没有苏青那样的勇气，敢说出这些话。

"阿姨好！"刘米和简单坐定以后，刘米朝对面的阿姨甜甜地喊了一声。

简单的妈妈虽然已经步入中年，但是气色红润，身材也并没有发福的迹象，看上去比实际年纪要年轻很多，这得益于她平时保养有方。她细细地打量着坐在对面的女孩子，弯弯的柳叶眉、唇红齿白、模样乖巧，眉眼之间依稀看得出刘米妈妈年轻时的样子。

一想到刘米的妈妈，简单妈妈不禁感慨颇多。

简单妈妈一边吃着牛排，一边问刘米关于妈妈的近况。得知当年刘米一家搬走以后，刘米爸爸和妈妈的关系不知为何变得岌岌可危时，简单妈妈眼里充满了对刘米妈妈的关心，她一边安慰刘米，一边时不时提起小时候刘米和简单的趣事。

简单妈妈和刘米一边吃一边聊，说到有趣的地方，两人"咯咯"地笑着，仿佛她们才是母女一般，简单在一旁插不上嘴，只能专注地对付刀下的牛排。由于昨天晚上肩膀受了伤，简单用刀叉的时候无比艰难，五分熟的牛排又不好切，长时间举着刀叉，肩膀用力的那一块肌肉早就不堪重负。突然，简单没有拿稳手里的刀叉，"哐当"一声，刀叉掉在桌子上，吸引了不少人往这边看。

简单妈妈立刻察觉到了简单身体上的异样，顾不上在意别人的眼光，神色焦急地问简单："你的肩膀怎么了？受伤了吗？去医院看了吗？医生怎么说？"

天下的母亲都一样，简单妈妈一连抛出了好几个问题，简单不知道先回答哪一个。看到妈妈这样，他不想小题大做，便淡淡地说："已经去医务室包扎了，医生说没什么大事。"

"跟妈妈说说，这么严重的伤是怎么造成的？"

简单犹豫了一下："就是……自己不小心碰伤的。"

简单妈妈自然不信，自己的儿子从小被自己捧在了心尖尖上，自然舍不得他受一丝的伤害。她明白自己的儿子是什么性格，如果他不想说的话，强迫他也不会说。一抬头，简单妈妈看到刘米欲言又止的样子。

"刘米，跟阿姨说说怎么回事？"简单妈妈和颜悦色地问。

在简单妈妈的催促下，刘米将事情的前因后果详细地讲了一遍，连带着，将苏青之前对简单做过的一些荒唐之举也如数地讲了出来。

简单妈妈最开始听到学校有女生对自己儿子示好，心里自然有些得意，虽然苏青做的事情在外人看来有一些不可理喻，但毕竟都是出于对简单的喜欢。

不过，当听到因为苏青的鲁莽、不矜持让简单受了伤时，简单妈妈眉宇间闪现出一瞬间的反感。

刘米准确地捕捉到了这个信息。

"那个女孩子的家里是做什么的？"简单妈妈问了一个自己最在意的问题。

刘米斟酌了半天，才缓缓开口："我去过她家一次，苏青的家境不是特别富足。家里具体做什么的，我也说不上来。苏青的爸爸和妈妈离婚了，家里有个植物人姐姐，三个人住的房子大概六十多平吧……"

简单妈妈陡然提高了音调："离婚？植物人姐姐？六十平？"

刘米料到了简单妈妈的反应，急忙假惺惺地解释："不过苏阿姨人很好，房子虽然小可是很温馨的样子……"

"我绝对不允许从这种家庭出来的人靠近简单。"简单妈妈停下来，喝了口茶，又冷笑一声，"谁知道她有什么不可告人的目的！"

简单是第一次知道苏青家里的情况，苏青平时一副乐天派的样子，根本看不出来她爸爸和妈妈离了婚，家里还有一个生重病的姐姐。

震惊之余，简单想跟妈妈解释，苏青不是那种人。

虽然苏青做事情很直接，大多数时候考虑得并不周全，有时甚至有些鲁莽，可是简单能够感觉得到苏青的赤诚和坦率，她并不是妈妈口中那种怀着“不可告人”的目的接近自己的人。

简单了解妈妈的性格，此时妈妈已经不想提起苏青，本来气氛融洽的一顿饭因为这个话题的出现变得有些尴尬。

“阿姨，您别生气了。”刘米安慰道，“我听说这家饭店有个拿手菜特别棒，我一直想来吃，可是都没有人约一起。今天阿姨来了，我呀，总算有机会一饱口福了……”

简单妈妈马上捕捉到刘米话中的意思，立即把目光转向简单，说道：“简单，以后多陪陪刘米，大家都是同学，平时要多多交流，听到没？”

“哦。”简单闷闷地答了一声，又低头专心对付眼前的牛排。

刘米低下头，有些不好意思地笑了。

简单妈妈看到刘米有些害羞的模样，心里越发喜欢眼前这个有大家闺秀气质的女生了。

第十二章

“对不起简单，我累了。”

苏青到饭店的时候，见到的就是这样一副其乐融融的画面。刘米眼尖，第一个发现了饭店门口有些气喘的苏青，不知道是不是天气的原因，苏青的脸有些发红，发丝也有些乱，整个人的形象和饭店格格不入。

“苏青？”刘米表现出吃惊的样子，事实上苏青的出现确实让她始料未及。如果是在以前，刘米可能还会有些忐忑。但是几分钟之前，她已经从简单妈妈的反应里看到了对苏青的厌恶。这个时候苏青过来，无疑对自己更有利。

听到这个名字，本来脸上还挂着笑的简单妈妈脸色立马变了，随着简单和刘米的目光，径直看向门口。

四个人都愣住了，不知道要先说些什么打破僵局。

“你就是苏青？”简单妈妈居高临下地问，说话的时候不停地上下打量着苏青。

苏青不卑不亢地说：“阿姨您好，我是苏青。”

无疑，苏青这句话的语气让简单的妈妈心里更不痛快。

“我还以为是何方神圣呢？”简单妈妈一改之前对刘米的态度，对苏青说话的语气里充满了不屑，“就你这样的还想喜欢我们家简单？”

苏青自然听出了简单妈妈语气里的不屑，不过她还是很耐心地说："简单优秀低调，学校里喜欢他的女生肯定大有人在，我也不例外。阿姨，我不懂的是，您为什么说我没有资格喜欢简单？"

"资格？"简单妈妈像是听到了天方夜谭一般，"你喜欢简单的方式，就是一次又一次地伤害简单，让简单难堪么？"

苏青听到这话，原本微微发红的双颊"唰"地一下变得惨白。简单妈妈的声调不高不低，但是足以吸引饭店一部分的人朝这边张望，还有人窃窃私语。不过饭店里没有多事的人，服务生路过的时候，也没有向他们投来异样神色，对自己职责范围外的事情并不多加干涉。

这已经是今天第二次成为全场的小焦点了，简单不喜欢这种被人围观的感觉。他想拉住妈妈，好几次他动了动嘴唇，无奈看见妈妈动怒的样子，最终还是败给了自己的懦弱，选择什么都不说。刘米坐在一边，关注着苏青，脸上虽然装出一副担心的神色，嘴角勾起的笑却出卖了她心里的真实想法。

"对不起，我不是故意的。"苏青自知理亏，声音放软了下来，"阿姨，我没有想过要伤害简单，我做了很多事情，都是希望他更加快乐一点……"

"呵呵，"简单妈妈笑了，仿佛听到了一个很可笑的笑话，"那你觉得，简单和你在一起的时候，快乐吗？还是，他受伤更多？"

苏青沉默了。

简单妈妈还不满足，将矛头直指苏青的家庭："还是说，你想用离婚的爸妈、你的植物人姐姐，或者是一家三口挤在六十平的房子里来证明你有资格和简单站在一块，接受别人的质疑？"

简单妈妈的话刺入了苏青心里最隐秘的地方，那个自己一直小心保护着、不敢触碰的伤口被赤裸裸地展示在外人眼里，苏青又羞又愤。她的双手紧紧捏成拳头，身体因为愤怒也开始发起抖来。简单妈妈的话字字刺中苏青要害，苏青被呛得无话可说。

简单看到事态越发严重，连忙给刘米使了一个眼色。刘米见自己的目的已经达到，顺势走上前安慰简单妈妈："阿姨您先别生气了，气坏了身体不好。"

简单径直向苏青走去，说：“苏青，你先回去，我去给我妈解释。”

平时从不反对简单的苏青这个时候却倔得要命，她强忍着眼眶里的泪水，盯着简单问：“简单，你也觉得我没有资格喜欢你，是不是？”

简单心里只想快点结束这个混乱的场面，他很了解自己的妈妈，有时候说话很尖锐、不顾别人的想法。苏青又是一个直率的、不懂得掩饰自己情绪的人。简单担心再这样下去苏青会受更大伤害，所以急着想让苏青走。

不过，简单的好意在苏青眼里又变成了另外一种意思。在苏青看来，简单虽然没有亲口承认，但是他让自己走的行为，分明是在变相告诉自己：“我一点也不喜欢你，你死心吧……”

“简单，你也嘲笑我的家庭不完整，嘲笑我有一个常年昏迷的姐姐，对不对？”苏青忍了好久的眼泪，这一刻终于在面对简单的时候流了下来。

“苏青，我……”简单想要解释，可是看着妈妈眼神里的不屑，看着四周窃窃私语的顾客，他决定让苏青先走，以后有机会再解释，“苏青，你先走吧，我待会去找你……”

“不用了，简单，再见了。”

苏青留下最后一句话，头也不回地离开了饭店。

简单从来没有见过这样的苏青，哀伤却决绝。不知道是不是自己的错觉，简单觉得他会失去一样很重要的东西，但具体是什么，又说不上来。

简单下意识准备追出去，没想到被刘米伸出的手拉住了袖子。刘米一只手捂着肚子，脸色有些不自然：“简单，我胃好像有些不舒服，你能陪我去医院看看吗？”

“是啊！”见到苏青离开了，简单妈妈心情很好，“你多陪陪刘米，交朋友也要有个限度，不是什么样的朋友都可以交的。”

苏青一个人在街上漫无目的地游荡。

冬天真的到了吧，苏青想。

早上急急忙忙地跑出来，一直到现在，苏青只喝了一点姜茶，其他什么也没有吃。苏青觉得肚子有些饿，一摸口袋，才发现自己也没有带钱包，因为急着找简单解释，自己就这么空手跑了出来。

苏青搓了搓手，又朝手心哈了一口气，心想：自己刚刚，真的太没有出息了呢！竟然因为简单哭鼻子了！苏青苦笑，好多年没有哭过了，以前是生活无忧无虑没有烦恼，后来是懂事了不想让妈妈担心。这几天哭的次数比过去一年哭的次数都多。

苏青站在麦当劳门口，望着招牌上的 M 标志，有些忧伤。麦当劳里面飘出来的阵阵香味让苏青切实感受到了人类最原始的欲望——她饿了。

正在神游的时候，苏青突然听到旁边有人喊她。“苏青？你……没事吧？”魏子斌看着正在发呆的苏青，后者刚刚哭过的眼睛里还有红色血丝，鼻头一抽一抽的，像一只受了委屈的小白兔，关心地问道。

苏青捂着肚子，有些不好意思地说：“我没事，就是有点饿，嘿嘿。”

魏子斌又好气又好笑：“我请你，这么大了还饿得哭鼻子了。”

苏青坐在魏子斌对面，一天都没有好好吃东西的她已经饿坏了，两个鸡翅两个菠萝派下肚以后，她才想起来问魏子斌：“你怎么也在这里？”

是啊，挺巧。

魏子斌在心里叹了口气。早上苏青在楼下等简单的时候，魏子斌就注意到她了。等他去食堂打了饭菜回来，正好碰到简单的室友。魏子斌随口问了句，简单室友就把苏青去饭店找简单的事情像竹筒倒豆子一样跟他说了。

鬼使神差地，魏子斌跟着苏青走了出来。不过，因为苏青走得很急，魏子斌跟着跟着跟丢了。他找了半天都没有找到苏青的身影，正想回学校的时候，又碰上了正站在麦当劳前面踟蹰的苏青。

“你知道吗？我听过一句很著名的话：世界上没有什么是一顿美食解决不了的事情。如果不行，那就两顿。”苏青手里捏着鸡腿，满足地说道。

魏子斌听了以后，信以为真：“真的吗？谁说的啊？”

苏青咬了一口手上的鸡腿，一本正经地胡说八道：“亚洲著名学者尼古拉斯苏青说的。”

魏子斌被苏青的这句名言逗笑了："你真是一个有意思的女生。"

苏青愣了一下，也不好意思地笑了笑。

和魏子斌在一起的时候很放松，两个人天南地北地聊着天，苏青暂时忘记了那些不开心的事情。

魏子斌把苏青送到寝室楼下的时候，天色已经有些晚了。

"今天谢谢你，"苏青由衷地说道，"谢谢你的午餐。"

"谢谢你能陪着我。"

魏子斌走后，苏青的心情立马又变得沉重了。有人在身旁的时候，苏青不愿意将自己的沮丧情绪传递给别人，只能强颜欢笑。只有当自己一个人的时候，苏青才能真实地表露出自己的情绪，疲倦、绝望，以及措手不及的感伤。

室友都没有回来，最近沫沫因为李奇的事情变得格外沉默，一有时间就去图书馆看书，想用"情场失意"换"考场得意"，其他两个人也不知道去哪里了。

一个人独处的时候思绪不容易控制，也容易胡思乱想。苏青回想起白天简单妈妈对自己说的话，还有简单最后对自己说的那些话。

"苏青，你先走吧！"

这一切都让苏青觉得难受。

苏青看了下时间，还不到七点，她突然很想妈妈，想回去尝尝妈妈做的饭菜，想听听妈妈的声音，想告诉妈妈自己过得很不好，想靠在妈妈怀里好好哭一场。

刚刚从医院回到家，苏青妈妈简单地收拾了一下，正准备做饭。女儿们不在身边，时间总是过得格外慢，吃的用的也是一切从简。这么多年，苏妈妈已经慢慢习惯了这种日子，一个人有一个人的过法，她是一个务实的人，唯一让她放不下的就是苏红和苏青两个女儿。

想到苏青，苏妈妈的脸上浮起一丝笑容。

正想着，苏妈妈就听到门口有钥匙开门的声音，原来是苏青赶着最后一班车回来了。

“妈妈，我好想你。”苏青一进门就给妈妈一个熊抱。

“傻孩子。”苏妈妈虽然有些诧异，但还是摸着苏青的脑袋，笑着摇了摇头，“吃饭了没？妈妈给你做你最爱吃的西红柿炒蛋。”

苏青执意要帮妈妈一起做，母女两人在拥挤的厨房里摘菜洗菜，分享一些属于母女两人的秘密。大约是真的饿坏了，苏青破天荒吃了一碗还要一碗，还举着碗朝妈妈撒娇：“妈妈现在做的饭越来越好吃了。”

看着妈妈给自己盛饭，苏青感慨：“要是一辈子不离开妈妈就好了，这样就可以一辈子都吃妈妈做的饭。”

吃完饭，时针已经指向了10，苏妈妈洗漱完毕以后，发现苏青不知道什么时候钻进了自己被窝，并且露出一副小白兔一样可怜兮兮的样子。

“妈妈，我今天想跟你睡。”苏青的声音里带着浓浓鼻音，此时的样子别提多乖巧了。

苏妈妈看到苏青今天格外黏自己，突然觉得这么多年自己将关注点都放在了姐姐苏红身上，对苏青的关注好像少了很多。那件事情发生以后，整个家庭都变了。苏青也从以前那个爱撒娇耍小孩脾气的小丫头变成了一个独立开朗的女孩，以前的她十指不沾阳春水，现在还会打工赚钱来减轻自己的负担。这样一想，苏妈妈又生出了几分内疚：“当然可以呀！”

母女两人好久没有像今天这样互相依偎着聊天了。苏青将头靠在妈妈肩上，把被子拢得高高的，只露出两只眼睛，两只手抱住妈妈的胳膊，闻着被子上温暖的味道。突然，她像想起了什么似的，抬头问妈妈：“妈妈，你和爸爸是怎么相爱的呀？”

离婚以后，苏妈妈很少在苏青的面前提起苏青的爸爸，但是也从来不阻止苏青去看望她的爸爸。在她心里，这段感情虽然已经结束了，但是他永远是两个女儿的爸爸。苏妈妈没有想到苏青会这么直白地问她这个问题，一时间陷入了沉思。

苏青以为妈妈不愿意提，连忙换了个话题：“妈妈，我喜欢上了一个男生……”

“是不是你第一天进学校的时候认识的那个小帅哥？”

苏青“啊”了一声，又问：“妈妈你怎么知道？”

原来苏青第一天上学的时候，苏妈妈去医院看了苏红以后，特地搭车赶到了苏青的学校。苏青将在这个陌生的地方度过四年美好的大学时光，苏妈妈多多少少会担心自己的女儿，想知道她住的寝室怎么样、室友怎么样、以后上课的地方长什么样，这样，以后想念苏青的时候，也能凭着记忆想象苏青在那样的环境里，一个人怎样独立地去生活。

不过，当苏妈妈看到，开学第一天，苏青就带着一个男同学，兴高采烈地参观学校时，她的心便放了下来。苏青乐观的性格并没有受到周围人的影响，也没有受到缺少父母陪伴的影响。所以，尽管偷偷地去看过苏青了，但她却没有告诉苏青这件事情。只是现在和苏青聊起这件事情，苏妈妈这才云淡风轻地提了一句。

苏青听妈妈讲起开学那天发生的事情，心里感动得稀里哗啦。原来妈妈心里一直这么关心自己。她将自己和简单的事情跟妈妈讲了一遍，包括自己为简单做的傻事，简单对她的疏远，以及刘米对她的挑衅，所有事情全都告诉了妈妈。

良久，苏妈妈才开口：“你们年轻人的感情问题，妈妈也不知道要怎么劝你。和你爸爸离婚以后，我曾经有很长一段时间都想不通。那段时间，苏红的病情时好时坏，你爸爸离开了我们，家里面突然遭受了那么大的变故，我一度觉得自己撑不下去了……”

苏妈妈缓缓地说，好像陷入了某种回忆。

后来为了两个女儿，苏妈妈只能咬着牙坚持。事业上的变故，婚姻的破碎并没有击垮她，无数次她想要放弃，但只要一看到熟睡的苏青，心里就怎么也舍不得放弃了。虽然时过境迁，但只要回头一看，那一段时光仍然灰暗得像是蒙上了厚厚的尘。

“妈妈只想告诉你，都会过去的。你以后经历的事情越多，眼界越宽，就会发现从前那些让你痛苦的事情，总有一天能放下，能无所谓地讲出来。如果你觉得他不喜欢你，肯定是你们不适合，因为感情本来就没有对错。转移下目光，将注意力更多地放在自己身上，努力地提高自己，你才会走得更远。妈妈相信，苏青是一个聪明的孩子，一定能顺利地渡过这一关的。”

母女俩都没有再说话，在谁都看不到的黑暗里，苏青坚定地点了点头。

苏青回忆起和简单在一起的时候，她发现，自己因为喜欢简单，便把所有的关注点都放在了他的身上，一心一意只想对他好，从来没有想过简单需不需要。这种自我感动，一度把苏青自己都欺骗了。

不知道是因为妈妈在身边，还是因为想通了这一切，苏青睡了一个很安稳的觉，一夜无梦。

第二天离开家的时候，苏青和妈妈告别，心情很放松。

进校门的时候，苏青看到迎面走来的刘米和简单，也没有流露出过多的情绪，只是淡淡地朝简单和刘米打了一声招呼。

“苏青！”简单想向苏青道歉，因为昨天妈妈对苏青说的那些话。

“嗯，有事么？”苏青强忍着对简单倾诉的欲望，语气里带着疏离的客套。她的心早在简单做出那些事情的时候就慢慢地冷透了，昨天的事情只不过是压死骆驼的最后一根稻草。

简单没有见过这样的苏青，有些不适应，一时间竟不知道要说什么。一旁刘米催促着简单：“快来不及了，电影要开始了，我们快走吧。”

苏青朝简单微微一笑，转身离开。

简单有些迷惑，走了几步，便问一旁的刘米：“刚刚过去的那个人，是苏青吧？”

和简单擦身而过的苏青忍不住在内心给自己点赞。虽然要在短时间内放下简单是件艰难的事情，但是至少她一步一步在努力，像妈妈说的那样，只把简单看作一个让自己不断成长的起点，而不是禁锢自己止步不前的终点。

寒假悄然而至。

简单已经有一段时间没有见到苏青了，那天的事情成了简单心里的疙瘩。每次简单想约苏青出来，向苏青解释那天发生的事情，都被苏青拒绝了。苏青好像越来越忙，兼职、学习占满了苏青的业余时间。

临放假的最后一天，简单终于把百忙中的苏青堵在了图书馆门口。

“我们聊聊？”简单低声说道。

苏青手里抱着一堆刚从图书馆借来的书，马上就寒假了，她不想寒假在家天天面对电视，所以想着借一些书回家看，让自己寒假过得更加充实一点。简单的出现让苏青很意外。

苏青急着回寝室，生怕阿姨提前关了寝室大门，她需要带回家的衣服和行李还没有整理好。简单看到苏青急着走，直接伸手拦住了苏青：“你就忙得连几分钟的时间都不能给我吗？”

北京的冬天很冷，苏青的头发被风吹得有些乱，鼻子也冻得红红的。简单提议两人找个暖和点的地方坐着说，苏青哭笑不得：“有什么话就在这里说吧，我待会儿真的有事，我寝室要关门了。”

简单败下阵来，双手搓了搓脸颊：“好吧，我就是想为我妈那天对你说的话道歉，真的，对不起。”

简单作好了准备，他想像上次那样答应苏青一个心愿，去植树、去游乐园玩、去看电影，这些都可以。类似的要求刘米对简单提过好几次，只是简单每次都借口有事情推掉了，女生好像都喜欢这些东西。

他满心欢喜地看着苏青，等待着苏青的回答。

“嗯啊，我知道了，我早就不在意了。”苏青朝着简单笑，一只手还扶了一下手里的书，抱的时间太长了，手有些酸，“你还有别的事情吗？”

简单想说的后半句话就这样硬生生地被掐掉了。

就好比他拿着精心准备的演讲稿去参加一场发言，结果刚刚上台，主持人就冲上来说“今天的演讲到此结束”。

这算是什么事？！

简单心里懊恼不已，说不清懊恼的原因是苏青的态度，还是自己因毫无办法抵御苏青表现出的疏离感而产生的无助。

春节的来临给这个城市带来了一丝暖意，无论走在哪里，大街小巷都挂着大大小小的红灯笼。虽然现在很多家庭都不再贴对联，但在置办年货的时候，苏青还是执意买了一副贴在了门口。看着贴好的对联，门上倒挂着的“福”字，苏青觉得，这样才有过年的味道。姐姐也从医院被接回来住几天，苏青和妈妈不愿意大年初一的时候把姐姐一个人留在医院。如果苏红醒过来的话，一定也不希望自己一个人孤零零的，周围只有雪白的墙壁和消毒水的味道。

苏青和妈妈上街置办年货，苏青买了一些妈妈爱吃的坚果和姐姐爱吃的零食。除了这些，苏青还特地去买了一些烟花和鞭炮。去年，妈妈一个人忙里忙外办年货，觉得鞭炮太吵所以一点都没买，可是苏青觉得没有鞭炮声就没有过年的气氛。大年三十的时候，她提前放响了那些鞭炮。

鞭炮噼里啪啦的声音突兀地响起，喧嚣过后，只剩满地红色的碎片。空气中充满着冰冷的水分子，冷风一吹过来，放鞭炮留下的硝烟味也被冲得烟消云散。不管怎么说，辞旧迎新，新的一年总算来了，真好。

苏青看着窗外的天空，不自主地陷入沉思。

零点的时候，简单给苏青发了一条新年祝福。苏青除夕晚上睡得早，连春节联欢晚会都没能坚持看完，所以看到短信的时候已经是第二天了。她拿着手机愣了很久，最后想了想，已经过了这么久，根本没有回复的必要。

没想到简单看到苏青更新了朋友圈却没有回复自己的消息，心里既有些失落又有些愤愤不平：“她肯定看到了我的消息，为什么没有回复我？”

苏青还收到了舒雅、林沫沫的新年祝福，一一回复了过去。李奇这家伙还算有点良心，虽然是群发也算他难得有心，但是“福如东海寿比南山”的祝福又是怎么回事。苏青心情不错地和沫沫贫了贫嘴，交流了一下过年的心得，沫沫居然大一回家就被妈妈压着去相亲，苏青想到那个场景，有些幸灾乐祸。

过了会儿，手机又震动了一下。

“苏青，新年快乐。”发件人是魏子斌。

苏青看了眼，回复道：“你也是，新年快乐。”

新年过后，苏青回到寝室，林沫沫一上来就拉着苏青讲相亲时遇到的好玩的事情。一个寒假没见，两人一见面就有说不完的话。李奇在过年的时候辅导亲戚家的熊孩子写作业，仅仅一个寒假，熊孩子作业没完成，放鞭炮、玩电子游戏、打雪仗倒是学得比李奇还精。

“他这是误人子弟！”苏青笑着调侃。

“是啊！以后你要是有小孩子，千万不能让他帮你带，太可怕了！”舒雅说。

回了学校，舒雅也过来找苏青玩。一个寒假没见，苏青觉得舒雅更加神采奕奕，像是发生了什么很开心的事情。

舒雅从来没有觉得开学是一件这么值得期待的事情。虽然寒假期间，舒雅和李奇的联系也一直没有断，李奇趁着当家教的空闲时间，跟舒雅有一搭没一搭地聊天。

通过和李奇的交谈，舒雅知道了关于李奇家庭的一些事情。为了不让李奇大过年的不开心，舒雅最开始每天都会刻意地安慰李奇，一段时间以后，两个人聊天的内容从过年延伸到音乐、电影、生活爱好。李奇发现，舒雅看过的电影和自己看过的极其相似，两个人大有相见恨晚的感觉。

新学期开始，苏青选修了双学位，除了自己本身的专业，还选了一门英语。这样一来，大一下学期的专业外语课程就只能抽业余时间完成，苏青的行程安排得更满了。

没想到在新的班级里，苏青竟然遇到了同样选修英语的魏子斌。自然而然，两人学习上的交流也越来越多。

越了解苏青，魏子斌越觉得这个女生有意思。

例如有一次，老师布置的课外作业是：“开展一段和外国友人的对话并记录”。学校有很多国外来的交流生，找外国人聊天并不是什么难事。不过，大部分人都是随手编一段对话当成作业交上去了，只有苏青老老实实地去留学生寝室楼门口蹲点，主动去找别人聊天。

当然，其他人交的作业语句完整逻辑清晰，只有苏青的句子跳跃性强，话题也不连贯。不过，在作业末尾，苏青附上了那个“倒霉”的、被苏青逮住聊天的交换生的联系方式。

苏青理所当然地拿到了那门课的最高分。

还有一次，苏青做了一个全英语的做菜视频，她在前期认真地作了很多准备工作。每一道菜，每一种调料的英文名称她都用小本子记录好。为了试味道，为了视频效果，苏青来来回回录了很多遍。那道著名的“鱼香肉丝”已经让魏子斌吃到一听到这四个字就会自动反胃的程度了。

除此以外，苏青还和外语学院的学生一起参加了学校举办的演讲比赛。从初赛到复赛，苏青每场比赛都认真准备，有几天甚至在通宵自习室里坐了一晚上。

虽然最后苏青只拿到了第三名，但是她却没有灰心。非英语专业的人能坚持不断地去学习英语，这本身就是一件需要顽强的毅力才能完成的任务。

类似这样的事情还有很多,苏青的倔强和认真给魏子斌留下了很深的印象。魏子斌发现，苏青和其他女生不一样的是，她的自尊心非常强，但是却从不在外人面前展现。你越是激她，她越是躲得紧，等到你以为她不在乎了，放松警惕了，她会跳出来作出成绩让你刮目相看。

第十三章

故地重游？不如说物是人非

随着天气从寒冬变成料峭初春，湖边的柳树开始抽芽，学校一年一度的创作比赛也拉开了序幕。

创作比赛是全校范围内的一个大型赛事。不过，每年交上去的作品质量都参差不齐，这取决于那一批参赛者的人数，获奖的人可以得到额外的学分，以及学校颁发的奖状。

今年参加创作比赛的人很多，文学院为了激励大家踊跃报名，提出了一个诱人的奖品：凡是能进入学校前十名的人，都可以指定院篮球队队员为自己做一件事情。

李奇知道这件事以后，立马表示抗议："请求院学生会将本院礼仪队、啦啦队队员也作为奖品奖励给参赛者。"

李奇的提议被无情地忽视了。

苏青本来不准备参加这次比赛的，不过林沫沫好像对这个比赛很有兴趣。苏青突然想到，李奇好像很久都没有来找沫沫了。前几天，她喊舒雅一起出去玩的时候，舒雅就推脱自己有事，后来喊李奇，李奇也正好在忙，会不会是他们俩……苏青被自己的想法吓了一跳。

然而仔细想想，也没有什么不应该的地方。

禁不住林沫沫的软磨硬泡，苏青答应了和林沫沫一起参加比赛。参加创作比赛是一件既耗费精力又耗费体力的事情，不过既然答应了林沫沫，苏青就开始认真地对待这个活动。

苏青和林沫沫两人花了三天时间，找来了历年来创作比赛的参赛作品以及获奖作品，认真研究了一下，发现作品最重要的点在于创新，做其他人想不到的事就能从很大程度上吸引住评委的眼球。

不走寻常路，这不是苏青最擅长的嘛。

了解了这点以后，苏青猛然想起今年是本校创校 70 周年，围绕这个主题想肯定能引起评委老师们的注意。确定好了主题以后，两个人开始思考，用怎样的形式去表现这个主题，才会显得诚意满满并且创意满满。

最后，两个人决定用“庆祝生日”的方式来向评委老师们展示她们的想法。苏青和林沫沫想出了各种各样的形式，例如找人扮演 70 岁的“学校”，自我讲述建校经历；然后找了一些学生，进行了一个小的话剧表演；又搜集各个学院学生的祝福做成祝福墙，录制祝福视频；除此以外，苏青还做了一个很大的模型蛋糕，自己则钻到蛋糕里面，在最后的时候作为彩蛋出现……

苏青的创意作品赢得了评委老师的一致表扬。相比其他选手单薄的一幅画、一个模型，苏青和林沫沫这组创意更像是一个十分钟的小型 show，并且寓意美好。

当“第一名：文学院苏青、林沫沫”的结果宣布出来的时候，林沫沫抱住苏青开心得大叫。苏青表情虽然淡淡的，但也感慨这一个多月的心血没有白费。

“苏青，林沫沫，你们现在可以指定篮球队队员为你们做一件事情了。”学院书记笑眯眯地对她们俩说。

林沫沫自然是选择李奇。

苏青环视了一下篮球队的队员们，眼神扫到简单的时候，心跳还是漏了一拍。从前一直是简单光芒万丈地站在台上，苏青在台下仰望他。这次却相反，苏青获得一等奖，获得了无数赞扬和艳羡，台下的简单只能仰头看着她。一瞬间，苏青有种恍若隔世的感觉。

“苏青？”书记见苏青盯着台下发呆，忍不住提醒一声。

简单看到苏青的眼神，本来有些忐忑的心却定了下来，他已经有九成把握，认为苏青会选择自己，他准备给苏青一个惊喜。

谁知道，苏青这次偏偏选的是剩下的一成：“我选魏子斌。”

听到自己的名字，魏子斌有些诧异。不过，看到苏青的眼神，他大致猜到了原因：苏青在逃避。

比赛结束以后，作为苏青的选定对象，魏子斌问苏青的打算：“你让我答应你的事情总不会是漫无目的地陪你闲逛吧？”

“春光无限好，逛逛又何妨？”和魏子斌在一起的时候，苏青不用太多地去考虑对方的感受，即使两个人只是聊聊天，苏青也觉得很愉快。苏青轻快地迈着步伐，她还没有想到要让魏子斌去做什么事情。正在神游的苏青突然看到了布告栏上贴的一个宣传单：

“启明近日将来北京举办粉丝交流见面会”

一看到“启明”两个字，苏青眼睛亮了。

“你很喜欢他们吗？”魏子斌注意到了苏青眼神的变化，便顺着她的目光看向布告栏。

“是啊！”苏青开始如数家珍地向魏子斌讲诉自己爱豆的趣事，还告诉他自己买了很多启明的海报贴在自己的小房间里。魏子斌在一旁耐心倾听。魏子斌对启明并不感冒，他早已经过了追星的年龄，很难理解苏青为什么会对素不相识的陌生人投入这么大的热情。但是，看到苏青满足的样子，魏子斌没有泼她的冷水。

“你要是想去看的话，我到时候请你去看吧！”魏子斌轻松地说。

苏青只当他在开玩笑。有了上次买演唱会门票的经历以后，苏青领教了粉丝们的疯狂。不过，她还是笑嘻嘻地回了句：“好呀！”

两人又去学校附近的小商店逛了逛，一直到很晚才回寝室。简单一直朝窗户外面看，魏子斌经过简单寝室的时候，简单终于有一种如释重负的感觉。

启明粉丝见面会的票比想象中难拿，这让魏子斌觉得有些棘手。不过魏子斌突然想起来，有一个哥们的女朋友是启明后援团副会长，由她出面，弄张票什么的应该不是大问题。

粉丝见面会的前一天，魏子斌将苏青约出来，把票拿给苏青。苏青看着魏子斌手上的票，相当意外："我还以为你只是说说而已！"苏青的喜悦和惊喜溢于言表，高兴得忍不住拿着两张票翻来覆去地看。

"答应了你的事情要务必做到，"魏子斌认真地说，"你喜欢就好。"

自从上次演唱会以后，苏青对启明的狂热降了一点温度。因为只要一说起启明这两个字，苏青都会想起简单。

苏青不知道简单给她带来的到底是快乐更多还是遗憾更多。这段时间，苏青努力不去想简单的事情，努力让自己充实起来，也努力做到妈妈说的"有更远的眼光"。苏青感觉自己好像已经有很长时间没有见到简单了，不知道简单现在在干吗。

一想到马上要和自己稀罕的偶像来一次亲密接触，苏青心里还是有些期待的。上次的演唱会苏青只看了一半，第二天一上网才知道后来启明跟粉丝有互动环节。但是，在看到票上印着的那个和简单神似的身影时，苏青的眼神一下子黯淡下来。

粉丝见面会那天，魏子斌提前到入口处等着苏青。门口有很多人卖 KT 发光板，还有各种荧光棒。魏子斌想了想，给苏青买了一个兔耳朵模型的发卡，每次想起苏青，魏子斌总是想到那个在麦当劳门口哭得眼睛红红犹如小白兔一样的女生。他没有发觉的是，每次看到苏青，他的心情总是变得很愉快。

因为路上堵车，苏青姗姗来迟。看到魏子斌给自己买的发卡，她又回忆起第一次去看演唱会时的不愉快经历了。不知道是不是春天来了的缘故，苏青发现最近的自己总是无故陷入以前的回忆里。

而且，大多是不开心的回忆。

粉丝见面会的入口处人流量很大，不只是粉丝聚集，还有黄牛党在门口卖票收票。苏青不小心被后面的人推了一下，魏子斌眼疾手快地扶住了她。

“没事吧？”魏子斌关心地问道。

“没事。”苏青摇摇头，心情丝毫没有被这个小意外所影响，她看着手里的票，仔细核对着票面信息。苏青和魏子斌两个人埋着头嘀咕的时候，根本不知道，离他们五十米远处有一个人，隐在人群里，正往这边看。

得知启明要来北京办粉丝见面会，简单提前买好了两张票。他知道苏青也喜欢启明，想和苏青一起来看。上次演唱会一直是简单心里的遗憾，这次他不想错过了。不过，当苏青创作比赛获奖以后，竟然选的是魏子斌，这让简单有些失落。

眼下，看到魏子斌和苏青同进同出的亲密样，简单心里竟然觉得有些难受。

苏青和魏子斌的座位并不靠前，他们只能远远地看着启明。魏子斌懊恼没有选一个好位置，谁知苏青像是有所感慨似地说了一句：“喜欢的人，远远看着就好。”

魏子斌觉得这句话有深意，但看到苏青专注地盯着启明的样子，一时间也捉摸不透她的想法。从两人约着参加启明粉丝见面会开始，一直到现在，苏青给人的感觉就怪怪的，明明是很开心的事情，苏青身上却围绕着一股说不出的哀伤。为了缓和这种伤感，魏子斌随口问了苏青另外一个问题：“苏青，你有没有觉得，篮球队的简单长得像启明中的伯贤？”

苏青看着远处和粉丝互动的爱豆，过了一会儿，才笑着回答魏子斌：“是呀，我从见他的第一眼开始就喜欢他了呢！”

粉丝见面会的现场很热闹，四周一直有粉丝不断在尖叫。粉丝们准备了很多礼物，自发地组团，相互留了联系方式，以便交换不同角度拍的爱豆照片和视频。还没有开场的时候，大家围在一起聊爱豆的事情，苏青置身其中，好像回到了中学时代一般。现场拍照的、录制视频的、疯狂摇动 KT 板的粉丝也不在少数，好像只有这样才能表达他们对爱豆的喜欢。

苏青看着眼前的一切，仿佛在看以前的自己。

“以前我喜欢简单的时候，也像她们这样，把喜欢和在乎写在了脸上。总是想着要为简单做很多事情，只要是我觉得他会喜欢的，我都会尽力去为他做。

我渐渐沉浸在这种付出里面，甚至一度把自己都感动了……”

魏子斌一边听苏青说，一边回忆起那次和简单的冲突，苏青也是因为希望简单能开心，才把奖学金让给了简单吧！

“不过现在我想通了。”苏青自嘲地笑了笑，“喜欢少一点，才能久一点，太热烈反而适得其反，你说对么？”

魏子斌看着眼前的苏青，竟然觉得有一点心疼，鬼使神差地，他伸出手，揉了揉苏青的头发。

另一边，林沫沫获得了李奇陪她玩一天的奖励。

林沫沫从前一天就计划好了行程，他们要先去游乐场，然后再去看一场电影，最好还要两个人轧几个小时马路，让李奇陪她逛街买东西，这样的一天才圆满。

更重要的是，这样的一天，才像情侣。

想到情侣这两个字，林沫沫有些不好意思。

李奇很不理解：“沫沫，你要我陪你早说啊！还需要这么大费周章吗？”

林沫沫看着李奇，白了他一眼：“听简单说，你这几天好像日理万机，比国家主席还忙，我怕打扰你了，所以才用这种方式约你出来呀！”

最重要的是，这样“大费周章”，舒雅应该也知道吧！

两人约会的第一站是游乐场，李奇对游乐场这种地方天生没有什么好感，上次来还是陪舒雅，他现在一看到大摆锤、过山车这种刺激的高空娱乐项目就会有心理阴影。不过，看到沫沫对游乐园一脸期待的样子，李奇不忍心拒绝她，便陪她买了票。

早春的风还有些冷，来游乐场的人并不多。林沫沫喜欢这个时候的游乐场，安静，不喧哗。她在游乐场左看看，右看看，过了会儿，才歪着头问李奇：“我们去玩那个好不好？”

真是怕什么来什么！李奇在心里咒骂了一声。

林沫沫指的正是上次让李奇觉得头重脚轻的大摆锤，李奇考虑了两秒钟就拒绝了林沫沫的要求：“你真的要玩这个吗？我可以选择在下面等你。”

林沫沫有些失落：“啊，你不陪我吗？”

李奇举手投降：“上次我陪舒雅来玩过。沫沫我跟你讲，这个大摆锤真的不是一般人能玩的，一趟下来我整个人都快不省人事了，所以这次……”

林沫沫的关注点却在“舒雅”两个字上，她在心里一遍又一遍地提醒自己不要去问不要去问，不过话却脱口而出：“你和舒雅？”

李奇望着大摆锤方向，听着大摆锤上人们的尖叫声，心有余悸：“是啊，上次我不是复习得无聊嘛，就去看了那个什么名字来着……哦，明天乐队的演出，没想到舒雅居然是主唱……沫沫你看看，这个大摆锤太吓人了……”

“嗯。然后呢？”

李奇以为林沫沫改变主意了，立刻提议：“其实我们可以去玩一些轻松的游乐项目啊，例如旋转木马，摩天轮什么的，你们女孩子应该都喜欢吧？”

“我是问那天看了演出然后呢？”

“哦，然后她突然说要过来玩这个，我就陪她玩了。一下来我就怂了，之前在女生面前树立的光辉形象啊！哎！”

林沫沫听着李奇讲这些，回忆起那个晚上自己曾打电话给李奇，但没有人接。原来，他当时真的和舒雅在一起呢。

“你在下面等我吧，我还是想玩。”林沫沫没有玩过这么刺激的项目。不知道为什么，听到李奇说曾陪舒雅玩过，她想玩的决心变得更坚定了。

李奇看到林沫沫固执的样子，也不愿意扫了她的兴：“好呢，不过沫沫，我……我貌似有点恐高，就不陪你上去玩了。待会你想吃点什么，我去给你买。”

大摆锤下排队的人一拨一拨地过去，林沫沫看着从上面下来的人表情各异，有些人脸色苍白一句话也说不出来，有些人却兴奋异常仿佛刚刚只是去过家家一样。

林沫沫心里打起了退堂鼓，回头往后看的时候才反应过来李奇不在身边，长时间以来，她一直习惯了李奇陪在自己身边的日子，可是现在……

林沫沫回过神，决定硬着头皮上去。

工作人员帮她扣好了安全带，音乐声响起，大摆锤也随着音乐缓缓转动。

林沫沫闭上眼，有风从脸颊划过，身边有人开始尖叫，或许他们也不是害怕，只是纯粹地想发泄一下自己的心情。虽然害怕，但林沫沫没有发出任何声音，只是用手紧紧抓住栏杆，就像她的性格，隐忍，还有一丝怯弱。她努力去感受李奇那次的心情，想着这样的话，是不是就可以离他近一些了。林沫沫感觉自己一次又一次地被高高抛起又落下，她的心也一次又一次地放松又绷紧。

三分钟的时间长不长？

这要看是对在大摆锤上坐着的人来说，还是对在大摆锤下面的人来说。人群涌动，出口处的李奇一眼就看到了眼睛旁还有泪痕的林沫沫。

李奇担心地走过来，看到她这样，揉揉她的脑袋："是不是吓傻了？我带你吃点东西缓缓。"

两人一起去味千点了两份面条。

吃完了东西，林沫沫也没有继续待在游乐场的欲望，虽然她很想和李奇一起坐旋转木马，或者是摩天轮。电视剧里不都这样演吗？男女主角随着缓缓上升的摩天轮许下心愿，结局皆大欢喜。

李奇看她有些累了，便提议一起去看电影，最近好像上映了一些不错的电影，正好他从来没有和沫沫一起看过电影。

林沫沫没有反对，两人结束用餐以后直接去了附近的电影院。因为离情人节比较近，这段时间爱情电影上映很多，不过李奇看了一圈以后，指着其中的一部问林沫沫："看这个电影怎么样？"

李奇指的电影是迪士尼出品的一部动画片《冰雪奇缘》。林沫沫撅了撅嘴巴，表示不满："我又不是小孩子，才不想看动画片。"

"那你想看什么？"李奇问她。

"爱情片！"林沫沫脱口而出。

李奇反对："小孩子不适合看爱情片。"林沫沫反驳："我才不是小孩子。"李奇揉了揉她的头发，说："你怎么不是小孩子了？反正我说是，你就是。"

林沫沫被李奇这个动作搅得心慌意乱，只能收回自己和李奇一起看爱情片的念头，朝他点点头："好吧，就看这个。"

《冰雪奇缘》这部电影的风格延续了迪士尼的传统，画面做得很精美，每一帧都可以截图下来当屏保。电影讲的是一个公主被坏王子欺骗，最后在平民小伙的帮助下拯救了自己的王国的故事，最后公主收获了亲情，也赢得了爱情。看了一会儿，林沫沫的注意力就都放在了可爱的小雪人雪宝身上。看着电影里那个小雪人为了救公主甘愿靠近壁炉牺牲掉自己的时候，林沫沫心里不胜唏嘘。

小雪人摇动着自己用树枝做成的手臂，一步一步靠近壁炉，它流着泪，对公主说："Some people are worth melting for（有些人值得我为其献身）"。

爱真伟大。

可是我们都是凡人。

林沫沫侧头看着黑暗中盯着屏幕一动不动的李奇，李奇侧面的轮廓十分明朗。她突然想起了眉宇间和李奇有些相似的刘米，对待简单，刘米也是像小雪人一样努力付出吧！

不知道为什么，林沫沫心里突然充满一种悲怆的感觉。

第十四章 我要和你公平竞争

从粉丝见面会回来之后，魏子斌和苏青的关系更亲密了一些。分享了苏青秘密的魏子斌佩服苏青的敢爱敢恨，更佩服她的拿得起放得下。

魏子斌的寝室和简单的寝室在同一层。有时候，简单能看见魏子斌拿着电话从门口经过，眉眼之间都是笑意。最开始几次简单还没有怎么在意，偶然一次发现魏子斌和苏青一起在食堂吃饭，两个人有说有笑，这才发觉他们之间竟是如此亲密。

之后，每次魏子斌从简单门口经过的时候，简单就会竖起耳朵听，他想知道电话那头的人是不是苏青。魏子斌下楼之后，简单也会借故去窗户边，看苏青有没有在楼下等他，像个疑神疑鬼的侦探一般。

简单也不知道自己怎么了。他的自尊让他放不下架子去找苏青，而且上次苏青在图书馆门口说的话更令他不知道该如何面对苏青。

魏子斌的生日在三月份，苏青答应了要送一件礼物给他。

苏青从来没有给男生送过礼物，她想了想，买的东西似乎心意不够，还是自己亲自动手做会比较好。打定主意后的苏青花了一天时间给魏子斌准备了礼物。

魏子斌的生日 Party 办得很热闹，生日的前一天，他还在微信上问了苏青有什么礼物，被苏青一句“保密”盖过去了。

魏子斌生日当天，苏青正要出门，却被林沫沫拉住了袖子。原来，林沫沫在前一天心血来潮看了一部恐怖片，这会儿寝室一个人都没有，林沫沫不敢一个人待着。苏青无奈，只得问魏子斌：“一会儿我能带一个小伙伴一起去么？”

电话那头，音乐的声音很大，魏子斌一边用手堵着耳朵一边加大音量：“当然可以了，你的朋友就是我的朋友，随时欢迎！”

说是生日 Party，其实就是在一个大一点的 KTV 包间里面，大家吃点东西玩玩游戏什么的。魏子斌平时人缘不错，所以很多人都乐意过来捧场。苏青和林沫沫进去的时候，发现里面已经聚了一圈人。

有人抬头看到了苏青，直接冲魏子斌挤挤眼：“这谁呀？介绍下呗！”

魏子斌被揶揄得有些不好意思，连忙解释：“同学，同学而已。”苏青带着林沫沫找了一个清净一点的地方坐下来，四处打量 KTV 的环境，没想到一转头，看到了一个熟悉得不能再熟悉的身影。

原来，魏子斌把篮球队的队友们也一起喊过来了。苏青坐下的时候根本没有注意旁边是谁，等她看清楚了，才觉得有些不自在。

简单好像也没有料到苏青会过来，一时间也有些尴尬。他不自然地整理了一下衣服，然后朝苏青打招呼：“苏青，挺巧的啊，你也过来玩啊？”

苏青一边在心里说了句“这不是废话吗”，一边客气地朝他点了点头：“是挺巧的呢。”然后，苏青示意林沫沫和她换个位子。沫沫再傻也懂苏青的意思，不过她并不愿意当这个替罪羊横在苏青和简单中间，便用眼神劝苏青死心。

苏青没有办法，只能转移目光，装作饶有兴趣的样子看其他人唱歌。

听了没两首歌，包间的门又被打开了。

“李奇，快来快来，我已经连续唱了五首歌，声音都哑了，快接一下话筒。”有人朝门口招呼。

听见这句话，苏青和林沫沫都自然地往门口望去。李奇朝魏子斌打了个招呼，笑嘻嘻地说：“我带了个拖油瓶过来，你没意见吧？”

说着，舒雅从李奇背后伸出个脑袋，笑眯眯地朝大家打招呼："你们好！"接着，又一锤敲上李奇的背，"你说谁是拖油瓶呢？"

李奇连忙求饶。

魏子斌笑着欢迎，又揶揄道："还没介绍给我们认识认识呢！李奇，这是谁呀？"

"我来郑重介绍，明天乐队主唱：舒雅同学！大家欢迎！"李奇抢过一只麦克风，拉着舒雅的胳膊往里走，舒雅有些不好意思地跟在后面。李奇介绍完舒雅，接着又看见苏青她们也在，便朝她们挥了挥手。

舒雅娇嗔地白了一眼李奇。

苏青回头看了一眼沫沫，发现沫沫神情淡淡地，并没有她想象中那么大的反应，这才放下心来。

生日 Party 好像都差不多，只是在 KTV 里大家能玩得更随意一点。

一群人一起唱歌玩闹，整个场面一度失控，唱完了生日快乐歌。李奇第一个抢了块奶油蛋糕，趁舒雅不注意，朝舒雅的鼻子上点了一点，然后恶作剧地大笑："这下更像猪了。"他的举动惹得舒雅又要打他。

男生过生日时的蛋糕本来就不是用来吃的，全部被他们当成炮弹砸过来砸过去。大家你来我往地玩得正疯，有男生看到林沫沫正乖巧地坐在一边，就想上去偷袭她，没想到被李奇发现了苗头，这个男生偷袭不成，反被抹了一脸奶油。

"哟，李奇，英雄救美啊！"男生擦去脸上的奶油，"你们什么关系啊？这么护着她！"

李奇蹭到林沫沫身边，伸手揽住了沫沫肩膀："这是我妹妹，亲妹，你们可都不准欺负她！有什么事冲我……哎，你背后偷袭不是君子啊！"

李奇话还没说完，就被另外的人"偷袭"了。

偷袭他的人正是舒雅，"反正我本来就不是君子。"

李奇放开沫沫，拿着蛋糕上去迎战，他一只手抓着舒雅的两个手腕，得意地问："服不服？"然后另一只手上蹭着奶油，装作要往她脸上涂的样子。林沫沫则神色复杂地看了一眼正和李奇打闹的舒雅。

有人想去闹苏青，却被简单一副“你要是敢开玩笑我就跟你没完”的表情吓走了。

大家玩够了蛋糕后，纷纷决定先去卫生间简单收拾一下自己。男生中，李奇最惨，作为寿星的魏子斌也好不到哪里去。女生这边，舒雅身上没有多少奶油，只有脸上的几个地方被李奇“攻击”了。

趁着一部分人去洗手间收拾自己的空当，苏青拿出自己的礼物，悄悄塞给魏子斌，朝他眨眨眼睛：“生日快乐！”

魏子斌拿着盒子上下打量，摇了摇，里面还有些轻微晃动。虽然不算意外，但魏子斌还是有些好奇：“我现在能拆吗？”

苏青还没来得及反应，旁边就有队友注意到了这边的情况。

魏子斌打开盒子，里面是一个手工做的陶瓷马克杯。杯子颜色和魏子斌球衣一样，都是蓝色，杯身上写了个“7”——那是魏子斌在球队的号码。虽然精致度不如外面商店里卖的，而且由于没有上釉彩，杯子摸上去有一层磨砂的厚重感。

“这个……你做的？”魏子斌惊喜地问。从小到大，他还没有收到过女生亲手为他做的礼物呢。

苏青有些不好意思：“是啊，本来准备在杯子上为你画一个头像的，不过我的画技实在不敢恭维，所以只写了你的球衣编号，你不要嫌弃就行了。”

“当然不嫌弃！”魏子斌脱口而出。

旁边有人起哄。

“杯子，一辈子……苏青你送杯子，魏子斌，是不是有什么用意啊？”

KTV 里不知道谁之前点播了一首《今天你要嫁给我》，此时正在空放。画面上陶喆和蔡依林的浪漫温馨和此时的气氛相得益彰。

“春暖的花开带走冬天的感伤

微风吹来浪漫的气息

每一首情歌忽然充满意义
我就在此刻突然见到你
春暖的花香带走冬天的凄寒
微风吹来意外的爱情
鸟儿的高歌拉近我们距离
我就在此刻突然爱上你
听我说
手牵手跟我一起走
创造幸福的生活
昨天已来不及明天就会可惜
今天嫁给我好吗”

不知道是不是因为被大家起哄得不太好意思，苏青有些不知所措。魏子斌知道苏青心里的想法，所以也并不回应他们的起哄。

“之后没有什么节目了吧？没有什么节目的话我就先告辞了。”

这句冷冰冰的话把苏青和魏子斌从玩笑里解救出来了。说话的人正是简单，这一个晚上他都冷眼看魏子斌和苏青的玩闹。苏青一反常态，整个晚上和简单都没有交流，不是和林沫沫低声说话，就是和李奇打闹。简单看得出来，这种零交流不是苏青装的，而是她压根就不想和自己说话。

这让他很生气，非常生气。

简单走后，KTV 里有几秒钟的沉寂，不过大家意识到时间不早了，也纷纷起身告别。

苏青让李奇送一下林沫沫，因为她临时想起自己还有点事儿。

李奇点头，舒雅和林沫沫住同一栋楼。女生太晚回去不太安全，最近老有一些负面新闻传出来，李奇也没多想，爽快地答应了。

林沫沫本来不愿意的，但是昨天看的恐怖片又浮现在她脑海中，林沫沫想了想，只能朝苏青点头：“那……要不魏子斌你陪陪苏青？”

苏青其实并没有什么重要的事情，她是看林沫沫一个晚上都有些魂不守舍，所以才故意制造机会让李奇多陪一下沫沫。

魏子斌陪苏青出了 KTV，却看到苏青并不像是要买什么东西的样子，反而在悠闲地四处逛。不过他也不想问，这样吹吹风，享受两个人单独在一起的时光也挺好。

苏青看到路边的公告栏张贴了兼职的小广告，眼睛一亮，马上掏出手机记下了电话号码。见苏青存好了号码，魏子斌才开口问："你想做兼职吗？"

"是呀，贴补家用。"苏青调皮一笑。

魏子斌以为苏青会说"锻炼自己""打发时间"等冠冕堂皇的理由，没想到苏青轻描淡写地说出了这四个字。

苏青见魏子斌一脸不信的神情，这才反应过来他还不知道自己家的情况。

"我有一个姐姐，生病了，多年来一直躺在医院里，没有意识。现在，只有我的妈妈在照顾她，我需要钱，所以我要打工。"

苏青并不想对魏子斌哭诉自己家庭有多糟糕，每个人家里都有不为人知的悲惨一面。再说，她并不觉得控诉命运的不公平有什么用。就算是要控诉命运的不公平，也是老天爷对姐姐苏红不公平，自己已经足够幸运了。

苏青又朝公告栏上看了看，确认有没有遗漏的电话号码。

"我的姐姐当初是因为救我，所以才变成现在的样子。姐姐生病了以后，我爸妈离婚了。后来，一直是妈妈负担着我们的生活。哦，对了，以前姐姐很喜欢树，喜欢各种各样的绿色植物，所以那次我还让简单陪我去植树，就种在姐姐病房的窗户外。当时是 11 月份，我们还被城管抓住了……"苏青不自觉地回忆起那次和简单一起植树的情形，嘴角弯起一个弧度。

魏子斌越发觉得眼前的女生想法独特了，看她的眼神慢慢变得有些不一样。

苏青停了下来："你别同情我，真的，我现在过得特别好。"

魏子斌把苏青送回寝室，两人互道晚安。苏青进寝室的时候发现沫沫还没有回来，想来应该是李奇带她去哪里闲逛了。

没想到，十点半的时候，沫沫打开寝室门，脸上却一副惊魂未定的样子。

苏青和魏子斌走了以后，李奇送林沫沫和舒雅回寝室。舒雅和林沫沫不是特别熟，所以一路上两个人都没怎么交流，全靠李奇一个人插科打诨才让气氛没有那么尴尬。而且，平时看起来有些高冷的舒雅在李奇面前快变成一个拌嘴小能手了，沫沫听着他们俩你一句我一句，几分钟的路倒也走得不无聊。

经过一个巷子口的时候，走在前面的林沫沫首先发现了不对劲。

巷子的前面，有个人影出现了。

舒雅和李奇也意识到了，不过，等他们反应过来想要走的时候，已经来不及了，周围不知道何时聚集了好几个人。

一个头头模样的人慢慢踱步过来，周围的两个混混也围了过来。

李奇挡在林沫沫和舒雅的前面，警惕地问："你们想干什么？"

"干什么？"有个小喽啰模样的人笑了，"陈哥，他问我们想干什么呢？"

那个被称为陈哥的人也跟着笑："你说我们想干吗呢？小朋友，我们不过是想借几个钱花花，你们听话，我自然也不会为难你的。"

如果是在平时，李奇肯定会痛痛快快和他们打一架。不过现在情况不一样，自己身边还有两个女生。于是，李奇把手里的钱全部拿出来，努力克制自己的厌恶："喏，拿去！"

有个小喽啰看到了乖巧的林沫沫，他朝陈哥吹了一下口哨："陈哥，这里有个不错的妞哦。"

陈哥似笑非笑，把目光投向了林沫沫。

李奇一把将林沫沫拉到身后："要做什么冲我来！"

那个叫陈哥的人又踱步过来，李奇生怕他对林沫沫做出什么事情来。没想到，陈哥却突然伸手，轻佻地用手指划了一下一旁舒雅的脸，见舒雅躲开，他也不恼："这还有一个小姑娘呢，兄弟，你艳福不浅啊！"

"放开她！"李奇想冲过来，却被其他两个人架住了身体。小喽啰在他耳边轻声说："不要这么冲动嘛！不然我也不知道我们会做出什么事情……"李奇挣扎了一下，不敢贸然行动。

陈哥赞赏地朝李奇拍拍手，说：“我赞赏你的勇气，不然这么着，你看咱兄弟这么多，身边竟没有一个女人。你选一个，我们放她跟你走，不过剩下的那个就归兄弟们了，怎么样？”

听到这句话，林沫沫和舒雅同时将目光投向李奇。李奇神色复杂地看了她们俩一眼，又将目光投向陈哥。

林沫沫闭上了眼睛。

仿佛过了一个世纪，李奇对陈哥说：“我选。”

架着李奇的混混放开了他，李奇松了松手腕。然后伸出手，指向了林沫沫，说：“你们放了她。”

苏青听林沫沫说到这里，打断了沫沫的话：“这样说的话，李奇是真心对你好……”

沫沫摇了摇头。

陈哥有些诧异，不过他还是遵守了诺言，放开了林沫沫。

“陈哥”，黑暗中，一直沉默的舒雅突然开口了。

她一只手慢慢覆上了李奇的手背，另一只手从风衣里拿出钱夹：“这些钱，你们要，都可以给你们。如果只是抢劫，或者勒索，你们顶多只是吃几天牢饭，我们这样私了，各走各的路……可是如果现在出了人命，你们就要背上罪名，或许要坐一辈子的牢……你是一个讲情义的大哥，愿意兄弟们为你冒这种险吗？”

舒雅的话让周围的混混面面相觑，陈哥似乎也有些犹豫。

突然，舒雅朝李奇使了一个眼色，用最大的力气将钱包扔向远处。李奇立刻会意，拉起林沫沫的手，朝相反的方向跑去。

或许是舒雅的话起了作用，那些人有所顾忌，拿了钱，没有再追上来。

三个人惊魂未定，歇了好久才平静下来。等到确定安全以后，李奇将她们俩送到了楼下，看她们安全上楼后才离开。

林沫沫一口气讲完事情的经过，闷闷地坐着，一动不动。

苏青诧异了：“我还是不懂……”

“不懂为什么李奇选的是我，不懂我为什么还是不开心，对吧？”林沫沫有些惆怅，“可是我多希望他当时选的是舒雅，这样我就有理由恨他了。”

见苏青还是一副懵懂的样子，林沫沫解释道：“他希望我平安，但是却选择和舒雅风雨同舟。如果舒雅真的出了事情，他可以一直照顾她，甚至……是一辈子。一直以来，我都是被李奇照顾。可是，谁都不知道，比起像云一样一吹就散软弱不堪，我更想变成一棵树，陪着他经历风雨，而不只是被庇荫。”

过了会儿，她又有些难过地说：“舒雅是个懂他的女孩，如果是一般的女生，知道自己喜欢的男生这样选，肯定会生气，可是舒雅没有，你没有看到李奇选我以后舒雅看他的眼神，因为舒雅懂他。”

苏青看着林沫沫，嘴边那句“你也懂李奇，只是李奇没有那个福分而已”始终没有说出口。良久，林沫沫带着哭腔问苏青：“我的喜欢一点都不比舒雅少，为什么李奇不喜欢我呀？苏青，你说这是为什么呀？”

林沫沫的遭遇让苏青心疼不已，但是她也毫无办法。

李奇喜欢谁是他自己的选择，三个人的感情里，总会有一个人受伤。虽然苏青总是乐观地想着，这种伤害能最大程度地降低就好了，这样世界上也不会有那么多伤心的人。

可是感情哪像闹钟，能说停就停呢。

篮球馆里。

简单发现自己有点针对魏子斌。

不止简单发现了，魏子斌发现了，连球队里其他人也发现了。简单身为队长，却只对魏子斌格外苛刻。平时的集训，如果是其他人做得不够好，简单顶多会多说几句；如果是魏子斌做的没有达标，简单却会要求他一定要做到标准为止。打比赛的时候这种情况更明显，如果魏子斌拿球，简单一定会冲上去抢球。

简单的技术本来就比魏子斌好一些，理论上魏子斌不应该由他来防守，但是一上场，简单就控制不住自己，忍不住想把属于自己的东西抢回来，篮球是，其他东西也是。

“简单，你怎么回事啊？”李奇看不下去了，朝简单提出异议，“这防守的策略不对啊队长。”魏子斌也有些莫名其妙。

简单一语不发下了场，拧开一瓶纯净水就往嘴里灌。

更衣室里，魏子斌把苏青送给他的杯子拿出来接了口水喝。球队里有人认出了“7号”杯子正是魏子斌生日那天苏青送给他的，有人对魏子斌挤眉弄眼，魏子斌喝完水，杯子放在了一旁的桌子上。

刚刚训练完，队友们都很轻松，互相打闹开着玩笑，更衣室里的气氛和往常一样轻松。

魏子斌整理了一下自己的衣服，看到一旁的队友们闹得正开心，提醒道：“改天等我们队虐你们吧……哎，别碰了我的杯子。”

他小心地将杯子放在了另外一个比较安全的地方，确定不会随便被人打翻。

说者无心，听着有意。

“啪！”

这个可怜的杯子寿命只有一天，魏子斌用它来喝水还没用过两回，就寿终正寝了。

简单面无表情地说：“对不起，我不小心碰到了，改天买个杯子赔给你吧。”

简单只是想看一看苏青送给魏子斌的杯子是什么样子的，不过他一拿起杯子，脑海里不由自主地就开始想象苏青制作这个杯子的样子。正在发呆的时候，旁边的人不小心碰了他一下，他本来可以顺势接住杯子的，却任由杯子摔到了地上，直接碎掉了。

“简单，你这样做有点过分了。”魏子斌强忍着怒气。

“不就是个杯子吗？我赔给你就行了。”简单心烦意乱，说话也不客气起来。

“真不知道苏青为什么会喜欢你这种人？”魏子斌狠狠地说。

简单的脚步顿了顿，然后直接伸手推了魏子斌一把。

苏青赶到医院的时候，已经是傍晚了。

下午刚刚下课，她突然接到了李奇电话，说简单和魏子斌在训练馆里打起来了，魏子斌半条命都快没了，让苏青快点来医院。

听到这个消息后，苏青一路上都在琢磨李奇那句“半条命都没了”是多么惨烈。虽然不知道他们俩为什么会打起来，但苏青还是匆匆忙忙拦了辆的士，直奔医院。

一开门，看到眼前情况的时候，苏青在心里把李奇骂了个半死。

原来，魏子斌只是擦伤加骨折，不过是到医院吊瓶水而已。魏子斌看到苏青“失望”的表情，沉思了半天：“敢情我现在只能断胳膊断腿才能达到你的预期了？”

李奇当着简单的面故意把魏子斌的伤势说得很严重，还故意开着免提和苏青对话，让简单听到苏青有多紧张魏子斌。

谁叫简单当初不珍惜！李奇心里为苏青打抱不平。

不过，李奇的这点小心思，苏青毫不知情。苏青坐在床边，给魏子斌削了个苹果，魏子斌指了指自己打吊水的手，另一只手还系着绷带挂在脖子上，示意苏青喂自己。

苏青无奈地把苹果递上去，说了句“下不为例。”

“啊——”魏子斌张着口，门突然开了。

简单是来向魏子斌道歉的，在篮球馆里，他只是下意识去推开魏子斌，没想到魏子斌因为体力消耗得太厉害，有些低血糖。简单过来一推，他就倒地了。

简单没想到一开门，就看到苏青正往魏子斌的嘴里塞苹果。再看两人说说笑笑，气氛融洽的样子，他有些不自然地咳了一下，说话语调也有些阴阳怪气，丝毫不像平时的他：“我是不是来得不是时候？”

苏青回头，看到门口的简单，笑容僵在了脸上，手上动作也定格了。

魏子斌很自然地张口咬了一下苹果，囫囵吞下，问简单：“你找我有什么事情吗？”

说实话，这件事情让魏子斌挺生气。简单没有任何征兆地针对自己，还打碎了苏青送给自己的礼物。即使简单是篮球队的队长，占理的魏子斌现在底气十足，所以对简单的态度也不软不硬。

苏青见状，把苹果往魏子斌吊水的手上一塞："你们聊吧，我先走了。"魏子斌一下子疼得龇牙咧嘴。

走到门口，简单的身子把大半边门都堵住了，丝毫没有让开的意思。

"麻烦让一让。"苏青看了一眼，确定自己必须和简单有身体接触才能走出病房，便耐心地说道。

简单看着苏青，身体稍微侧了侧。

苏青为难地看着简单空出来的半边门，琢磨着。

有多久没有这么近地靠近苏青了，简单想得出神。恍惚间，有发丝不安分地抚上了简单的脸，痒痒的、酥酥的。

趁简单一个愣神，苏青从简单身边挤了出去，一路小跑，仿佛逃避瘟神一般。

简单气结。

苏青离开以后，简单支吾了半天，魏子斌这才明白，简单过来是为了之前的事情来向他道歉，好在魏子斌也不是小气的人。眼前的吊水正好快打完了，魏子斌便请护士上前帮他抽针止血。

"咱们聊聊？"魏子斌建议。

出了医院，两人找了一个安静的地方。魏子斌看了看四周，突然感慨："总觉得两个男人来这里怪怪的。"

他们所在的地方是一个足球场，此时天色已经黑了，足球场上有不少情侣或者闺蜜三三两两聚在一起，像他们这样两个男生结伴而来的，少之又少。

此时，两人之间剑拔弩张的气氛缓和了不少，过了会儿，魏子斌主动提起苏青："简单，你觉得你了解苏青吗？"

简单没有接话，不知道在想什么。

"苏青是个很好的女孩。"魏子斌不记得第一次见到苏青时的场景了。反而是自己生日的那天晚上，苏青给他讲述自己家里的情况时，没有哀恨也没有怨天尤人，而是平静如水，这点让魏子斌很难忘。

与很多鸡血、口号式的生活态度相比，这种平静的力量令魏子斌感触深刻，这种力量是无声的，但是又能触动到人的心底，令人想要生活得更加积极。

“你知道苏青有个生病的姐姐吧？”

简单点了点头，上次和刘米一起陪妈妈吃饭的时候，刘米提过。远处有班级活动，一群人正在一起打打闹闹，好不热闹，不时有笑声传过来。对比几米开外的喧闹，他们俩之间的对话宁静得有些不真实。

魏子斌弹了弹裤子上的灰，说：“苏青的姐姐就在安雅医院，苏青跟我讲，有一次她让你陪她一起植树来着。”

简单没说话，回忆起了那次的荒唐，当时他觉得苏青不可理喻，时过境迁再想想，嘴角竟然带笑。

“你觉得苏青在胡闹对不对？”魏子斌突然问了句，简单迟疑地点了下头。

“因为这是她姐姐的心愿。她把最珍贵的东西拿出来和你分享。可是你呢？你没有考虑过苏青的感受，你所做的事情不过是仗着苏青喜欢你。”魏子斌一口气说完这些，心里说不上是什么感觉，不过随后他就释然了，“简单，所以我要和你竞争苏青。”

简单听到最后一句，总算明白魏子斌单独找自己谈话的目的了。不过他也感谢魏子斌，如果不是因为这番话，简单都不知道自己在母亲面前的懦弱带给了苏青多么大的伤害。

“我喜欢上了苏青，只是我自己一直不知道，我接受你的挑战。”简单目光坚定。

不远处，有人正小声地问一旁的女生：“刘米，那个背影是简单吧？不过，苏青是谁啊？”

刘米没有回答她，她死死地盯着简单的背影，简单和魏子斌说的话她一句不落地听到了。现在，她眼里的妒火已经烧得快让她窒息了。

她觉得，自己要做些什么。

第十五章

“你有没有想过，简单喜欢你？”

魏子斌生日的那天晚上，苏青在外面的公告栏上存了几个做兼职的电话，苏青一个一个地拨过去。三个电话中，有一个已经招到人了，一个位置偏僻得连身为帝都人的苏青都没听说过，前两个都不行。苏青叹了口气，打最后一个电话，公告栏上说的是找英语家教。

接电话的是一个语气很亲切的年轻妈妈，说自己姓陈，苏青便喊她“陈阿姨”。陈阿姨的孩子米乐上初中一年级，正是叛逆的时候，陈阿姨很头疼她的学习，就想给她找个家教老师，能管管她。

苏青这学期选修了英语双学位，又疯狂地练习了一段时间的口语以备战英语演讲比赛，正好在找家教时派上用场。最近姐姐的病情好像有好转的趋势，一想到这些，她的动力更足了。

陈阿姨家离苏青学校大概有半个小时的路程。这天，苏青大致看了一下初中英语的语法，又在QQ上找陈阿姨聊了会儿，了解了一下小米乐的性格。这时，电话响了。

“喂，你好，请问您是哪位？”

苏青没有看是谁的电话，这套标准的电话用语下意识地脱口而出。

“苏青，我是魏子斌。”魏子斌的声音中带着些许笑意，这个苏青，肯定是最近忙糊涂了，“吃饭了没？”

“还没呢。”

“一起呗，我正好也没有吃晚饭。”

苏青看了看时间，离和陈阿姨约定的时间还有两个小时，可以先吃完晚餐再去。

吃饭的时候，两人聊着天，苏青无意间透露自己晚上要去家教试讲的消息，魏子斌一听，沉吟道：“晚上你几点下课，要不我去接你吧！”

苏青一听连忙摇头，她觉得太麻烦魏子斌了。

没想到魏子斌在这件事情上却异常固执：“记得上次李奇的事情吗？幸好那帮人只是要弄点钱花，不然后果多可怕。李奇回来跟我们讲的时候，还有些后怕。你一个女生，这样真的不安全。”

苏青想了想，有些犹豫。

“就这么决定了，是九点下课吧？地址发给我吧，到时候我去接你。”魏子斌朝她一笑，“放心，一点都不麻烦的。”

苏青到达陈阿姨家的时候，正好是七点钟。

一进门，小米乐就警惕地看了眼苏青。米乐刚刚上初中，个子不算很高，长得跟一根小豆芽一样，一双水灵灵的眼睛滴溜溜地围着苏青转。苏青坐下后，作了简短的自我介绍，就开始给米乐补课。

苏青喜欢米乐，觉得她古灵精怪的很有灵性。顺带着，苏青在教英语之余还给米乐拓展了很多知识。得知苏青家有个懂画画的妈妈，小米乐双眼放光，缠着苏青讲了很多画家的故事。

这些故事是小的时候家里还没有发生变故之前妈妈讲给她和苏红听的，那时候苏红表现出了极大的绘画天赋。而苏青则对各个画家的故事更感兴趣，耳濡目染也了解了一些画画的知识。后来家里出了事，苏青的绘画水平便永远地停在了当年。她没有想到这些她当时听着好玩的故事，可以令她在多年后得到一个小姑娘的崇拜。

“苏青姐姐，你懂得真多！”一堂课结束的时候，小米乐已经对苏青表现出极大的喜欢。陈阿姨看到米乐和苏青相处得不错，一口气替米乐定了半年的家教。

从陈阿姨家出来的时候，苏青看到了等在外面的魏子斌，他坐在自己的山地车上，单脚撑地，正插着耳机听歌。看到苏青出来了，魏子斌连忙朝她招手。

苏青看了一眼魏子斌的山地车，有些为难。

山地车没有后座，如果载苏青的话，只能坐前面，但是那样……

苏青想了想：“要不我们走回去吧，今天的风吹着还挺舒服的。”

苏青再迟钝，也知道坐前座太过暧昧了一些。而且，苏青觉得家里的事情、学习上的事情就够她操心了，她不想另外的事让她再分心。最重要的是，她自己也不确定她是不是已经放下简单了。

所以，对于魏子斌的示好，她尽量不去多想，也不给魏子斌靠太近的机会。

好在魏子斌相当绅士，丝毫没有犹豫就答应了苏青的要求。

两人有一搭没一搭地聊着，突然话题转到了李奇身上。

“我觉得李奇那小子真有福，前两天和女朋友秀恩爱，把全球队都刺激到了。”魏子斌想起之前李奇在训练间隙和那个个子瘦瘦的女生玩闹斗嘴的样子就好笑。

苏青一个急转身，后面的魏子斌差点撞上她。

“怎么了？”魏子斌不解。

苏青艰难地问：“李奇的女朋友？谁？”

魏子斌回忆：“就是上次我生日的时候，李奇带过来的那个女生……好像叫什么雅，舒雅！对！”

其实魏子斌不说，苏青也隐隐地感觉出来了，只是出于沫沫的立场，苏青尽量不去关注这些。魏子斌还在后面絮絮叨叨，苏青脸上一脸担忧。

“他亲口承认了？”苏青还不死心。

“那倒没有，”魏子斌回忆，“但是也没有否认。不过，你没有看到舒雅看李奇的眼神，骗不了人。”

一路上，苏青的脑袋一直在飞速运转：“要不要告诉林沫沫？她知道了会怎么样？”不得不说，女生在这方面确实有着很敏锐的直觉。

苏青突然想起林沫沫、李奇和舒雅的第一次见面。那天，舒雅救了沫沫，按理说沫沫应该对舒雅抱有好感，可是沫沫好像从来不在自己面前提舒雅的名字。再一想当时她回寝室的时候欲言又止的样子，苏青之前一直以为沫沫是惊魂未定。现在想想，可能那个时候沫沫就感觉到舒雅将会成为自己和李奇之间的障碍。

女生的第六感果然准得可怕。

苏青苦笑，感情这个东西，果然要势均力敌才能有火花，像沫沫这种能把暗恋玩出 180 个花样却死都不肯表白的人，通常都只会悲剧地变炮灰。

回到寝室，苏青见林沫沫还没有睡，看她的心情好像还不错，应该是不知道这件事。苏青不知道，今天简单突然给沫沫打电话，拐弯抹角地打听关于苏青的消息。沫沫本来因为之前的事情对简单没有太大的好感，可能是看在李奇的面子上，她还是向简单透露了一些苏青的信息。

简单不是八卦的人，李奇和舒雅的事情他并没有跟沫沫讲。一方面，他在感情方面太后知后觉；另一方面，他现在满脑子都是关于苏青的事情，根本没有心思管李奇、刘奇或者张奇和谁在一起。

周五的晚上，林沫沫告诉了简单苏青的行程。

苏青准时到达陈阿姨家，一开门，米乐就蹦蹦跳跳地过来迎接苏青。陈阿姨为她们关上房门，过了会儿，小米乐神神秘秘地问：“苏青姐姐，昨天来接你的大哥哥是不是你男朋友啊？”

苏青在心里感慨现在的小朋友真是早熟，自己像米乐这么大的时候，还是一个满脑子都是动画片和零食的女生，哪里懂得什么“男朋友”“女朋友”的。

苏青摇摇头：“不是。”

“哦，我知道了！他一定是暗恋你！”小米乐转了一下眼珠，就得出一个结论。

苏青扶额，连暗恋这么高级的词汇都知道，眼前的小姑娘和自己当年完全不是一个段数。

“你的语文作文一定很好吧？想象力这么丰富。”

米乐来劲了：“我的作文不太好，虽然老师也夸我想象力丰富来着。我喜欢画画。”

苏青想起第一次和米乐聊关于画画的事情时，米乐一脸向往的表情，不禁有些羡慕米乐。这个还生活在父母庇佑下的幸福孩子，还能坦然地向一个陌生人袒露自己的心声，大方追求自己喜欢的东西。

上课的时间过得格外快，临别前米乐和苏青依依不舍地告别。

从电梯出来的拐角有点黑，苏青走得太急，不小心碰到一个人。苏青赶紧道歉，一转到有光的地方，苏青才看到这个人竟然是简单。

魏子斌没有来接她。

简单在搞什么鬼！

苏青也愣住了。

简单看上去有些不自然：“我只是路过，正好要回寝室，一起？”

简单这个谎撒得一点水平也没有，不过他也不准备解释。苏青看看时间，才发现十分钟以前魏子斌给自己发了一条抱歉不能来接她的短信。

苏青今天有些累，实在不想动脑筋去想什么理由拒绝简单，于是便任由简单骑着单车载着自己。穿过人流如织的红绿灯路口时一个急刹车，苏青整个人撞向了简单的背，手下意识地挽住了简单的腰，她没有看到，简单的嘴角升起一抹笑。

不过，当简单在下一个路口又想故技重施的时候，苏青早有准备，双手紧紧握住座椅，控制身体不向前倾。简单有些失落。

这天以后，苏青每次去家教，都能碰到“恰巧”准备回学校的简单。最开始苏青还怀疑简单是不是在等自己，可是过了几次，简单竟然真的扔给她一个每周替人送外卖的应聘单，简单主要负责苏青家教所在的那片区域。

虽然苏青不懂家境优渥的简单为什么要这么晚出来工作，工作的性质竟然还是送外卖，但是她转念一想，每个人都有自己的考虑。

不过，苏青还是委婉地表示自己习惯了一个人来往，同时也希望简单能注意身体早些回去休息。简单不领情："魏子斌能送你回寝室，为什么我就不行？"

苏青无奈，只能任由简单折腾。结束一个月的外卖生涯以后，简单依然会来这个小区等苏青下班。面对苏青的疑问，简单理直气壮地说："我对这个小区有感情了，所以想每天晚上来看一看它。"

苏青认真地建议道："其实你可以把小区拍下来，贴在床头每天欣赏的。"简单白了苏青一眼，并不接话。

有一段时间，简单的山地车坏掉了，出门只能搭公交。结果那天他恰好忘记带公交卡了，身上最后两块钱也用在了来小区的公交上。等苏青下了课，尾随着苏青上车后，简单暗示苏青为他刷卡。

好巧不巧，苏青的公交卡正好也欠费了。苏青留给简单一个"我没骗你我也没钱"的表情，而且为了避免简单一直赖着蹭着她，她没有告诉简单自己钱包里有零钱的事情。

简单以前从没有发现苏青有这样"腹黑"的一面，越发觉得眼前的苏青和最开始认识的苏青不一样了。这个发现让简单觉得，苏青充满了趣味。

最后，简单只能觍着脸让一个十几岁的小姑娘帮忙刷了卡。

苏青有点琢磨不透简单的用意，不过她再也不允许自己陷下去，不能像以前那样喜欢一个人就迷失了自己，什么都不管不顾，因为那样一来，她不仅辜负了妈妈的期望，也辜负了自己的感情。

苏青越是这样毫不在意，越让简单觉得没有安全感。以前，苏青进一步，他后退好几步，现在好像完全反过来了，他进一步，苏青跑得比兔子还快。

苏青很苦恼，跟魏子斌倾诉："你说简单图什么呀？家里有钱，为什么还要出来打工？难道是皇太子想体验一把人间疾苦？"吐槽之余，苏青不忘幽默一把。

知道原因的魏子斌伸手揉了揉苏青的头发，以前他觉得苏青是一个聪慧的女生，感情方面也挺主动，怎么一到了自己身上，就这么后知后觉。男孩子会千方百计找借口接近一个女孩，除去不靠谱的因素，肯定是因为喜欢啊！

因为喜欢，所以才想离你更近一点。

魏子斌装作不经意地说：“你觉得，简单有没有可能，是因为……”

“他家快破产了，所以他一下子王子变青蛙了？”苏青绞尽脑汁，想了一个她觉得靠谱的答案，同时为简单可惜，“哎，可怜简单了，年纪轻轻的就要赚钱养家。”

苏青说这话的阵势，丝毫没有想过，自己才是现实版的公主一朝变灰姑娘。

魏子斌气结，伸手朝苏青头上一个爆栗：“这都什么乱七八糟的？你想象力这么丰富，为什么不想，简单是因为喜欢你才做的这些？”

苏青本来还沉浸在“悲伤”的气氛里，魏子斌的这句话像是在她的心里投下了一颗原子弹，然后呼啦啦地升起了一朵蘑菇云。她被这股蘑菇云炸得脑袋都是嗡嗡的，“啥？”

魏子斌看她这没出息的样子，不想再重复了：“我饿了，想去吃南门的蒸饺，苏青你陪我吧。”

“哦。”

这边，刘米几天没有联系简单了。那天晚上简单对魏子斌说的话，刘米真真切切地听到了，她赌气不去联系简单。然而，简单也似乎忘了她的存在一般，也不约她出门了。

刘米气极，她故意和一个追求者走得很近，想以此来刺激简单。不过她太高估简单了，有几次，简单看到了他们俩，不但没有生气，反而很高兴地朝他俩打招呼。

刘米决定约简单出来谈谈。

“简单，最近在忙什么呢？总是找不到你的人。”一上来，刘米就娇嗔地责怪简单。

简单看到刘米，心里其实有些愧疚。之前他为了逃避苏青的纠缠，频繁地约刘米出来玩，可现在他确定了自己对苏青的感情，又把刘米丢在了一边，真的是太混账了。

“篮球队有些事情，所以最近很忙……”简单用了一个很稳妥的说辞。

刘米看起来没有疑心。

“对了，阿姨今天给我发信息，问我什么时候有空，说让我们一起回家吃饭呢！”刘米一副很随意的语气，一边说，一边摆弄着衣服上的流苏。

简单皱起了眉头：“什么时候的事？我怎么都不知道？”

“上次我和萌萌逛街的时候，看到了一条特别好看的丝巾，想着阿姨应该会喜欢，就给阿姨送过去了。那天阿姨问的我，我说你篮球队挺忙的，所以推了，前两天阿姨又给我发短信了，所以我才过来问你。”

简单再愚钝，也明白这是什么意思。但是此时，他心里只想着苏青的事情，所以有些犹豫：“要吃饭可以约出来吃呀，在家吃挺麻烦的……”

正说着，苏青素面朝天地从他俩身边经过，她下午有课，晚上还要去家教，所以现在急匆匆地往寝室赶。

简单有些紧张，苏青看到了自己和刘米在一起，会不会多想？会不会误会自己？于是，他不声不响地将身体离刘米远一些，要不要上去跟苏青打声招呼？说什么呢？说好巧你也在这里？说今天天气不错？

简单在心里想了很多种可能，进行了很长时间的思想斗争。没想到苏青经过的时候，没有丝毫停顿，她一阵风似地走过来，似乎在思考其他的事情，根本没有注意旁边是谁。经过他们俩，像是路过了一个标志牌，或者是一棵树、一个建筑，脸上没有一丝多余的表情。

简单脸上的表情凝固了，同时他也为自己被苏青忽视而愤愤不平。

刘米见简单脸色有异，察觉到简单心里所想：“简单……”

简单看了一眼刘米，知道刘米和自己妈妈的关系很密切，又想起那天妈妈对苏青说的话，他不想让刘米在妈妈面前诽谤苏青，便问：“你刚刚是说吃饭么？”

刘米也不愿意在简单面前提苏青的名字，这样会让她觉得不舒服。听到简单转开了话题，她顺着提议道：“是啊，我们今天晚上去新开的那个美食街看看吧。”

简单有些犹豫，晚上苏青有家教。

不过，刘米好像吃定了简单不会拒绝的心思，竟学了以前苏青常用的一招——死缠烂打：“好不好嘛？陪我去看看嘛，简阿姨之前不是说让你多陪陪我么！”

刘米主动拉起简单的袖子，一副可怜兮兮的样子。

最近学校附近某个企业为了宣传他们的商品店面，豪气冲天地盘下了一整条街，请来了不少北京著名的小吃制作人，开展了为期三天的美食节特惠活动，想吸引客流量，借此一炮打响商铺知名度。今天已经是最后一天了，所以来的人格外多。

刘米以前不太喜欢这种人多热闹的街区，她觉得只有西餐厅大酒店才是有格调的、适合吃饭的地方。不过，某一次她陪室友出门买东西，结果不小心迷路了，两个人饥肠辘辘地经过一条老街，热闹的商铺、熙熙攘攘的人群、空气中突然飘过来的食物的香味，让刘米突然闻到一种“人间烟火”的味道，那一瞬间，她想到了简单。

或许人只有在遇到最原始的温饱问题时，才能想到最本质的需求。刘米迫切地想和简单分享这种安心的感觉。

简单在心里算了下时间，美食节大概八点左右开始，到时候只要提前走就可以顺路去接苏青了。眼前的刘米时不时拿出“简妈妈”这个撒手锏，简单不得不有所忌惮。

今天学校附近好像很热闹，听说晚上要举行一个什么活动，所以慕名而来的人很多。苏青没时间关心是什么活动，一直在等公交车。

足足晚了半个小时，苏青才等来了属于她的那辆 802，路上也不太顺利，一直堵车，到达陈阿姨家的时候，手机上已经显示七点半了。

苏青一边向陈阿姨道歉，一边进门换鞋。陈阿姨笑眯眯地问苏青：“苏青，阿姨今天晚上有点事情要先出去忙。你待会辅导完就督促米乐早点睡觉，不要让她一直看电视。”

说完，陈阿姨还给了米乐一个警告的眼神："米乐，乖乖听话。"

苏青点头。米乐朝自己妈妈挥手："妈妈再见，我会乖乖的。"

不过，米乐的话说完还不到一个小时，她就坐不住了。

"苏青姐姐，我觉得学英语好闷！"米乐抗议。

苏青虽然摆出一副像班主任一样的正义脸，问道："那你想怎么办呢？"但心里却觉得好笑，小孩子的世界就是简单，觉得学了一个小时自己不喜欢的课程就像天塌下来一般，逃离了课本和作业就是天大的快乐。殊不知，以后越长越大，遇到的事情也会越来越身不由己。

"我们待会出去玩好不好？"米乐一脸期待，"学习要劳逸结合嘛，一直学习不休息会变成书呆子的！"

苏青无奈地看着米乐，看她机灵的样子，鬼主意一个接一个，会变成书呆子才怪！

苏青拒绝了她的提议，没想到过了一会儿米乐捂着肚子，"哎哟哎哟"直叫。

"怎么了？有什么不舒服吗？"苏青担心地问道，陈阿姨把她交给自己，千万不能出什么差错。

米乐不说话，把头埋在了臂弯里，她右手把左胳膊抓得紧紧的，左手捂着肚子。苏青被吓得语无伦次："米乐，你别吓我，你说什么我都答应你，你千万不能有……"

"这是你说的！"听到这句话，米乐猛得抬头，一脸恶作剧得逞的样子，眼睛里哪有什么泪水，全部都是装的！

苏青有些生气。

米乐小心翼翼地凑过来拉她的胳膊："苏青姐姐，你别生气，我真的不太舒服……我肚子饿了，你待会陪我去吃点东西吧！我听说今天晚上举办了一个美食活动，就在我家附近，到时候全北京的好吃的都会在那里，你陪我去嘛！"

苏青看到米乐可怜兮兮的样子，气也消了大半。看来，今天不满足米乐的要求，米乐也学不进去什么东西了，哪个孩子不爱玩呢！

临出门之前，苏青和米乐约法三章。

一、要跟着自己，不许乱跑。

二、不许乱跑。

三、一定遵守第一点和第二点。

米乐一边去换鞋子，一边行了个不太标准的军礼，“遵命！”

换好鞋，米乐迫不及待地就往外走，不过她还算讲信用，虽然兴奋，一只手不忘牢牢抓住苏青。

“哎慢点！”苏青担心米乐，忍不住提醒道。

没过一会儿，苏青和米乐就站在美食街的小摊上挪不动脚了，烤翅、凉皮、鸭脖、酸辣豆花、串串、各种肉、海鲜、各种口味的冰激凌、甜品、蛋糕……

苏青一边掏钱，一边不忘嘱咐小米乐不能吃得太杂，不然会闹肚子。

苏青吸吸鼻子，空气中各种食物的香味让苏青觉得有一种满足感，从开学到现在，忙了这么久的苏青直到现在才算是把弦松了松，混入人群里，默默地保护好自己的小疲倦和小心思。

不知道简单现在在干什么。

苏青突然有些伤感，那天魏子斌的话苏青听到了，但是并不敢去相信。她只怕又是自己自作多情、误会一场。

想到这里，苏青摇了摇头。

米乐东走走、西看看，对各种小吃都表现出了极大的欲望，苏青跟在她后面，也不敢看四周，生怕米乐会不小心走丢。

“苏青姐，我想吃这个。”米乐指了指一盘亮晶晶的、装饰得很漂亮的甜点。

苏青答应着，低头在包包里找钱包，半分钟过去了，苏青没有找到钱包，后面排队的人有些不耐烦。

一分钟过去了，苏青依旧没有找到钱包，明明刚刚还在的！一旁的米乐已经开吃了，见苏青拿不出钱，一脸苦相。后面有人不耐烦：“买不买呀？不买让让好吗？”

正当苏青觉得有些难堪的时候，一只好看的手伸出一张一百元递给了老板：“三份，她们的两份，还有一份我去后面排队。”

这个声音？

苏青难以置信地回头，是简单！

刚刚还在想简单，下一刻简单就出现在了自己面前，而且是以“英雄救美”的姿态，苏青脸“蹭”地一下红了，幸好四周不算太亮。这种感觉就像小时候对妈妈撒谎说自己没有偷吃糖果，下一秒妈妈就从自己随身的口袋里搜出糖果一样。

简单穿着一身黑色的休闲服，整个人看起来又挺拔又干净，他左手插在裤兜里，右手递钱，神情坦荡。

苏青急忙解释：“老板，我的那份不用，两份就够了……”

简单看着一点都不给他面子的苏青，有些愠色。老板特别有眼力见儿，赶紧对苏青说：“都已经做了。”苏青只得作罢。简单接过老板找的零钱，就要往后走，经过苏青时，苏青连忙补上了一句：“刚刚谢谢你了，钱我明天就还给你。”

简单的脚步一滞，冷冷地回了句：“不用了。”

刘米始终跟在简单身边，为了彰显主权，她还刻意将手放在了简单的臂弯。

简单走后，苏青和米乐一人吃着一份甜品。米乐小声问苏青：“苏青姐姐，刚刚那个哥哥好帅，是你男朋友吗？”

苏青笑道：“当然不是，你没有看到他旁边的那位姐姐吗？”

米乐若有所思：“这样啊，我还想以后长大了给他当女朋友呢！”

将米乐送回家，陈阿姨还没有回来。苏青舒了一口气，米乐却不以为然：“我妈不会这么早回的，你放心吧！”

安排米乐洗漱睡觉以后，苏青给陈阿姨发了短信，这才安心离开。

走到楼下的时候，黑暗中突然多出一个影子，苏青开始还有些害怕，后来想起上次魏子斌这样吓过她，心想“又来第二次？”

苏青决定这次换她吓魏子斌了。

趁黑影没有反应过来，苏青一把冲上去，抓住了对方的胳膊：“看你还往哪里跑！”

苏青抓着“魏子斌”的胳膊，立刻感觉身高不对，离得近了，发现这身衣服似曾相识。一抬头，简单正似笑非笑地看着她。

十分钟以前，简单送刘米上了公交，随便找了一个借口离开。虽然刘米有些不情愿，但也只能自己一个人回寝室。苏青闹了个笑话，立马放开了他的胳膊：“哦，是你啊！好巧啊遇见你，真高兴，哈哈哈哈！”

简单第一次看到笑得这么假的苏青。

苏青的手收回得有些慢，简单突然抓住了她的双手。苏青有些尴尬地说：“那个……钱我明天给你，刚刚找了下，钱包不见了，银行卡也不在身上，我取不了钱，明天，明天一定还给你，你应该不急着用吧……”

简单打断苏青，几乎在朝她低吼：“你到底想要怎么样？”

苏青脑袋转了几个弯，都不明白简单说的什么意思。不过，她也不想和简单继续纠缠了。

她太累了。

苏青在前面走着，简单一直在后面跟着。几分钟之前，两人隔得那么近，简单的脑海里全部是苏青，她的头发散发着香味，她的脸上有一层薄薄的红晕……

可是，当苏青又保持这种防御的姿态时，简单才意识到，他越来越捉摸不透苏青。

第十六章

喜欢一个人才会变得幼稚

几天后的周末，简单正在家里休息，突然门铃响了。

正在厨房准备食材的简妈妈连忙放下手中的东西去开门。一扭头，简单就看到穿着米黄色呢子大衣的刘米提着一袋水果进来了。简妈妈见了刘米，自然笑得合不拢嘴。

刘米笑意盈盈地朝简单打招呼："阿姨说让我今天来吃饭，所以我过来了，没打扰到你吧？"

简单朝刘米礼貌地笑了笑："你先随便坐着，我去厨房看看我妈。"

刘米的笑僵在脸上，不过随即便不着痕迹地点了点头。

简单进了厨房，用口型问妈妈："这是怎么回事？"刘米正坐在客厅休息，简单怕刘米听到。

简妈妈白了简单一眼："什么怎么回事？我喊刘米来家里吃个饭，你在厨房添什么乱，赶紧出去陪陪人家刘米。"

简单心不甘情不愿地走出厨房，刘米坐在客厅的沙发上，一个人有些尴尬。

简单坐了一会："你吃苹果吗？我去给你拿个苹果。"

又过了一会："你想看书吗？要不我去给你拿本书？"

刘米反而落落大方地说："简单，我就跟你随便聊会儿，就像在学校那样。"顿了会儿，刘米问，"你现在和苏青还好吧？"

正在喝水的简单被这句话吓了一跳，猛地咳嗽起来。刘米走过去，替简单拍拍背，正在厨房里忙最后一道工序的简妈妈听到动静，往客厅看了一眼，正好看到这一幕，笑了笑。

简单有些顾忌，低低地说了声："还好。"

"对了，我听说苏青的姐姐现在病情好像稳定下来了，前两天我还去看了她的。"

简单"哦"了一声，随即想起苏青淡漠的表情："那就好。"

简妈妈正好端菜过来，刘米连忙去给简妈妈帮忙。

"来尝尝阿姨的手艺，你们聊什么呢？刚刚米米说看了谁的姐姐？"简妈妈一边解围裙，一边问道。

简单知道妈妈不喜欢苏青，刚想阻止刘米，却还是被刘米抢先了一步："去看望了同学的姐姐，苏青，阿姨您还记得吗？"

简妈妈听到这个名字，微微停顿了一下，随后才不咸不淡地说了句："哦，苏青啊！去看她的植物人姐姐？"

刘米点点头。

"植物人"这个称呼听着格外刺耳，简单忍不住开口提醒，语气有些不满："妈！"

简妈妈没想到平时乖巧的儿子居然为了一个女同学吼她，她放下碗："怎么了？我说的不对吗？你现在还跟那个苏青有联系？妈上次怎么跟你说的？"

简单不说话，闷头吃菜。

"阿姨您别生气，"刘米劝简妈妈，"其实苏青人挺好的，听说不少男生喜欢她呢！"

一听这个，简妈妈倒是被提醒了，她板着脸，饭也不吃了："儿子啊，你不会也被那个苏青迷上了吧？"

简单最心底的秘密突然被妈妈这么问了出来，还是当着刘米的面，一时间有些尴尬。他没有回答，只是给妈妈夹了菜，打着太极："妈，你别激动，先吃饭……"

没想到简妈妈却不吃这套，提高了音量："吃什么饭啊！你说，你是不是也喜欢上了苏青？"

简单见妈妈这样，又想起那天妈妈在餐厅里对苏青的言语攻击，如果被妈妈知道，指不定会做出什么事情。再加上，苏青现在对自己不冷不热，自己也没有什么信心和把握。

想到这里，简单缓缓开口："妈，怎么会呢！我怎么可能会喜欢上她呢！"

简妈妈没有那么好骗，将信将疑："真的？"

简单顿了顿："真的，她做事鲁莽，有时候还冲动"，不过习惯了以后发现这样性格的女生直率单纯，相处起来没有压力。"上次还害得我受伤了，您不记得了？"但是那双球鞋他一直保留着，上面的手绘很可爱。"她以前是追过我，不过我一直躲着她"，现在完全反过来了。"她可能是癞蛤蟆想吃天鹅肉"，天鹅肉表示愿意被癞蛤蟆吃。

简单说完，简妈妈才松了口气："那就好，妈妈不是限制你交朋友，是怕你交一些奇怪的人……不说这个了，快尝尝妈妈做的菜。米米啊，以后在学校替阿姨多看着点简单，阿姨就放心了……"

刘米乖巧地笑："嗯呢！"一只手按了下藏在袖子里的录音笔上的"停止"键，这是她专门为苏青准备的礼物。

苏青没想到刘米会约她出来，说要和她谈谈关于简单的事情。苏青本来不想来的，但是刘米却说，有惊喜送给她。

苏青自然是不相信刘米会给她惊喜的，不过刘米堵在寝室门口，来来往往的人都看着，苏青不想变成大家的关注点，于是点头。

好在刘米这次找她，目的简单干脆。

"苏青，这次我来找你，是想和你聊聊简单的事情。"刘米抱着手臂，显得胸有成竹的样子，"你觉得简单会喜欢你？"

“抱歉，我并没有这么想。”苏青淡淡地回答，不知道刘米的用意，她决定以不变应万变。

“昨天我去简单家里吃饭了，简单的妈妈和简单很欢迎我。”

“嗯，那挺好的。”

刘米看苏青现在一副不在乎的样子，她知道，苏青心里肯定没有放下简单，女生是最了解女生的。

果然，刘米拿出了那支录音笔：“特意为你挑的礼物。”

苏青皱着眉头，也不伸手去接。刘米按下了播放键，简单和简单妈妈的声音清晰地传了出来。

“你说，你是不是也喜欢上了苏青？”

“妈，怎么会呢！我怎么可能会喜欢上她呢！”

“真的？”

“真的，她做事鲁莽，有时候还冲动……上次还害得我受伤了，您不记得了……她以前是追过我，不过我一直躲着她……她可能是癞蛤蟆想吃天鹅肉……”

苏青静静地听着，脸上看不出一丝波澜。苏青在想，自己什么时候能够变得这么淡漠了，还是自己本来就淡漠，只是在人生轨迹上意外地遇上了简单，意外地喜欢上了简单，所以才变得那么不像自己。

刘米在苏青的脸上没有看到自己想要的、失望的表情，有些不甘心。不过她的目的也达到了，她像一只得胜的孔雀一样骄傲地离开了。

刘米走后，苏青回了寝室。室友看她脸色有些不好，关心地问：“苏青你没什么事情吧？看起来脸色不怎么好。”

苏青笑着回答：“可能中午吃得少，现在有点饿吧。我没事。”过了会儿，她整理好了东西，跟寝室的人交代了一句“我晚上有家教，先走了。”

过了一会儿，室友才嘀咕了一句：“不对呀，今天是周末，苏青应该没有课的。”

苏青搭上了公交，看着窗外的风景，突然想起来今天好像不用给小米乐上课。刚刚刘米的“礼物”让苏青整个人处于一种丢魂的状态，连家教的时间都弄错了。

苏青苦笑地看着自己抱了一大堆资料，而且不知道要去哪里，突然想找个人陪陪自己。

魏子斌见到苏青的时候，看到苏青背着书包，正在一个路牌旁边等他。他本来在打篮球来着，中场休息的时候接到了苏青的电话。接电话的时候，魏子斌眼睛不由自主地瞟了一眼简单。简单也注意到了，瞬间就明白了电话是谁打过来的。

魏子斌向队友说了声“对不起”后，拎着书包就跑出来了。简单的脸色瞬间变得很难看。

苏青把简单说的那些话转述给魏子斌听，这是苏青第一次听到简单对自己的评价，而且又是自己喜欢的男生，所以多多少少有些难堪。

说完以后，苏青问魏子斌：“你说他怎么回事呀？如果不喜欢我、讨厌我，大可以离我远一点呀！他为什么又来招惹我呀？”

魏子斌听了以后，虽然觉得有点奇怪。那天晚上简单明明跟自己说了要单挑、要竞争苏青的话，为什么又会对苏青说“不喜欢”、“癞蛤蟆想吃天鹅肉”这种话。

苏青的眼中泛着泪花，但是苏青执意不让它掉下来。魏子斌几次伸出手，想帮她擦泪，最后只能叹口气，将苏青的脑袋靠到了自己肩膀上。

从那天以后，苏青将简单封存了起来。简单的示好总会让她觉得那是一种嘲笑和讽刺，同时，她努力提高着自己。

她拒绝了魏子斌想要在家教结束后接她回来的好意，虽然一个人的路很黑很远，但是苏青知道，世界上有些路只能一个人走。

简单很痛苦，苏青对他的态度像对待一个陌生人一样，虽然她对待魏子斌看起来也没有很热络，但是对于和苏青现在关系的恶劣程度，简单完全不知道原因。无奈之下，他只好去找魏子斌诉苦。

“大哥，我们现在是情敌关系好不好？”魏子斌简直无语了，苏青和简单究竟唱的哪出？两个人都说对方不喜欢自己，可是魏子斌明明感觉得到他们对彼此的在乎。这中间究竟哪个环节出问题了？

简单叹了口气：“情敌又怎么样？现在不是给你一个机会多多了解我和苏青吗？知己知彼才能百战不殆。”

魏子斌看到简单这样，忍不住说道：“虽然我不知道你们之间发生了什么事情，但是我感觉得出来，苏青是一个好女孩。她的家庭虽然不完整，但是她自己有完整独立的人格。对自己坦率，从来不会欺骗自己的真心。”

简单听着魏子斌的话，想起第一次苏青见到自己的样子，以及后来她为自己默默付出的一切。他不禁有些懊悔，当初为什么没有好好珍惜苏青。

“我觉得，你要想得到苏青的原谅，就应该像她一样真诚。”魏子斌以这句透着哲理的话结束，“不管苏青接不接受我，只要她能对我坦诚地表达自己的想法，我都会祝福她。因为她是个好女孩。”

简单若有所思，也明白了魏子斌这么坦然的原因。

他决定要找苏青坦白，像魏子斌说的那样，勇敢地面对自己的心。

机会很快就来了。

院里最近要举行远足活动，目的是增进同学之间的感情交流。大一以来，院里还没有举行过大规模全院人参与的活动，正好趁着这段时间天气渐渐转暖，组织学生去后山踏青，美其名曰“游山玩水”。

这次的远足要去两天一夜，到时候会租帐篷方便学生过夜。从来没有在野外过夜过的同学听到这个消息后就像小时候第一次参加离开爸爸妈妈的班级活动一样兴奋。

远足活动的前一天，李奇约苏青去超市买第二天要吃的零食。苏青觉得有些奇怪，转念一想，喊上了林沫沫一起。

到了碰头的地方，苏青朝李奇打招呼，没想到，简单也推着一个购物车过来了。苏青这才明白李奇的目的，这样一来，本来的两人购物小分队迅速变成四个。

在超市过道位置比较宽敞的地方，林沫沫、苏青、李奇、简单四个人并排走着，李奇和简单分别推着车。

走到位置比较窄，只能通过两个人的地方，苏青停，简单也跟着停；苏青走，简单也跟着走。李奇诡异地一笑，早早地拉着林沫沫走了。

苏青无奈，只能任由简单推着购物车跟着。

苏青一边看货架上的食物，一边想着明后两天的伙食。既然是在外面住，吃的东西要富含碳水化合物，最好体积比较小，轻便容易携带。

苏青拿了三盒压缩饼干。

简单凑过来说："光吃这个哪能行啊？苏青，待会儿我给你买点水果吧，水果吃了对身体好。"

苏青看了他一眼，真当自己是去旅游的，水果大且笨重，绝对不是适合郊游的食品。或许，简单在优渥的环境中待得久了，这些基本常识可以不用多加考虑吧！

苏青叹了口气："不用了，谢谢你的好意。"

两个人走得很慢，简单也不急，等苏青在饼干和薯片之间慢慢挑，一转眼，李奇和林沫沫就不知道先去哪里逛了。

这样也好，简单在心里暗暗想。

这家超市的东西虽然多而全，但是它离学校有一段距离，再加上不是周末，所以这个点来超市买东西的人并不多。简单陪着苏青走了好几个货物架，都没有遇到什么人。

苏青在巧克力和士力架之间犹豫，一会拿起巧克力看看，一会又想买士力架，很是苦恼的样子。

"苏青，我喜欢你。"

简单说出这句话之后，脸色变得通红，连忙假装去看两侧的货架来掩饰自己的心慌。

"啊？"苏青不知道简单搞什么鬼，前几天简单才亲口承认不喜欢自己，现在又来这么一出，是在演人格分裂吗？

“苏青，我喜欢你。”简单梗着脖子又重复了一句，准备破罐子破摔。

“哦。”苏青的回答让简单很出乎意料。

“哦是什么意思？”简单急了。

苏青看着面前的简单，觉得一切是那么荒谬，眼前的男孩子，前几天还当着妈妈的面说自己“癞蛤蟆想吃天鹅肉”，一转眼，就对自己说“喜欢”。他当自己是什么人？这就是自己喜欢的、想着与之一起走完人生路的人？

苏青摇摇头，继续比较着手里的零食，还是选士力架好了，热量高，顶饿。她刚刚转身想把手里的巧克力放回货架，迎面简单的面孔骤然放大。

一个吻，温柔地、猝不及防地落了下来。

苏青僵住了，整个大脑完全当机，停止运行，手里拿的巧克力也应声而落。

这是苏青的初吻。

苏青幻想过无数次的初吻，在这样一个她从来不敢想的人身上，实现了。

苏青的嘴唇冰冰的、软软的，有点像冷藏之后的果冻，简单还闻到一股好闻的果香味道，应该是苏青用的沐浴露的香味。

下一秒，简单松开了她，俯身去捡地上的巧克力。

两个人都紧张得不知所措，虽然简单是主动的一方，但是亲吻这种事情在他生命里也是第一次发生，别看他刚刚镇定自若的样子，实际上窘得连手都不知道往哪里放。

放好巧克力以后，简单不敢看苏青的脸：“那个，选好了没？选好了我们再看看别的。”

说话的时候，简单觉得还能感受到刚刚嘴唇上的柔软。

正当两人尴尬的时候，李奇和林沫沫出现了。苏青快走几步，挨着林沫沫站着。李奇见到两人窘迫的样子，笑道：“你们俩做了什么亏心事吗？怎么脸那么红？”

被猜中了心事，两个人更窘了。

李奇不明就里，一路上都朝简单开玩笑：“行啊哥们，这光天化日的。”

苏青恨不得用胶条封住他的嘴巴，趁大家都不注意的时候，她摸摸双颊，自己的脸真的有那么红吗？

远足活动在一个周末举行，整个院参加的人数比较多，所以学校租了好几辆大巴。简单、李奇和苏青、林沫沫本来不在一个车上，无奈一个班的学生数挺尴尬，一辆车不够，两辆车有余。林沫沫和苏青原本已经在自己班上的车里坐好了，突然看到窗户外面李奇朝她们挥手："苏青、沫沫，快下来！"

原来李奇和简单被分配出来，和其他班的学生拼车。李奇看到林沫沫她们，急忙招手。

再上车的时候，位置就变成了沫沫和苏青坐，简单和李奇在后排。没想到，刚刚坐定的苏青突然发现了魏子斌也在车上。

魏子斌也看到了苏青，然后和与苏青隔一个过道的人换了座位。

苏青和林沫沫有一搭没一搭地讲话，偶尔魏子斌过来搭话。

"哎呀，这样太无聊了！"李奇把所有的段子和笑话讲完了以后，车才慢悠悠走了一个小时，"我们玩真心话大冒险吧？"

李奇的提议得到了大家的一致同意。本来苏青不想玩的，一旁林沫沫眼巴巴地看着她："玩嘛玩嘛！"

苏青只好答应了。

第一轮中招的是李奇，李奇选择了大冒险。

卡牌上写着："亲一个现场的人。"

李奇大骂："我靠！一上来就这么狠？"他环视了周围一圈，大部分人都笑着看他的表现，苏青却发现林沫沫正若无其事地去看手机，可是脸上有些慌张的表情出卖了她。

车上的女孩子大部分和李奇不怎么熟，所以知道不会落在自己身上，大家都很好奇李奇会选谁。

"我选好了！"逼上梁山的李奇无奈宣布，苏青回头一看，却看到李奇一脸"含情脉脉"地盯着简单。

"不要！"简单一把推开李奇，李奇强势地凑了上去。这下整个车厢开始哄笑，林沫沫也回头看他们玩闹。

“我今天回去要洗脸！”简单“恶狠狠”地抹掉右边脸上并不存在的口水，“李奇，你真是恶趣味！”

游戏继续。

苏青有些提心吊胆，好在接下来的几次都没有中招，倒是李奇几次中招，不知道是不是出门没有看皇历，生性爱闹的他不服输地次次都坚定地选择了大冒险。

车等红灯的时候，给司机大叔唱《爱你一万年》，给简单“表白”，和其他男生一起跳热舞……李奇快疯了。

苏青就知道自己不能一直嘲笑李奇的，有句话叫什么来着？乐极生悲。

苏青选择了真心话。

“请问，你的初恋在多少岁？”

苏青想了想：“18 岁。”大家一阵“哦——”地起哄，说明正好是现在，而且很大的概率就在大学里。

苏青祈祷下一个不要抽到她，然而事实证明，老天爷很多时候都在打瞌睡，根本就听不到人民的心声。

苏青任命地闭上眼睛。

“请问你初恋叫什么名字？”

苏青就知道会是这个问题，她想了想：“我可以选择大冒险么？”

“大冒险就是，现场对一个男生表白！”这把不是李奇，李奇有些幸灾乐祸。

苏青犹豫了。

她不想因为一个游戏弄得大家的行程不愉快，但是这个问题让她又不知所措。正在犹豫的时候，苏青听到了一个声音：“表白这种事情，怎么能让女生来做呢？”

苏青侧过头，是魏子斌。

在大家“噢——噢——”的起哄声中，魏子斌朝苏青走了过来。

“第一次见到你的情形我已经不记得了，可是那次你在麦当劳前面，红着眼睛砸吧嘴对我说肚子饿了没带钱吃饭的样子，我只要一闭眼就能想起来。那个时候我就想，这么好的女孩，我想保护她，以后永远不要让她受委屈了。”

魏子斌缓缓地对苏青说，眼神里一片赤诚。周围有人起哄，“亲一个、亲一个”，声音之大，连司机都不停地从后视镜中看这群年轻的学生。

李奇看了一眼身边的简单，立马当和事佬：“亲啥啊？人家苏青都没有说话呢，你们瞎操心什么！”

不过李奇的声音很快就被起哄声盖住了，坐了这么久的车，大家正愁没八卦，魏子斌和苏青正好撞在枪口上。魏子斌没办法，只好用眼神征求苏青的意见。

苏青有些为难，但是又不想让魏子斌难堪。

魏子斌想了下，一只手勾住苏青的脑袋，在她的额头上留下了一个吻。

绅士、亲密，又保持了一定距离，最重要的是，让彼此下得了台。

第十七章 他却抬头看见了月亮

苏青朝魏子斌投去一个感激的眼神。在大家一副“欲求不满”的表情里，车到目的地了，苏青舒了一口气，她不敢想游戏要是继续玩下去，会发生什么事。

大家自然三三两两结伴，李小萌拿着喇叭嘱咐大家：“太阳落山之前务必要到达山顶，我们在山顶集合，到时候给大家分发帐篷，如果没有力气上山的，有缆车可以坐。一定要保证手机有电。现在开始自由活动！”

从另一辆车上下来的刘米一下车就寻找简单。

苏青、林沫沫、魏子斌一组，李奇和简单跟在后面，刘米主动过来和简单走在一起。隔着简单，李奇不用直接面对刘米，才没有那么尴尬。苏青的包里背了一些水和零食。相比苏青，魏子斌手上只拿了钱包：“待会上山后买就行了，背着多累。”

话虽然这么说，但他还是在苏青爬一个小平坡的时候顺手接过了苏青的包：“我来背吧。”

李奇在身后喊道：“子斌哥哥，人家也背不动了耶！”一跺脚，扭扭捏捏朝魏子斌撒娇。

魏子斌回头："滚。"

林沫沫包里的东西不是很多，苏青和她两个人轮流着背。到半山腰的时候，已经快两点钟了，他们决定吃完午饭再继续往山上爬。

魏子斌看了看四周，竟然没有小商铺之类的地方，心中暗叫失策。

苏青把包里的薄桌布平铺到地上，然后将自己书包里的零食都拿出来。不一会，上面就堆满了各种吃的。苏青招呼魏子斌："过来一起吃东西吧，待会上山还有好一会儿呢！"

李奇在零食堆里翻来翻去，并眼尖地拿起一个盒子："苏青，这个是什么？"

苏青有些不好意思地说："这个三明治是我昨天做的，想带过来给大家尝一尝呢。"

简单一路都没怎么说话，正一个人生闷气，听到苏青说做了三明治，手疾眼快地将李奇手里的盒子夺了过来。

李奇有些奇怪地看着简单打开三明治的盒子问林沫沫："你要来一块吗？"

林沫沫点点头。

简单给林沫沫递过去一块。

他又问刘米："你要么？"

刘米看了一眼，果断摇头，她才不吃苏青做的东西。

看到简单主动为大家分发食物，魏子斌便等着简单问自己。一旁的苏青有些错愕，简单今天真的太反常了。没想到，剩下的三明治简单丝毫没有征求其他人的意思，自己一个人"吧唧吧唧"地开吃起来，一边吃一边还装模作样地评价："卖相一般，味道勉勉强强。"

魏子斌愣住了，李奇愣住了，苏青也愣住了。这个简单，搞什么鬼？

苏青做的东西，其他的男生都不许吃。

简单从来没有恋爱过，第一次喜欢女生就碰到了一直拒绝他的苏青，还有旁边虎视眈眈的情敌魏子斌，他已经自乱阵脚了。

苏青第一次看到这么幼稚的简单。李奇走过来，语重心长地对简单说："兄弟，慢点吃，别噎着了，没人跟你抢。"

林沫沫朝苏青挤眉弄眼。

苏青没办法，只能拿其他零食招待魏子斌，并且露出了一个“不好意思”的表情。两个人面对面坐着，一边吃着东西一边聊天。

午餐时间很快就过去了，因为吃了一部分食物，苏青的背包没有刚才重，再加上体力也恢复了，苏青朝魏子斌摆手，笑着说了“谢谢”，便自己拿起了包。

简单走过来，一声不吭地拿起苏青的红色背包，一言不发，硬生生从两个人中间走了过去。

“简单今天怎么了？”林沫沫小声问李奇。

“怎么了？吃醋了呗！”李奇在一边大乐。

几个人别别扭扭地上了山，其实只有简单一个人在别扭。一路上李奇跟林沫沫谈笑风生，魏子斌也和苏青相谈甚欢，原本跟着简单的刘米则不知去向。

简单在前面不耐烦地朝苏青喊道：“你们俩能快点吗？磨磨蹭蹭的，聊什么这么好笑？”

几分钟以后：“苏青，我帮你拎包，你就不能等一下我吗？”

一行人在简单不住的抱怨声中，赶在太阳落山之前登上了山顶。

后山并不高，即使到了山顶，苏青也没有觉得气温降得很低。不过临近晚上，风吹得有点冷，她还是拿出了外套。

趁着月色正好，院里按班级分成了几组，每个班都有人轮流表演节目。苏青和林沫沫一边看表演，一边笑闹着。

正看着，魏子斌过来了：“你们班的表演挺有意思，不像我们班，没劲。”

苏青给魏子斌让了个位置。没过几分钟，简单鬼鬼祟祟地走了过来。

“挺巧啊！”简单没话找话。

苏青和魏子斌抬头看了他一眼，没有搭话。简单又朝林沫沫打招呼：“你说是吧？”

林沫沫笑了笑：“是挺巧的！”

“明明就是你自己从二班过来一班的”，苏青在心里暗暗想。

站了会儿，简单又开始自言自语：“唉，怎么没有座呢？”明明苏青后面一排就有两个座位，简单愣是像没有看到一样，往苏青身边凑。

林沫沫看不下去了："简单，二班坐在哪儿？我去找李奇，你坐我这里吧。"

简单坐下以后，苏青整个人都觉得窘迫不已，每次她和魏子斌聊天聊得好好的，简单就会过来插一句嘴。例如魏子斌跟苏青讲篮球，讲麦迪曾经辉煌的35秒13分，简单就冷不丁地来一句"现在麦迪的状态离科比还差1000个姚明"，苏青跟魏子斌聊周杰伦、黄绮珊的时候，简单一脸惊诧地问："王岐山做完了政府报告工作还去唱歌了？"

苏青想去死一死。

她想了想："简单，你和魏子斌这么有话题聊的话，你们聊吧，我去找沫沫了。"

几分钟之后，苏青看到李奇正被班上的同学拉着表演节目，具体在演什么苏青没有看出来，不过挺符合李奇一贯的无厘头风格，挺搞笑的。

苏青四处张望，到处都没有看到沫沫的身影。

奇怪！

李奇下台以后，苏青问李奇："沫沫没和你一起吗？"

"没有啊！我刚刚好像看到沫沫坐在那里，不过这边一直在闹我，一转眼我就没有看到沫沫了，我以为她去找你了，我以为沫沫现和你在一起！"

"糟了！"苏青在心里大叫一声。

她赶快拿出手机给沫沫打电话，没有人接。再打，直接关机了。

苏青怕沫沫出事，又不敢找辅导员，怕事情闹大。她折了回去，魏子斌和简单两个人还坐在那儿。

"沫沫不见了，你们帮忙找一下。"苏青看了眼其他同学，低声嘱咐道，"我们先找，要是二十分钟以后没有找到，就通知辅导员。"

苏青不想事情闹得人尽皆知，但又担心沫沫的安全。

这边，刘米看到简单他们神色慌张，有些好奇地跟了上去。

夜色已经降临，四周弥漫着一股浓重的水汽。简单和李奇沿着两个班级之间的线路寻找，苏青和魏子斌则在每个班级之间找，看沫沫会不会心血来潮跑到别的班级去玩。

苏青的心跳得很快，她和魏子斌一个班级一个班级地找过去，没有沫沫的身影。远处还有其他不认识的人也在山顶野营，苏青忍不住往那边张望。她的神经绷得紧紧的，突然手机响了，苏青赶紧接。

“苏青，和同学一起露营，玩得还开心吗？”原来只是妈妈打电话过来问她关于露营的事情。

挂了电话，苏青觉得心里发慌。

看到苏青紧张的样子，魏子斌安慰道：“放心吧，林沫沫不会有事的。”他伸出手，握了握苏青拿着手机的手。

不过两个人的自我安慰并没有起到太大的作用，十分钟之后，苏青接到了李奇的电话，李奇声音中有说不出的沉重：“苏青，我让简单过去找你，你拿一件外套过来，记得，不要惊动其他人。”

很快，简单回来了，脸色看起来很不好。

苏青冲上去，抓住了简单的胳膊，简单只是压着声音：“待会再说。”

苏青到帐篷里拿了一件长外套，和简单一起出去，为避免其他人注意，魏子斌留下来替他们做掩护。

苏青见到沫沫的那一刻，眼泪就开始止不住地往外涌，但是又不敢哭出声来，怕惊动不远处的同学。沫沫的头发乱糟糟的，外套脏脏地被扔在一边，T恤也有撕裂的痕迹。

李奇蹲在地上，紧紧抱着沫沫。沫沫的手也紧紧环住李奇的胳膊，她紧紧咬着嘴唇，不让自己哭出声来。

苏青把外套给沫沫披上，李奇抱着沫沫，走了两步，果断地决定：“苏青，你今天不要回帐篷了，沫沫这样……我给你们在山上找一个住宿的地方，明天你们先下山。”

李奇考虑得很周全，这样子回去肯定会引起大家注意，成为话题中心肯定是大家最不想看到的事情。一回头，李奇看到刘米惊讶的表情。

刘米是偷偷跟着简单过来的，本来想看看他们在搞什么鬼。不过她万万没想到林沫沫竟然出了这么大的事情，她愣住了，一时之间竟不知道要怎么办。

李奇把沫沫交到苏青手上，低声说了句："我过去和她谈谈。"

刘米神色有些不自然。李奇走了过去："刘米，这件事情，不要让其他的人知道了……我求你……"

李奇脸上不再是平时嘻嘻哈哈的戏谑表情，他看着刘米："如果你讨厌我，恨我的家庭，可以直接找我。这件事对于沫沫来说……"

刘米打断了李奇："林沫沫出了这种事我很遗憾，但是我不至于恶毒到用这件事来报复你。我是很讨厌你，讨厌让我的家庭不完整的爸爸。"

周围的人第一次听到李奇和刘米的家事，原来他们俩是亲兄妹，而且还是这么狗血的关系。不过此时此刻大家的关注点都在林沫沫身上，所以刘米离开以后，谁也没有多嘴说话。

苏青回去拿了几件衣服，剩下的东西拜托魏子斌到时候带下山。"沫沫没事吧？"久久没有等到人的魏子斌问苏青。

苏青摇摇头："不太好，以后再跟你说吧。"

简单陪李奇定好房间，苏青进门的时候，沫沫仍灰头土脸的。

"我想洗个澡。"

这是沫沫出事后说的第一句话。

简单和李奇在大厅里等，苏青则在浴室外面等沫沫。过了快两个小时，沫沫才从里面出来，"苏青，怎么办？我觉得自己好脏。"

苏青看着一脸苍白的沫沫，心疼得无以复加。

"李奇呢？李奇人呢？"沫沫声音中带着哭腔，"他是不是嫌弃我了？"

苏青马上给李奇打了电话，安慰沫沫："没有没有，他马上就来。"

折腾了大半夜，沫沫总算疲惫地睡着了，即使在睡梦里，她的眉头也是紧皱着的。见沫沫睡着了，李奇的心才稍微缓了下来："今天沫沫的事情，越少的人知道越好。刘米那边，应该不会乱说的。她虽然平时有些争强好胜，但是这种事情，太沉重了。"

苏青和简单都点了点头。

第二天，沫沫的情绪稳定了一些。李奇和简单一大早就过来把苏青和沫沫送下了山。一路上，苏青不时地看着李奇臂弯里双眼紧闭的林沫沫，充满了担忧。李奇看着沫沫，仿佛下定了什么决心一样。

良久，简单的手抚上了苏青的手，用力握了一下，苏青没有躲。

回到学校，日子还是像之前一样过。不过苏青知道，有什么东西彻底地不一样了。

沫沫比以前更沉默了。

沫沫的脚在山上野营的时候崴了，本来不是特严重的伤，李奇执意为沫沫办理了住院手续，帮沫沫请了一个月的假。

苏青知道李奇的良苦用心。这段时间，李奇只要没课都会过来看望沫沫，有时候会带一些水果，有时候会带一些汤来。

在李奇的照顾下，沫沫精神好像好了不少。

简单有时候也会过来，多数时候，简单来的时候苏青也恰好在。“你知道吗？舒雅和李奇吵架了。”某天，简单突然对苏青没头没尾地说了一句。

“因为沫沫？”苏青抬头，看了一眼睡着的沫沫。

“不太清楚，”简单小声说，“我只知道，前段时间舒雅频繁地来篮球队找李奇，和篮球队的人关系也处得很好，大家一起起哄喊她嫂子，她没有反对，李奇也只是跟我们笑着闹。他们俩应该彼此都有点意思，如果不是因为沫沫，现在肯定在一起了。”

“不过现在出了这种事情，大家都不想的。可能李奇比较自责吧！他一直把沫沫当作……当作妹妹，想照顾她。沫沫喜欢李奇的事情，其实大家都看出来了，李奇自己应该也知道。所以他和舒雅……只能说有缘无分吧！”

苏青看了一眼睡着的沫沫，心里不知道什么感觉。简单离开以后，谁都不知道，本来睡着的林沫沫突然睁开了眼睛，又轻轻闭上了。

在李奇的照顾下，林沫沫恢复得很不错。一个星期以后，脚伤就完全没有问题了。某天，李奇正在手舞足蹈地给沫沫讲笑话，沫沫欲言又止。

过了很久，她才下定决心似地问李奇：“我想问你……如果有一天你发现我欺骗了你，你……会原谅我吗？”

沫沫的话说得很慢，眼睛紧紧地盯着李奇。

李奇想了一会儿：“要看什么事情吧……怎么了？为什么突然这么问？”

“没，”沫沫有些慌张，“我就是突然想到的，随口问问。”

“别多想了，”李奇安慰道，“你现在好好休息最重要，知道吗？”

林沫沫点点头，她并没有得到想要的回答。

苏青和简单的关系在林沫沫出事以后缓和了一些。

大概是心有余悸，苏青每次家教回来的时候，简单会自然地等在陈阿姨楼下。苏青在前面上车以后，会刷两下公交卡。有时候车上人多，苏青会在有人要坐她旁边的时候，礼貌地说声：“不好意思这里有人了。”

每到这时，简单心里便十分地欢欣鼓舞。

刘米有几次撞见简单送苏青回寝室，心里自然不太痛快。

“简单，你现在和苏青，是不是走得有些太近了？”刘米不怀好意地问，“你忘记了阿姨是怎么交代你的吗？”

简单淡淡地回答：“我没忘，不用你提醒。”

刘米跺了跺脚，马上又换出一副乖巧的样子：“简单，我知道附近新开了一家甜品店，什么时候有时间咱俩去尝尝？”

简单想了想：“行，我正好有话对你说。”

两人来到了新开的许留山，刘米喜欢吃芒果，附带地也喜欢上了所有和芒果有关的甜品。许留山以做芒果出名，简单和刘米排了一会儿队才等到了座位。

“简单，我点了一份杨枝甘露，还点了一份糯米糍，你看看你想要吃什么？”刘米的心情非常好，刚刚排队的一点点不愉快已经烟消云散了。

“我都可以，和你来一样的吧！”

点好单之后，简单在心里组织了一下语言，然后慢慢开口说：“刘米，你是一个特别好的女孩。”

这句台词太熟悉了，刘米盯着简单：“然后呢？”

“我知道我妈妈很喜欢你，小时候我们也玩得很好，只不过……我们可以做朋友，对不对？”简单脑海中一直出现苏青的脸，才艰难地把这句话完整地表述出来。

“有什么话你就直说吧！”刘米的心情瞬间跌回谷底，简单的意思很明确。

见简单不说话，刘米深吸了一口气：“你不说，就让我来说吧！简单，我从小到大，喜欢的东西从来都没有得不到的，小时候我喜欢的玩具，爸爸都会满足我；后来我长大了，想得到好的成绩，只要努力就能拿班上前几名……再后来，我遇见了你，我就对自己说，我一定要争取得到你，不是争取，是得到。”

刘米接着说：“只不过那时候，苏青比我喜欢你的方式更直接。可是那时候你明明是不喜欢苏青的，不是吗？”

简单点头，他第一次听刘米讲她对自己的感情。

究竟是什么时候开始喜欢上了苏青，简单自己也不知道，只知道当他反应过来的时候，苏青已经深深地扎在了他的脑海里。

服务员端上来他们俩的甜品。

刘米搅着杨枝甘露里亮晶晶的柚子果粒，仍不甘心：“简单，你觉得我哪里做得不够好？哪里比不上苏青？”

简单急忙打断她：“刘米，你很好，漂亮、性格又好，班上好多男生都喜欢你。只是你和苏青，是两个不同性格的人……”简单知道自己的解释很无力。

自己喜欢的人不喜欢自己的时候，什么解释都显得苍白。就像简单也问过自己哪里比不上魏子斌一样。

感情的事情，本来就没有谁对谁错。

两个人各怀心思地吃着面前的甜点。刘米心里不甘心，连自己最喜欢吃的芒果都尝不出甜味。面前的糯米糍快吃完的时候，她才抬头对简单说：“你错了简单，我并不是一个好女孩。”

和简单分开以后，刘米给简单的妈妈打了电话，她知道简妈妈一定会出面阻止，有些东西既然她得不到，她也不愿意其他人得到。

周末来画廊看画的人很多，送走最后一批观赏者，已经快 8 点了，苏妈妈一边收拾着画具，一边确认没有访客滞留。

没过一会儿，她就看到有一个和自己年纪相仿的女人在一幅画前伫立。

“您好，现在已经快闭馆了，您想要参观的话，可以明天再来。”苏妈妈礼貌说道。

“我不是来看画的，我是来找你的。”

来人正是简单的妈妈。

原来，刘米和简单分开以后，按捺不住自己愤怒的心情，直接将状告到了简单妈妈面前。见劝说不了儿子，简单妈妈决定直接找苏青妈妈谈谈。

不过，看到苏青妈妈的时候，简妈妈忍不住上下打量她，眼前的妇人看起来要比实际年纪大一些，但是不难看出她年轻的时候一定是一位很优雅、很有气质的女士，时间并没有带走她身上的艺术感，经过岁月沉淀，反而显得更有味道。

“您的女儿叫苏青吧，不知道她有没有跟你提过一个叫简单的男生，我是简单的妈妈。”

苏妈妈想起上次苏青回家跟自己说过的喜欢的男孩子，虽然不确定叫什么名字，但是看到简单妈妈的样子，也猜得八九不离十了。

“我没有听过这个名字，不知道你来找我有什么事情吗？”苏妈妈不卑不亢地说。

简妈妈干脆利落：“我希望你的女儿离我们家简单远一点。”

简妈妈丝毫不生气：“这件事情我可做不了主。”

“你……”

简单妈妈气结，她看着眼前的妇人，又换了另外一副语气。

“我无意冒犯你，可是苏青从一个不完整的家庭走出来，还有她姐姐的病情……这样的苏青有什么权利去说喜欢我们家简单呢？”

苏妈妈丝毫没有犹豫：“我没有给苏青一个完整的家庭，是我的责任，虽然这并不是我的本意。但是我觉得苏青很优秀，她独立善良，平凡却努力地生活。她知道自己想要的，并且可以为之付出努力。她并不需要外在的东西去证明她自己，在我眼里，苏青就是很棒的一个人。”

苏妈妈踱步到一幅画面前。

“您听过一句话吗？满地都是六便士，他却抬头看见了月亮。”苏妈妈指着那幅画，“这是我根据这句话的意境画的画，在苏红没有出事的时候，我还会画一些画，苏红出事以后，我就什么都画不出来了。一个人的眼界总是有限的，我觉得多交流、彼此交换才能打开眼界，看到外面更远的世界。孩子们的事情就让孩子们自己解决，大人插手，反而适得其反，您说对吗？”

苏妈妈的话让简单妈妈陷入了沉思。

之前她一直觉得，苏青靠近简单是别有用心。可是今天过来见了苏青的妈妈，又完全出乎自己的预料。本以为家境堪忧的苏青家人会是市侩的人，可是面前苏妈妈的谈吐看起来不一般。当面前的这个人说起放在这个画廊的某幅画是自己的作品时，简妈妈更吃惊了。

晚上，苏妈妈等苏青回家吃完饭，快睡觉的时候，才淡淡地提起简单妈妈来过画廊的事情：“每个人都有每个人的世界，你的世界如果够宽广，那么势必可以包容下别人小小的世界。”

苏青没有告诉妈妈，下午的时候，她看到简单了，他和刘米一起，在一家新开的店子里并肩而立。

第十八章

我想放过我自己

苏青没有想到，舒雅会来找自己。

看到舒雅的时候，苏青有些认不出来她。舒雅夸张地转了个圈：“怎么样，好看吗？”

舒雅剪了短发，整个人越发消瘦。

“我要去澳大利亚学音乐了，要完成我的梦想了。”舒雅故作轻松地说，“后天的机票，现在跟你来告别的呢！”

“啊？”苏青被这个重磅炸弹炸得有些回不过神。

“嘿嘿，我说，我要去澳大利亚学音乐了，要去澳大利亚看那些可爱的袋鼠了！”舒雅笑的时候眼睛依旧弯弯的，像新月一样。

苏青为她感到开心：“恭喜你呀，真好！”

“嘿嘿，谢谢！”

过了会儿，苏青像想起什么似的：“这件事……李奇知道吗？”

舒雅摇摇头：“不知道。那次我本来准备问李奇，我说我家里人要送我去国外，如果你现在点头的话，我就留下来。可是那次李奇却劝我去，他说能去国外学音乐，机会太难得了，让我好好把握。”

顿了顿，舒雅又说：“我一直以为他只是为我考虑，不希望我放弃我的理想。后来他越来越忙，我几天都看不到他一次，找他的时候他总是在忙，有次我跟到他上课的教室，才知道他那段时间心一直在林沫沫身上。”

苏青通过舒雅的描述，再加上这段时间的经历，串起了整个故事。她不能跟舒雅讲关于沫沫的事情，但是她知道舒雅误会李奇了，舒雅以为李奇喜欢沫沫，所以放自己走。

“愿赌服输。”舒雅笑，苏青不忍看舒雅眼里明明灭灭的光，“不说我了，说说你吧苏青，你和你的三万天男生怎么样了？”

苏青眼前又浮现出简单和刘米在甜品店的身影，“我跟他，不可能的。”

舒雅了解苏青，苏青第一次兴致勃勃地对她说起喜欢的男生时，眼里充满了那种无所畏惧的勇敢，现在谈起她的“三万天男生”，眼睛里面只有散不开的疲倦。

是的，疲倦。喜欢一个不喜欢自己的人，会瞬间老去吧。

舒雅给了苏青一个拥抱：“相信我，都会好的。”

和舒雅告别以后，苏青去医院看林沫沫，正好碰上了李奇。见沫沫正在休息，苏青认真地想了一会，决定把这件事情告诉李奇。虽然他们俩从来没有开始过，可是离别的时候还是可以好好地告个别，不是吗？

苏青把李奇喊到门口，低声问道：“李奇，你知道舒雅过几天要走的事情吗？”

“走？去哪？”

看李奇反应，苏青就知道舒雅什么都没跟李奇讲：“去澳大利亚进修音乐，可能明年回，也可能后年回，也可能永远都不回来了。”

李奇正在削水果的手一顿：“什么时候的票？”

“后天。”

他们不知道，正在他们说话的空当，林沫沫已经醒了。

星期天早上，李奇整个人都心不在焉，沫沫关心地问：“李奇，你……没事吧？”

“没事啊！”李奇笑道，“我能有什么事情！哦，对了，沫沫我跟你讲，我昨天看到一个很冷的笑话，说有一个番茄……”

“……在路上走着走着就把自己吃掉了？”

“啊，原来你听过这个笑话……”李奇有些尴尬。

“你今天早上已经跟我讲了三遍了，这是第四遍。”沫沫纠正道，“李奇，你现在出医院，去机场，应该还能好好和舒雅告个别。”

李奇没想到沫沫会说这句话，愣住了。

随即他摇头：“没关系，我在医院陪你吧……我跟舒雅……我跟她根本就没有什么。”

林沫沫笑道：“可是你很喜欢她不是吗？”

李奇没有作声。

“李奇，你真的很好，你能留下来照顾我我很感激。我以前很怕舒雅抢走你，真的，但是啊，我现在想通了，如果你喜欢舒雅，那就诚实地面对你自己，别让自己遗憾。”

“沫沫，你……”李奇担心地看着沫沫。

“记得我曾问过你，如果有一天，你发现我欺骗了你，你会不会原谅我吗？”沫沫深吸了一口气，“现在我要告诉你，李奇，其实那天，没有发生你们想象的那么严重的事情。”

原来那天沫沫一个人走丢后，确实遇到了一个意图对她不轨的男人，沫沫当时奋力挣扎，恰好李奇和简单朝这边走过来了，歹徒扯坏了沫沫的 T 恤，伸进了沫沫的衣服里面，在打斗时还在沫沫胳膊上留下了瘀青，后来歹徒扔下沫沫仓皇逃跑。很长时间内，沫沫都忘不了那双手在自己身上触摸时的恶心的感觉。

李奇过来抱住沫沫的时候，沫沫才回过神，她不愿意让任何男生接触她，除了李奇。

沫沫想一直占有着李奇给的温暖，后来李奇为自己做的一切她都看在眼里，只是她刻意忽略了李奇偶尔流露出的疲惫和歉意。

那些歉意，都是对舒雅的吧。

李奇听到沫沫没事，根本没有去想沫沫欺骗他的事，大喜过望，立刻冲上来抱着沫沫，根本没有想过去怪她欺骗自己，只是不断重复道：“真好，你没事真好，真的……”

沫沫闭上了眼睛，能喜欢李奇，真的是一件特别特别好的事情。

“快去吧，说不定舒雅正等着你呢。”沫沫笑着对李奇说，“我没事，待会让苏青陪我办一个出院手续就可以了，替我跟舒雅说声对不起。”

李奇打了一辆的士，虽然今天难得不堵，李奇还是在心里祈祷车快点开快点开。

两点二十八分。

来送舒雅的人很多，舒雅和早已经解散的明天乐队的成员一一告别，和自己的父母亲人一一告别。苏青前两天跟她道歉，说送不了她了，她也表示理解。

舒雅最后看了眼这座她生活了多年的城市，准备登机。

“舒雅，舒雅，等等！”

听到这个熟悉的声音，本来还有些失落的舒雅，眼神从最开始的不信渐渐变成了惊喜，她回头看，十米开外的李奇扶着大厅里的柱子喘着粗气，幸好赶上了。

舒雅看着李奇，没有动，李奇朝她张开了双臂，舒雅扔下手中的行李箱，飞奔过来。

这是他们之间的第一个拥抱，它来得这样迟。可是正如电影里说的那句话一样，“世间所有相遇，都是久别重逢。”

“舒雅，我不是来让你别走的。音乐是你的梦想，我永远站在你身后帮你捍卫它。”李奇在舒雅耳边说道，“我会等你，舒雅，我会等你。”

舒雅也狠狠地点了点头：“嗯！”

这边，苏青听林沫沫讲完了那天山上发生的所有事情，生气得一枕头敲在了沫沫头上：“你知不知道你这样让我多担心！”

林沫沫内疚地看着苏青：“苏青对不起，我……”

苏青生气不过五秒，下一刻又开心得抱住了沫沫：“你没事就好，我真的很开心……”

平静下来的苏青听完沫沫让李奇去机场和舒雅告别的事情之后，她故意揶揄沫沫：“你现在后悔已经来不及了啊，说不定他们现在正郎情妾意地抱头痛哭呢！”

沫沫“哼”了一声。

过了会儿，苏青问：“你不是一直喜欢李奇的吗？为什么……”

沫沫回忆起第一次看到李奇时的情景，仿佛他还是那个阳光下噙着笑的男孩，然后缓缓地开口：“世界上有很多事情是我们没有办法控制的，我喜欢李奇，我没有办法控制；李奇喜欢舒雅，李奇也没有办法控制。世界上有情人那么少，我不愿意做一个让李奇痛苦的人，不愿意变成李奇追求幸福路上的绊脚石。与其说我成全了李奇和舒雅，不如说我放过了自己。”

沫沫笑得坦荡：“总有一天，我会遇到对的人，苏青，我祝福他们。”

转眼就到了六月份，天气已经渐渐变热。时间过得真快，苏青在心里感慨。

因为刘米，苏青对简单仍心存芥蒂。

简单也感受到了苏青的拒绝，他好不容易向苏青靠近了点，苏青总会退到一个安全的地方。

简单不知道问题出在了哪里。

自从上次野营时在大巴上“真心话”事件过后，魏子斌和苏青之间就有了一种若有若无的暧昧，魏子斌从来不说破，苏青也不提。

不过苏青心里明白，魏子斌放在心尖尖上的女生并不是自己。有一次魏子斌在图书馆和苏青一起复习的时候，从魏子斌的书里面悠悠地掉出了一张照片。

魏子斌手疾眼快地捡了起来，苏青瞟了一眼，那是一张与自己年龄相仿的女生的照片，照片的背后，写着“书琦”两个字。

看到这张照片的魏子斌愣了半天神，好像在看一件失而复得的东西。苏青从没见过这样魂不守舍的魏子斌。苏青回想起那天在车上，魏子斌对她的“表白”，是说“想保护”她，而不是“喜欢”她。

想通了这一点，苏青觉得再面对魏子斌的时候便坦然了。或许她只是在一个对的时间遇上了一个错的人，因为魏子斌觉得她还不错，所以在一个不适合的时间对她萌生了好感。

可是那些都不是喜欢。

“苏青，你是不是喜欢魏子斌？”对苏青和魏子斌之间的亲密，简单表现得无所适从，某天他向林沫沫打听了苏青的去向之后，径直堵住了从图书馆回来的苏青。

苏青有些好笑地看着他，不明白他的用意。

“你不敢说，是因为你不敢承认。”简单一步一步逼近苏青，苏青往后退。

“这些和你有什么关系吗？”苏青终于不笑了，正色看简单。

“因为我喜欢你，所以来问你。”简单上前一步，苏青无路可退了。

苏青眼前又浮现起他和刘米一起的画面，还有那次刘米送给她的“惊喜”。

“喜欢我什么？喜欢我鲁莽幼稚？还是喜欢处处躲着我？”顿了顿，苏青又笑了，但是苏青觉得自己现在笑得比哭还难看，“还是喜欢我癞蛤蟆想吃天鹅肉的样子？”

简单震惊地看着苏青，这些话是从他嘴里说出来的没错，但是自己想表达的明明是相反的意思，而且，苏青是怎么知道的呢？

“你……你怎么……”

苏青推开了简单的手：“简单，不要问我是怎么知道的。现在我有资格回答你了吧？我和魏子斌怎么样，都和你没有关系。”

苏青跌跌撞撞地离开了，简单目送苏青离开后，突然灵光一闪：“是刘米！”

当时听到这番话的人中，只有刘米才有可能把这些告诉苏青。

可是简单要怎么向苏青解释。

简单沮丧地回到寝室，碰上李奇正和澳大利亚的舒雅视频。等李奇甜甜蜜蜜地关掉视频，简单才把他和苏青最近的事情向李奇汇报了一遍，他知道刘米和李奇的关系，所以并没有把刘米做的事情告诉李奇。

“李奇，你说，我要怎么做？苏青不接受我的道歉。”

“活该！”李奇想，谁让你说那些欠揍的话呢，“不过，我倒是有个想法。以前苏青为你做了那么多，这次换你把苏青追回来了。”

简单说做就做。

六月份是毕业季，每到六月份，大批青春怀旧电影开始上映，校广播站一首接着一首地播放怀旧曲目，《同桌的你》《匆匆那年》《北京西路的日子》……每天傍晚下课以后，广播会准时响起，传到学校的每一个角落。

这段时间，苏青每天都会看到大四的学长学姐们穿着学士服，穿梭在学校的特色景点前拍照留念。虽然还是大一的学生，但有时候苏青也会有些感慨，不知道三年以后的自己，将会以什么心情来面对待了四年的大学和朝夕相处的同学。

这样想想，苏青觉得有些感伤。

同样感伤的还有魏子斌。

前一天晚上，他接到了一个电话。

手机显示的是一个陌生号码，魏子斌接起以后“喂喂喂”了几声，那边却一直没有人说话。魏子斌以为是有人恶作剧，随手挂掉了电话。

几分钟之后，放在桌子上的手机震动了一下，有短信进来。

魏子斌看到短信已经是两个小时以后的事情了。

“魏魏，我明天下午三点到北京西站，你要不要来接我？”

是之前打过来的陌生电话，短信没有署名，但是魏子斌不用想都知道电话那头的人是谁。魏子斌一夜无眠，第二天和苏青碰头的时候，他的眼睛还是肿的。

“怎么了，脸色这么不好？昨晚当贼了？”苏青打趣他。苏青和魏子斌早在一个月前就报名参加了院里的“阳光之行”活动，计划今天去探望福利院的孩子。此时离三点还差两个小时，魏子斌频繁地看时间。

“阳光之行”安排在下午两点到四点，由院里组织齐人员后，再统一出发。苏青看到魏子斌的样子，以为他有什么急事。

“有什么事情吗？”苏青关心地问道。

“唔……也没有，我有个朋友要来北京，今天下午三点到。”魏子斌看到苏青主动问自己，便含糊地说道。

苏青刚想说什么，突然听到一个声音：“嗨，苏青，魏子斌，好巧，你们也来参加院里的活动？”

简单一身休闲服，今天破天荒地戴了一副框架眼镜，双肩包里鼓鼓的，不知道装的什么东西。这样一身打扮，让他显得更加稚嫩。如果不认识的人第一次见他，说不定会觉得他是一个刚刚升高二的学生。

苏青皱着眉头看简单，简单被她这种眼神看得有些不自然："怎么，只允许你们来参加这个活动，就不许我来？有句话怎么说的，只要人人都献出一份爱，世界将变成美好的人间。"

简单发表着感言，回头却看苏青没有理他，碰了一鼻子灰。

"你那个朋友，是女生吧？"苏青笑着问魏子斌。

魏子斌一脸疑惑，这也能看出来？

见魏子斌这样，苏青知道自己猜得八九不离十。她把玩着刚刚从地上捡的枯黄叶子，对魏子斌说："我还知道，那个女生叫'书琦'，对不对？"

简单竖着耳朵听他们俩交谈，听到"书琦"两个字的时候，他打着哈哈强行加入他们的聊天阵营："你们说舒淇吗？我认识，和葛优一起演了《非诚勿扰》的对不对？"

魏子斌沉默了，苏青也没有理简单。

简单的一个问句直接被晾在了风里。

过了一分钟，魏子斌抬头看着苏青的眼睛："苏青，对不起。"

苏青知道他说的"对不起"不仅是指这次爽约不能陪自己参加"阳光之行"了，而是他可能要食言了。那天在车上，他当着全车的人对她许下的"照顾她"的话，可能做不到了。

苏青朝他一笑："没关系。"

魏子斌和苏青两个人，都不是彼此对的人，只是在人生轨迹上划了一下，然后又慢慢错开。苏青推了推魏子斌："赶快去吧，老师要是问起来我帮你应付，你别错过了接车时间。"

简单看着魏子斌离开，好奇地问："他怎么了？"

苏青回道："他去找一样很重要的东西去了。"走了两步，苏青回头喊简单，"你不过来跟我一起吗？"

简单被戳穿了心事，脸上有些讪讪地。

一大早的时候，简单给林沫沫打了电话，借口关心老同学伤势和她套近乎，因为之前受伤时简单帮助过自己，林沫沫对简单的敌意少了很多，再加上这段时间沫沫看出了简单对苏青的心思，也明白苏青心里一直对简单无法释怀，便有意无意地想撮合他们。

“苏青和魏子斌下午要去参加一个志愿者活动，先在院里集合再出发，你可以去找他们。”

知道了这个消息以后，简单就来找他们了。

因为魏子斌的提前离开，和苏青搭档的自然是“临时工”简单同学，看得出来这个临时工不但没有意见，反而一路心情很不错的样子。

一行人到达福利院，院干部和福利院院长简单交流了一下后，给大家分配了任务，每组带一个孩子出去自由活动，回来以后孩子们为大家表演节目。

苏青和简单分配到的是一个先天失聪的男孩，名字叫小黑豆。小黑豆只有七八岁的样子，耳朵上还挂着一个助听器。六月的天，简单和苏青早已经穿上了短袖，但起风的话，还是有些凉意。小黑豆由于听不见声音、也不会说话，如果生病了，可能也无法准确及时的表达。所以福利院的阿姨们为了预防他感冒，还是给小黑豆在外面穿了一件薄款针织衫，并且嘱咐苏青他们，一定不能给小黑豆吃冰的东西。

苏青和简单陪小黑豆玩了一会儿。有人陪着玩，小黑豆很开心，没一会儿，红扑扑的脸上就开始沁出汗珠。

苏青见状，便给小黑豆脱了外面的针织衫，结果发现，小黑豆里面穿着的短袖已经湿了。小孩子本来就好动，如果流的汗一直黏糊糊地浸湿衣服，风再一吹，只怕会感冒。

想了想，苏青和简单商量了一下，决定买件童装送给小黑豆。六一不就应该是给孩子送礼物的节日吗？

两人到附近的童装店为小黑豆选了一套印着米老鼠的衣服。换上短袖和短裤的小黑豆好像凉快多了，看上去也开心了不少。苏青买了一盒泡泡水，小黑豆瞪大眼睛看着苏青吹着肥皂泡，伸出手去碰。

“啪！”肥皂泡破了，小黑豆吓了一跳，立马又“咯咯”地笑了起来，然后欢快地去追苏青吹出来的另一个泡泡，两个人玩得十分投入。

简单很久没有看到苏青这么放松的样子，阳光下的苏青吹着泡泡，然后招呼小黑豆去碰，小黑豆鼓着腮帮子用力去吹泡泡，苏青耐心教他。简单心念一动，拿出手机拍了一张照片。

玩了会儿，苏青有些累，而且觉得这天气实在太热了。简单看到苏青擦汗，立马去不远处的麦当劳给苏青买回来一个甜筒。

小黑豆没有吃过甜筒，一双眼睛盯着苏青。苏青有些为难地说："阿姨说过不能让你吃冰的，说你容易感冒。"

不过小黑豆哪里听得懂这些话，伸着胳膊想要吃苏青的甜筒，苏青没有办法，只好用眼神征求简单的意见。

"给他吃一口吧，一小口，应该没什么关系的。"

苏青点点头。

没想到吃了一口甜筒的小黑豆嫌不够，冰冰凉凉的感觉让他吵着要吃第二口、第三口，苏青没法，只能向简单求救。

简单走过去摸了摸小黑豆的头，虽然知道小黑豆听不见，但还是耐心地说："你吃多了会感冒，阿姨会担心你的。小黑豆，你是个听话的孩子，对不对？"

简单边说边用手指了指福利院阿姨离开的方向。小黑豆看着他的手势，似乎是明白了，便乖乖地没有再吃。

这时候，远处的院干部正拿着相机在拍摄。他们要写活动报告和搜集活动图片，以便之后将此次活动内容刊登在校报上，所以正在搜集照片素材。

苏青见有人在拍她和小黑豆，连忙用手示意小黑豆看镜头，然后她亲昵地环住小黑豆，朝镜头露出一个无比灿烂的笑容。

回去的时候，小黑豆骑在简单的肩膀上，苏青则一手拉着小黑豆，一手拿着小黑豆的针织衫。小黑豆另一只手拿着一个风车，一阵风吹过，风车呼啦啦地转，小黑豆偏过头好奇地盯着风车看。

把小黑豆送回福利院的时候，福利院阿姨看到小黑豆穿的是一件新"米奇"T恤，还没来得及诧异，苏青就连忙给阿姨解释，说这是她和简单对小黑豆的一点心意。不过，室内温度似乎降了点下来，他们又重新给小黑豆穿上那件针织外套，套住了他的"米奇"T恤。

临走的时候，小黑豆特意溜出来与苏青、简单告别，摸着身上心爱的"米奇”，嘴里发出“呜呜”的声音。他们说，小黑豆这是舍不得苏青姐姐呢！

苏青看出了小黑豆眼里的不舍，一时间有些难受，也不管小黑豆能不能听懂，兀自说着：“小黑豆听话，姐姐有空会常来看你的。”

回学校的路上，苏青一直默不作声，不知道在想什么。因为没有什么精神，苏青坐大巴的时候觉得脑袋昏沉得想睡觉。

简单伸了一下懒腰，便将左手手臂搭在了苏青背后的椅子上。大巴一路颠簸，简单的手也随着汽车一颠一颠落了下来，挣扎了很久，才将苏青的头靠在了自己肩膀上。

苏青睡得迷迷糊糊，不知不觉把头靠在简单肩上睡了一觉。简单祈祷一路上苏青都不要醒，就这样睡到天荒地老也无所谓。

不过老天没有听到他的祈祷，没过几分钟，“叮叮叮……”苏青的手机不合时宜地响了起来。苏青从梦中醒过来，迷迷糊糊地去接电话：“喂？魏子斌？现在吗？”

本来简单还沉浸在自己的祈祷里，听到给苏青打电话的那个人是魏子斌后，浑身僵了一下。苏青意识到自己靠在简单身上，立即坐正，对着电话那头的魏子斌说：“好的，我待会儿去找你。”

挂了电话，苏青捋了捋睡觉时弄乱的发丝。简单装作不经意地问：“谁打来的电话呀？”

“魏子斌。”

“哦……他有什么事吗？”

“没，小事。”

简单不死心：“你待会儿要出去啊？”

苏青点了点头：“嗯。”

只一个字，简单就觉得自己的热情被浇灭，下午和苏青、小黑豆在一起玩的开心时光一下子被这一声“嗯”拍得烟消云散了。

第十九章
和幸福有关的那些事

就算心里不太开心，简单为苏青准备的惊喜还在紧锣密鼓地进行。

这天，简单在寝室听歌，李奇进门，将一份报纸扔给了简单："简单，你和苏青上头条了。"

简单觉得这句话似曾相识，突然想起他因为苏青被学校记大过的时候，李奇也是一样的动作、一样的神情，甚至是一样的台词。不过时过境迁，现在的简单只想离苏青近一点，听到这个，简单将耳机摘了下来，好奇地问李奇："什么头条？"

李奇把报纸扔给了他："你自己看。"

简单接过报纸，原来"阳光之行"的志愿活动稿件已经上报了，第一页的彩版赫然贴着他和苏青还有小黑豆三个人的照片。照片里，苏青挽着小黑豆朝着镜头傻笑，树叶斑驳的影子散落下来，简单站在树下，凝视着蹲着的苏青，眉眼里全是温柔。

看了半天，简单有点不好意思："咳咳，这个摄影师真会抓拍，呵呵。"

李奇白了眼简单，根本不信他的话。

简单在寝室找了把剪刀，将这张照片沿着线小心翼翼地剪了下来，又拿起桌子上的一个笔记本，将照片放了进去。

过了会儿，简单问李奇："你待会儿有办法帮我把苏青约出来吗？"

李奇看了下简单："这个有点难……"

"我妈今天给了我两张沃尔玛的购物卡让我随便刷……"

"……没问题我一定办到。"

同样不太平的还有女生寝室302。

一大早刘米出门跑步，就看到了门口放的校报上第一页的彩照，照片里苏青的笑容实在是太刺眼，简单深情的表情也深深地刺激到了她。

跑了两圈后，刘米决定下午上完课找简单聊聊。

简单一下午都好像有什么心事一般，时不时地去看下课时间。下课铃响起，他第一个冲出教室，刘米好奇，跟在简单后面，想知道他究竟在搞什么鬼。

简单直接来到了南门外的喷泉广场，按照约定，十分钟以后李奇要把苏青约到这里。刘米看了看简单，拿着早上的报纸，问简单："这是怎么回事？"

简单看了眼报纸，有些莫名其妙："这是前两天我和苏青一起去参加一个志愿者活动拍的照片。"

"你到现在还和苏青有联系？难道你忘了阿姨是怎么交代你的吗？"刘米有些恼火，但是还想死死抓住最后一颗棋子。

"我有自己交朋友的权利。"

刘米后退一步："你不怕我告诉阿姨？"

简单无所畏惧："你去告诉吧！你早就该告诉了，早就应该告诉她我喜欢苏青。"

两人正针锋相对，这边李奇和苏青正好走过来。

十分钟以前，李奇破天荒地跟苏青打了个电话，要约苏青出来走走。苏青以为李奇有和沫沫相关的事情要找她商量，便欣然应允。

没想到聊了十分钟，李奇也没有聊出个所以然来。苏青算是明白了，李奇是故意的。她和李奇正走着，看到了喷泉广场前的简单和刘米。

苏青的眼神暗了暗，不想看到他俩一起，转身就走。

李奇一看，这怎么不按剧情来？刘米这个时候为什么会出现在这里？没走两步，学校的广播开播了。女主播悠扬的声音从广播里传出来，散播到学校各个角落。

“今天我们要分享一个表白，是文学院大一二班的简单同学给一班的苏青同学。”

顿了几秒钟，简单的声音缓缓地从广播里传出来。

苏青顿住了脚步。

“苏青，当你听到这个表白的时候，说明我已经敢于面对自己的心了。以前的我不懂得珍惜你，直到失去才后悔莫及，现在我愿意当着全校同学的面对你说我喜欢你，苏青，我喜欢你。

“你为我比赛加油，替我制作横幅，送我球鞋，为我抄笔记，为我牺牲自己的时间……你为我做了这么多，我已经想好了，以后的我，也要陪你去游乐场，去苗圃看花，带你爬山，去做一切有意义的事情。

“我已经学会了正视自己的内心，学会了说不，今天我想告诉你，苏青，我喜欢你。”

简单的告白深情却不肉麻。

正当大家好奇地驻足，四处观望，猜测着广播里的“苏青”是哪位幸运的女生时，学校里突然飞来了很多架遥控的小飞机，每一架小飞机上都挂着一张写着“苏青，我爱你”的红色条幅。

有女生看着音乐喷泉上方这些像红色蜻蜓一样“嗡嗡嗡”直响的飞机，开心地示意周围的人看。还有女生埋怨自己的男朋友怎么没有想到这么浪漫的告白方式。

刘米恨恨地看了眼简单，气得转身就走。

李奇将苏青拽到简单面前，拍了拍简单的背：“剩下的事情就交给你了，我先走了。”

看着李奇的背影离开视线，简单对着苏青缓缓开口：“苏青，我可以喜欢你吗？”

说没有触动是假的，这些天简单做的事情苏青都看在了眼里，不过，苏青害怕简单只是因为内疚才说出这些话。她朝充满期待的简单摇了摇头，艰难地开口："简单，我不接受，因为这不是喜欢，只是你的愧疚和原谅自己的借口。"

简单愣在了原地，他从来没有想过这些。

简单目送着苏青的身影离开，一时间有些难以接受。一分钟不到，简单又看到苏青转身回来了。他还没有来得及惊喜，便看到苏青拿着手机，泪珠却大颗大颗地往下流："简单，小……小黑豆出事了。"

苏青和简单搭车来到了福利院，一路上苏青的眼泪没有停过，简单看了心里也很不好受。

据福利院的阿姨讲，小黑豆今天一大早就吵着要穿苏青和简单为他买的衣服，吃了点早餐之后就跑出去玩。等到中午的时候，大家发现没有见着小黑豆，就出去寻找。再看到小黑豆的时候，他已经在水里泡了很久，打捞上来的时候已经没有了呼吸。

苏青不敢去看小黑豆，只是那套衣服她再熟悉不过。因为小黑豆的爸爸妈妈都不在了，所以福利院只是简单地为小黑豆准备了一个仪式，苏青和简单与小黑豆只有一天的缘分。

回来的路上，苏青觉得头疼得不行，最近发生的事情太多了，一桩接着一桩，她需要时间好好消化一下。

当天晚上，魏子斌约苏青出去，两个人沿着湖边走了很久。

月色很好，魏子斌突然有了倾诉的欲望，从他的口里，苏青知道了关于"书琦"的事情。

年少的感情约莫都是大同小异的。

魏子斌和书琦是中学同学，两人在一起度过了初中、高中这人生中最好的六年时光。魏子斌的成绩很好，相反书琦不怎么爱学习。年轻时候的感情纯粹得不掺杂任何杂质，在魏子斌眼里，书琦就是他放在心尖尖上的女孩。

不过书琦早恋，喜欢上了一个小混混。书琦没有办法，只能拿好学生魏子斌做掩护。每个周末，书琦和喜欢的男生去约会，魏子斌则替她放哨。

书琦的家人很放心魏子斌，所以每次魏子斌撒谎，说帮书琦补习功课的时候，都不疑有他。

再后来，书琦和小混混分手，她忧伤了一段时间，缓过来以后，她又交了另外一个男朋友。那时候他们已经上高中了，魏子斌就是在那个时候意识到自己对她的感情。他看着书琦受伤，又倔强地喜欢，却只能在一旁看着。

高考的时候，书琦考得很糟糕，成绩只能上一个普通的三本。她决心复读，和以前那些狐朋狗友断了联系，自然包括她的男朋友，所有人都觉得，魏子斌的机会来了。

毕业散伙饭上，书琦喝多了，魏子斌担心她的安全，干脆把她送到了家。

书琦喝得有些晕眩，双眼迷离。

“魏子斌。”书琦只醉醺醺地说了一句话，然后唇吻了过来。

后来，书琦完全不记得自己那天酒后的失态。不过魏子斌知道，他完蛋了。

再后来，书琦复读，魏子斌上了大学，两人的联系越来越少。怕影响书琦的复习，魏子斌后来只是偶尔从别的同学那里打听她的消息。

“后来呢？”苏青忍不住问道，魏子斌絮絮叨叨了这么多，好像还是没有说到重点。

“或许得不到的才是最好的。昨天下午我去接她，在出站口的时候，我已经看到她了。她还是和以前一样，没什么大的变化。”说到这里，魏子斌嘴角忍不住露出一个笑，随即他叹了口气，“她站在出站口四处张望，不知道为什么，我突然没有走过去的勇气了。”

魏子斌停顿了一会，又接着说。

“她大概等了我二十分钟，这期间，她给我打了两个电话，我没有接。可能我太害怕我们都变了，也害怕我对她的感情变了，大概‘近乡情更怯’吧，那一瞬间，我突然觉得释然了。”

“那你还喜欢她吗？”苏青问。

魏子斌想了想，说：“喜欢，但是没有非要在一起的执着了。”

苏青想起了简单，她对简单，也是这种心情吧。

两个感情里的傻子，都曾经被伤害，好不容易走出来以后，太怕重蹈覆辙，也太怕失望，所以选择逃避，选择违背自己的本心。

月光下的两人各有心事。风乍起，吹皱了一池春水，也吹皱了苏青的秘密。

刘米拿着报纸去找简单的妈妈，她知道简单妈妈已经见过苏青的妈妈，只是不知道那天在画廊里两个人的对话。

“阿姨您看！”刘米赌着气，说话的语气有些急，“这个苏青还是阴魂不散！”

简单妈妈只看了一眼报纸，简单居然会去做“阳光之行”的志愿者。这在以前是完全不可能的。以前的简单性格孤僻、少言寡语，虽然外表帅气，但一副冰山脸拒绝了多少暗恋他的女生，什么时候看到简单看一个女孩子时有这么温柔的眼神。

他嘴角噙着的笑意、脸上温柔的神情分明说出了他当时的心境。

简单妈妈一字一句看完了整篇报道，想了下，反问刘米：“这个……有什么问题吗？”

刘米被简单妈妈问住了，简阿姨以前不是很讨厌苏青吗？为什么突然变化这么大？

简单妈妈只想了几秒：“米米，你是不是特别喜欢简单啊？”

刘米点头。

“其实阿姨也很喜欢你，你又乖巧又懂事，阿姨如果有个女儿，肯定希望能像你这么优秀懂事。可是……”简单妈妈话锋一转，“简单喜欢谁阿姨管不了，你们年轻人的感情阿姨不懂。

“阿姨后来问了简单，知道了一些关于苏青的事情，才知道之前我对她误会很深，好在一切都不晚，简单没有看错人，苏青这姑娘有颗金子般的心。”

简单妈妈的话让刘米失去了最后的优势，她几乎是从简单家落荒而逃。

失落的刘米心里烦躁不已，她路过一家便利店，买了一听啤酒，呷了一口，啤酒特有的苦涩根本没有让刘米觉得好受一点。

谁说酒越喝越暖？谁说酒能解千愁？

都是扯淡！

路边有人朝刘米投去了好奇的目光，一个漂亮的女孩子本身就容易让人驻足流连。何况她还一脸苦闷，拿着酒大有“借酒消愁”之意。

刘米随手拨通了一个号码：“有时间没？出来陪我喝酒。”

李奇没有想到自己会接到刘米的电话。

电话那头有些吵，李奇推测刘米现在不在学校。和平时骄傲得像只孔雀的语气相比，刘米现在的语气充满了颓废。李奇问清楚了刘米的位置，直接打车去找刘米。

刘米手里的啤酒已经喝完了，不知道是因为酒精作用还是怎么回事，她的脸异常红。两个人本来就不算太熟，刘米刚刚只是随便朝通讯录里一点，拨通了一个号码，她压根没有想到电话那头的人会是李奇。

不过想想，也找不到别人，李奇就李奇吧。

两人坐着，沉默了很久，过了一会，李奇开口问刘米：“我其实很久之前就想问你，我爸……我爸现在还好吧？”

刘米沉默了。

“挺好的。”

“那……阿姨现在也还好吧？”李奇想了一会，才问出了这个话。

刘米看了一眼李奇，低声说：“嗯，我妈现在挺好的，谢谢你的关心。”

事实上，刘米的妈妈现在和刘米爸爸的关系很不好，她的爸爸是一家上市公司的老总，工作之余应酬也很多。小的时候，出于对自己的愧疚，爸爸总是给她们母女很多钱。刘米能住最好的房子、吃最精美的食物，包括学跳舞、学艺术，都是爸爸资助的。

好在刘米争气，学的东西样样都拿第一，这让刘米的妈妈很是欣慰。刘米一天天长大，爸爸也越来越忙，越来越没有时间陪刘米了。

刘米高二会考的时候，爸爸忙得没有时间陪她，那天晚上，一向看似和睦的家庭爆发了一场大战。

"我知道你最近去找谁了，你去找你的前妻了。"刘米妈妈口里的前妻，自然是李奇的妈妈。"米米会考这么大的事情你都不放在心上，却有时间去找别的女人，呵呵。"

这些年，李奇的爸爸基本上没有管过李奇母子。但看着刘米一天天长大，李奇爸爸心里对李奇的愧疚也一天天滋长，只是他根本没有处理好两份感情，伤了两个爱他的女人的心。

李奇叹了口气："大人的感情我们实在没有资格去说什么，不过我们都要好好的。你和简单……我也不知道怎么劝你……反正……哎……"

李奇自顾自地说着话，刘米在一旁安静地听着。过了一会，李奇发现她时不时地用手去摸脸，到了灯光明亮的地方，李奇看清了刘米的脸之后才惊呼："刘米，你是不是酒精过敏？"

刘米只知道自己脸上痒痒的很不舒服，又不敢用力抓，听到李奇这样问，茫然地说："不知道，我以前从来没有喝过酒。"

李奇把刘米送到了附近的一个诊所，为刘米付了钱，买了点药。刘米脸上起了一坨一坨的红色的包，医生为刘米配了抗过敏的吊水。

李奇看到刘米生病时柔弱的样子，自然地想起了林沫沫。

他叹了口气，拿起了手机。

简单有些诧异这个点李奇会给自己打电话，听到电话那头李奇说刘米不太好的时候，简单犹豫了。

"你还是来看一下刘米吧，老是逃避也不是办法。"李奇说完了这句，挂了电话。

简单想了想，还是决定出门了。

因为在打吊针，刘米的脸上退去了潮红，显现出一种苍白的病态感。见到简单，她的眼中闪现出难以置信的、惊喜的神情。

李奇朝简单点点头，又看了下刘米："如果有什么事情，可以给我打电话。"

李奇走后，房间里的两人沉默了。

刘米的点滴很快就打完了，医生为刘米抽了针，递给她一只棉签止血。

简单送刘米出了诊所，两个人之间一直没有说话。两人沿着街道一直往前走，没有目的，也没有言语。简单一直走在刘米的左侧，替她挡住外侧川流不息的车流，刘米看了眼简单。

他也这样为苏青挡过很多次的车流吧，只是他为苏青做这些的时候，是爱；而对其他女生做这些的时候，是绅士。

花洒的热水落下来，浴室里立马升起一阵水汽。洗了热水澡以后，苏青感觉好了不少，饶是这样，她还是觉得疲惫不堪。这几天发生的事情把苏青轰炸得焦头烂额，小黑豆的事情让她情绪低落了好一阵子。

那天，魏子斌很绅士地把苏青送到女生寝室楼下，欲言又止，最后还是选择了沉默。晚上苏青洗完澡，收到了魏子斌的短信："苏青，如果没有简单，我们有没有可能在一起？"

苏青知道，魏子斌是在暗示自己，忘记以前的事情，开始新的生活。魏子斌选择自己只是因为自己人还不错，性格也合拍，可是这样没有以心动为基础的"合适"真的能走长远吗？

自己呢？苏青何尝不想忘记简单，忘记以前不开心的日子，可是这段时间，简单为她做的她都看在了眼里，她舍不得。

她想了下，编辑好了短信，然后点了发送键。魏子斌是个聪明的男孩，肯定能懂她的意思。

这天晚上，苏青睡得很安稳。

日子还是像往常一样过。只不过苏青身边突然变得冷清了不少。魏子斌收到短信以后知道了苏青的想法，也没有再来纠缠苏青。两个人在学校碰到，也只是礼貌点头。简单上次的告白或许花光了他所有的力气，苏青没有任何的表态，他也不敢继续纠缠苏青了。

不过，命运真的很神奇，它像一只无形的触手，总能把对的人送到你的面前。

这天下课后，辅导员找到了苏青。

"苏青，大四的毕业典礼上需要各年级的学生上去表演节目，为学姐学长们举行欢送仪式，大一的学生已经选定了……”

苏青后知后觉：“我？”

辅导员笑着说道：“是啊，你们上次参加福利院的志愿活动令大家很吃惊，照片刊登了以后，被院里书记看到了，觉得你们挺适合上去朗诵诗歌或者是表演其他的才艺……”

苏青头有些晕，几秒钟后她才反应过来：“你们？是说我和……简单？”

辅导员点点头：“对啊，这会儿简单应该也接到了消息，你们是书记钦点的，表演什么才艺不是最重要的，反正这个节目你们是上定了！”

苏青欲哭无泪。

这边简单收到通知的时候也愣了。几个小时以后，他接到了苏青的电话：“那个……你收到了……消息了吧……我们……”

简单叹气：“苏青，你不用这样说话，我又不是老虎，不会吃你的。”

两个人来到院里的彩排教室，离毕业欢送会还有两个星期，大家都在抓紧时间准备自己的节目。

苏青和简单傻了眼，或许是因为最后一次登台，大四的学长们表演的节目从单口相声到小品，从音乐独奏到大合唱，应有尽有。苏青想，要不是因为场地有限，说不定真会有人表演“胸口碎大石”或者“脚踩电灯泡”什么的……

苏青被自己丰富的联想能力逗笑了。

一旁简单提醒她：“别傻笑了，快一起想想我们俩表演什么节目吧！不然到时候哭都哭不出来！”

两人合计了半天，经过严格筛选和周密考虑，简单和苏青最后决定表演一个最没有难度的诗歌朗诵，反正就是声情并茂地对着大四的学长学姐们表达出自己心中的不舍，然后等谢幕和掌声就行。

简单先是选了徐志摩的《再别康桥》，然后选了一首轻音乐做背景。

因为排练的场地有限，能上舞台练习的时间和机会也很有限，所以不能上台表演的时候，苏青和简单两个人就在台下对着台词，训练间隙看看其他人的表演。

排练小品有时候需要工作人员帮忙搬道具，苏青和简单自然而然就留下来帮忙，天色暗了以后，简单就送苏青回寝室。

两个人在回寝室的路上话并不多，只是安静地享受着晚风和当下的静谧。本来，苏青离简单有半米之远，突然迎面来了一个醉汉，跌跌撞撞地朝苏青走来。

苏青心中惊恐不已，下意识往简单的方向靠过去，抓住了简单的胳膊。直到醉汉走过去很久，苏青才慢慢松开了手。

再后来，苏青走路的时候离简单没有那么远了。有车经过的时候，简单会伸手将苏青身子往里面挡一点。

“苏青，你上来替我一下。”这天，苏青正在背诵自己的诗，琢磨着要用什么样的语气去诠释心中的不舍，学姐叫她，“你帮我对一下台词吧，我想上个厕所。”

学姐学长们表演的节目是暗黑系的《白雪公主》，现在正儿八经的童话故事已经不受欢迎了。苏青看着这个白雪公主的形象，突然想起去年圣诞节的事情，眼神有些黯淡。

临到正式彩排的前一天，苏青有些紧张。苏青一紧张就容易肚子痛，再加上春夏交替之际，苏青这几天有些感冒。

寝室里，苏青一边默诵着稿子，一边踱来踱去。走了一会儿，她觉得口有些渴。林沫沫桌子上的保温杯里有沫沫倒好的水，林沫沫和苏青早就亲密得不介意对方用自己的杯子了。这会，苏青满脑子都是彩排和表演，想也没想，拿起保温杯一饮而尽。

喝下去的时候，苏青意识到了不对，保温杯里装的，竟然是冰柠檬水。

苏青咳了几下，明天彩排，自己的嗓子肯定用不了了。

趁着嗓子还能说话，苏青赶紧给简单打了电话。

得知苏青的情况以后，简单和苏青紧急集合，商量怎么办。表演的名单已经公布了，院里肯定不允许临时换人。

“不允许临时换人……”简单反复念叨着这句话，看着舞台，他突然灵光一闪，“既然不允许临时换人，我们就临时换节目，换一个不用嘴的节目。”

苏青疑惑地看着他。

“苏青，你记得去年舞会时老师教我们的华尔兹吗？”简单问道。

苏青明白了简单的用意：“你想明天彩排时我和你跳华尔兹？就用今天这一晚上的训练时间？”

简单点点头：“对。”

苏青觉得简单肯定疯了，两人坐在排练室里相顾无言。苏青刚刚准备说话，发现自己的声音果然“不负众望”地哑掉了。

苏青苦笑，沫沫的柠檬水真有效。

没办法，苏青只能答应简单换节目，不然明天自己破锣似的嗓子还真见不了人。

简单耐心地从最基本的礼仪、舞步开始指导苏青，虽然苏青对舞蹈没有天赋，可能因为对面是简单在教，苏青不敢分心。

简单离她很近。

她怕自己一分心，就听不进简单说的舞步要点了。

“对，就是这样，左脚，对的……眼睛看着我……”简单耐心地教着苏青，前面的都没有问题，主要是后面慢舞的地方，两个人需要眼神的对视。

苏青始终不好意思抬头。

“今天就先这样吧。”简单收拾了东西，苏青点点头，她的嗓子实在太不舒服，已经说不出话来。

第二天的时候，简单出面向大家表示了歉意，并解释了他和苏青的节目临时更换的原因，负责安排节目的人员也没有表示异议。

苏青和简单上台，没有穿舞蹈服装，两个人伴着音乐开始跳舞。虽然只练习了一个晚上，两个人的表演也还算可圈可点，苏青努力配合着简单的舞步，因为紧张，有几个地方她走错了步子，都是简单不动声色地圆了回来。

一个晚上的突击能有这个结果已经很不错了。

正式演出的那天，苏青租了套红色的礼服，后背是裸色的半透明雪纺纱，衬得苏青的皮肤越发白皙，简单依旧是黑衣黑裤。

苏青化了一点妆，涂了眼影和腮红，头发全部盘起，露出饱满的额头，衬得整个人精神多了，薄薄的嘴唇抿了一些口红，彻底掩盖住她还是一个病号的事实。

简单看到化完妆后的苏青有些愣住了。

节目正式演出的效果比彩排时候好了很多，泪中有笑，笑中带泪，轮到苏青和简单上场的时候，苏青已经没有一开始那么紧张了。

这场华尔兹苏青跳得格外放松，她跟着简单的脚步，几乎是下意识地就知道那些舞步应该怎么走，她的眼睛看向简单，简单也回应她，两个人完全沉浸在舞曲之中。

一曲终了，简单绅士地牵着苏青的手，优雅谢幕，眼尖的苏青看到人群中的魏子斌，在朝她鼓掌。

时光欠你的，都会用另一种方式还回来。

站在舞台中间的苏青侧头看身旁站得笔挺的简单，心里感慨万千。

卸完妆以后，苏青换好服装，没想到简单正在门口，像是专门等自己。

苏青不明所以。

“学长说待会儿要招待我们这些表演节目的人，谁都不许缺席，我等你一起走。”简单向苏青解释。

两个人并肩走进定好的包厢时，大家给他们俩送上了暧昧的掌声。也难怪大家会误会，从校报上的那张照片开始，到欢送会上两人“含情脉脉”的圆舞曲，这两人看对方的眼神明眼人都看得出来有戏。

苏青有些局促，简单挨着苏青坐了下来。

不过，简单很快就开始苦笑，这餐饭吃得根本不像是招待，反而像是简单和苏青的 “订婚宴”，不断有人过来给简单和苏青敬酒，苏青酒量一般，而且生病了嗓子还哑着，所以苏青的酒基本上都是简单给挡回去了。

只有实在挡不了的，苏青才硬着头皮喝下。

不知道是谁发明了酒这种讨厌的东西。

简单喝得迷迷糊糊的，一走出餐厅，迎面吹来的晚风让他瞬间清醒很多，而他的手边扶着的苏青却醉得连路都走不稳了。

苏青走路的样子像是被拔掉了胡须的猫咪，简单看到她这样，只思考了一秒钟，就弯腰背起了苏青。

90 斤的苏青在简单背上，安静得像个小孩子一样。

“苏青。”简单喊她。

“嗯……”苏青醉醺醺地回应。

简单哭笑不得。

“你还好吗？”

“嗯……”

一路上简单不停地跟苏青说话，而苏青则牛头不对马嘴地回答简单。又过一会儿，苏青竟然在简单背上睡着了。

到女生寝室楼下的时候，苏青还没有醒来的迹象。

简单打通了沫沫的电话，让沫沫下来接一下苏青，不过沫沫没有那么大的力气。简单只能向宿管的阿姨解释苏青醉酒的原因，并问阿姨能不能让他把苏青送上去。

得到阿姨的允许后，简单一口气将苏青背上了四楼。林沫沫为苏青盖上被子，简单看着熟睡的苏青，叮嘱沫沫照顾好她，然后离开。

第二天苏青醒来的时候，头痛欲裂。

“你知道自己昨天发生什么事情了吗？”林沫沫做出一副难以置信的表情。

苏青抓抓头，一点印象都没有。

“那你记得昨天是谁送你回来的吗？”林沫沫继续问她。

“简单？”

“对，昨天简单送你回来，你抱着简单不撒手，还不许他走。”

苏青有些尴尬：“有……有吗？”

五分钟以后，已经把这件事情甩在脑后的林沫沫被苏青追着问：“昨天晚上我真的抱着简单不让他走吗？”

在沫沫戏谑的笑容里，苏青才知道自己被沫沫耍了。

不过，沫沫为苏青的事情也是操碎了心。“魏子斌最近为什么都不来找你了？你们之前那么亲密。还有简单，你和简单怎么回事呀？”

苏青喝着热姜茶，含糊其辞：“没有怎么回事呀！魏子斌最近在忙吧，呵呵。简单？我和简单一直就那样呗！”

沫沫自然不信，不过苏青话锋一转，调侃道：“别说我了，快老实交代，前两天送你到寝室楼下的男生是谁？”

沫沫冷不丁被苏青一问，脸上露出有些不好意思的神色：“就是一个普通的同学啦！”

苏青一脸“你是不是当我傻”的表情。

沫沫别过脸，不理她了。

不过话虽这么说，苏青还是由衷地替沫沫高兴。就让李奇的事情成为过去式吧，从现在开始，沫沫要开始她新的生活了，真正地放下李奇，放过自己。

苏青收拾了一下自己的衣物，昨天妈妈打电话来让她今天有时间去医院一趟。

今天是苏青的生日。

自从姐姐出事，苏青就对生日这个字眼产生了本能的回避。从那一年开始，苏青就再也没有过过自己的生日了。有时候妈妈会给她准备一碗长寿面，就当庆祝了生日；有时候妈妈工作忙，就自动忽略了生日这件事。

苏青特意等自己身上的酒气散了以后，选了中午的时间去医院。

只有中午，妈妈才有时间来医院。

上午画廊还没有开馆，工作人员都还在休息的时候，有个戴着眼镜的儒雅男士找到了苏青的妈妈。寒暄过后，苏青妈妈才知道原来有人为自己推荐了一个新的工作，两个人交流了一番，眼前的男士对苏青妈妈的见识赞不绝口，当下就表达了想聘请她去做一家大型公司的设计顾问的意愿，薪水也比现在多得多。

苏青妈妈有些意外，对方临走的时候，她礼貌地问了句推荐她的人是谁。

男士摇了摇头："推荐人说让我保密，不过她说了一句话倒让我印象很深，她说，'满地都是六便士，他却抬头看到了月亮'。"

苏青妈妈猜到了推荐人，虽然有些意外，但还是对眼前的男士说："不管怎么说，替我谢谢她。"

苏青进门的时候，妈妈正在为苏红整理衣角。

姐姐苏红还在沉睡。不过听妈妈说，前两天苏红的小指头突然动了一下，赶过来的医生都说这是个奇迹。大概一年，或者两年，苏红会慢慢地好起来。

比起以前无止境的等待，这一次的等，总算让苏青觉得有盼头。

她拥着妈妈，喜极而泣。

"简单，你确定你要在这里种树？"

一大早李奇就被简单喊醒，简单一副神神秘秘的样子，又不肯说去干什么。

"大周末的也不让人睡觉。"李奇嘟囔了一句，不过还是乖乖去洗漱。前两天简单请他吃了一顿火锅，李奇感慨这世界上还真没有什么是一顿火锅解决不了的事情。

"如果有，那就两顿。"简单正刷牙，一口泡沫地来了一句。

昨天简单送苏青回寝室，苏青在简单背上唠唠叨叨说了很多不着边际的话，不过简单却捕捉到了一个重要的信息——苏青的生日就是今天！

简单知道苏青肯定要去医院和妈妈、姐姐一起过生日。想起魏子斌曾告诉过他，苏青一直有一个心愿没有完成，简单决定要为苏青完成这个心愿。

两个人一大早就搭车去了郊区。简单的记性不错，虽然只去过一次，还是准确地记住了去苗圃的路。他挑了几株幼苗，和李奇两个人合力运回了市里。

得知简单要在安雅医院后门的绿化带里种树的时候，李奇只能一个劲地重复："简单你疯了，你真的疯了……"

李奇看着简单哼哧哼哧地挖坑，却负手站在一旁并不帮忙。简单并不介意，自己忙自己的。

历史总是惊人的相似。

几分钟之后，李奇过来拉简单："简单，快走，别管树了，简单……"

一抬头，两个穿着城管制服的、看上去有些眼熟的人出现在简单面前。

"你们在干什么？"

这次简单可不像上次那么傻了，他一把扔下植树的工具，拉上李奇拔腿就跑，城管锲而不舍地在后面追。

窗户外面动静很大，苏青皱了皱眉头，打开了姐姐房间的窗户。

城管还在身后，简单回头张望，发现正对着山坡上的那扇窗子被打开了，窗户后面，是苏青的笑脸。

（全书完）